クレムリンの魔術師

GIULIANO DA EMPOLI

ジュリアーノ・ダ・エンポリ
林 昌宏 訳

白水社

LE MAGE DU KREMLIN

クレムリンの魔術師

作者は、事実や実在の人物をもとに自身の体験や想像を交えてこの小説を執筆した。
とはいえ、これは紛れもないロシア史である。

アルマに捧ぐ

「人生は喜劇。真剣に演じなければならない」

アレクサンドル・コジェーヴ

1

この男の消息について、さまざまなことが囁《ささや》かれてきた。祈りを捧げるためにギリシア北東部のアトス山にある石造りの修道院に隠遁したと説く者や、スペイン南部のソトグランデにある別荘村でコカインに興じていたと証言する者がいた。また、アラブ首長国連邦の一つであるシャールジャの空港、ウクライナ東南部ドンバス地方にある民兵組織の本部、ソマリアの首都モガディシュなどで彼の姿を見かけたという者もいた。

皇帝の顧問を辞めた後も、ヴァディム・バラノフ〔ロシア大統領補佐官をつとめたウラジスラフ・スルコフをモデルとする架空の人物〕に関する物語は、途絶えるどころか増え続けた。ところで、ほとんどの権力者は自身の地位が醸し出すオーラを放つ。だが、彼らは地位を失った瞬間から、コンセントを引き抜かれたような状態に陥る。つまり、遊園地の入り口に置いてある人形のように空気の抜けた腑抜け状態になるのだ。街角ですれ違っても、どうしてあんな人物に熱い眼差しを向けていたのか理解に苦しむことになる。

うまく説明できないが、バラノフはそうしたタイプの人物ではなかった。出回っている彼の写真を見ると、スポーツ選手には見えないが、がっしりとした体格で、いつも少し大きめの黒っぽいスーツを着ている。顔立ちにはあまり特徴がない。顔色は冴えず、ちょっと童顔だ。髪は黒く、髪型は司祭のようだった。公式の儀式の合間に撮影されたビデオを観ると、バラノフは微笑んでいる。ロシアでは、微笑は馬鹿の証と見られるので、こうした光景は大変珍しいと言えよう。バラノフは自分の容姿にまったく気を使っていない様子だった。これは当時の彼の職務を考えると奇妙に思える。彼の職務とは、何枚もの鏡を円形に並べて火花を魔法に変えることだったからだ。

バラノフの暮らしは謎に包まれていた。唯一確かなのは皇帝に対する影響力だ。彼は一五年間の奉公によって、皇帝の権力確立に決定的な役割を果たした。

バラノフは「クレムリンの魔術師」「現代版ラスプーチン」と呼ばれていた。明確な任務があったわけではない。彼は日常的な業務を片づけると、大統領の執務室に現われた。秘書ではなく皇帝自身が直通電話で呼びつけたのだろう。あるいは、驚異的な才覚を持つ彼は、執務室に伺うタイミングを察知していたのかもしれない。もっとも、彼の才覚を正確に表現できる者は誰もいなかった。大統領との会合には、しばしば閣僚や国営企業の社長なども同席していた。だが、モスクワでは何世紀もの間、原則的に誰も何も語ってこなかったので、皇帝と彼の真夜中の会合の内容が外に漏れることはなかった。それでも密談の翌朝、ロシア国民は、新たな資本主義体制の象徴とも言える自国の大富豪が逮捕されたというニュースに驚き、選挙で選ばれた地方政府の首長全員が首になり、今後は皇帝が首長を任命するという知らせに驚愕した。しかしほとんどの場合、真夜中の密談の内容は不明だった。そして当然の出来事だと思っても、数年後にはそれらは入念に計画された策略だと判明した。

バラノフという男はきわめて慎重だった。どこにも姿を現わさず、メディアのインタビューに応じるという考えなど持ち合わせていなかった。ガードの固い彼だが、例外もあった。一般にはほとんど知られていない小さな雑誌に向けた短いエッセイ、軍の上層部に向けた軍事戦略に関する研究、さらにはロシアのよき伝統である逆説を利かせた物語などをしばしば発表した。もちろん、これらの文章がバラノフ本人の名前で発表されることはなかった。彼は、皇帝との深夜の会合から生じる新たな世界を解釈するための鍵となる暗示をちりばめた文章を執筆した。モスクワや外国の官僚は、バラノフの提示する難解な数式をいち早く解読しようと競い合った。

バラノフのペンネームが、オーストリアの小説家ヨーゼフ・ロートの小説『右派と左派』に登場する脇役ニコラス・ブランダイスだったことも憶測を呼んだ。タタール人であるブランダイスは、物語の重要な場面に現われてすぐに消えてしまう「機械仕掛けの神」のような人物だ。作中でブランダイスは、「何事であれ征服するのに腕力は必要ない。すべては内部から腐って自滅する。傍観すればよい」と説く。ロートの小説の登場人物たちがブランダイスの無関心な態度に興味を抱いたのと同様、クレムリンの幹部やその取り巻きは、バラノフの文章から皇帝の思惑を探り出そうとした。アイデアの盗用こそが進歩をもたらすというクレムリンの魔術師バラノフの信条が、謎解きに取り組む彼らを暗い気持ちにさせた。

ある冬の晩、この謎解きは最高潮に達した。フラッシュライトをつけた護衛車両を引き連れた黒塗りの高級車の一団が、小さな前衛劇場の前に押し寄せた。銀行家、石油王、ロシア連邦保安庁（FSB）の幹部が、サファイヤやルビーなどの宝石を身に着けた愛人を引き連れ、ニコラス・ブランダイスという人物の台本による演劇を鑑賞するために列をなしたのだ。それまでそんな劇場が存在することさえ知らなかった彼らは、壊れかけた座席に身を沈め、銀行家、石油王、FSBの幹部の教養の乏しさを徹底的に嘲笑《あざわら》う演劇を憮然と眺めた。劇の主人公は次のように言い放った。「文明国なら内戦が勃発するだろう。ところが、わが国に市民は存在しない。よって、下僕同士の争いになる。これは内戦よりましだが、不快でみじめな戦いだ」。その晩、劇場にバラノフの姿はなかった。劇場の隅にある特別席の小窓からバラノフが観客の様子を覗いていたと主張する者がいたこともあり、銀行家と閣僚らは慎重を期して大きな拍手を送った。

こうした子供じみた気晴らしを行なっても、バラノフの気分は晴れなかった。彼はごく少数の人々にしか会わなかったが、ある時期を境にますます陰鬱な雰囲気を醸し出すようになった。心配事があったのだろうか。疲れていたのだろうか。よそ事を考えていたのだろうか。走り始めるのが早すぎ、自分自身、そして皇帝に疲れ果ててしまったのだろうか。一方、彼は皇帝が疲れ果てることなどないとわかっていたので、皇帝を憎むようになった。皇帝にしてみれば「ここまでお前を引き上げてやったのは俺だ。疲れ果てるとは何事だ」と思ったはずだ。感情が政治的な人間関係におよぼす影響を過小評価してはならない。

とはいっても、それはバラノフが政治の舞台から消え去るまでの話だ。クレムリンは、バラノフのロシア連邦大統領補佐官辞任をそっけなく発表した。それ以降、世界のそこかしこで彼の姿を見かけたという噂はときどき聞こえてくるが、彼の消息は未だ不明だ。

数年後に私がモスクワを訪れたとき、そこにはバラノフの亡霊が影のように徘徊していた。クレムリンの不可解な政策に説明を施すには、この亡霊を呼び出すしかない。今日、ロシアの首都モスクワの動向を解読できる者は誰もいない。世界中の人々がロシアを注視するようになったこともあり、われわれ外国人の間でさえクレムリンの魔術師だったバラノフの活動を解釈する者が現われた。ＢＢＣのあるジャーナリストは、政治に前衛的な演劇手法を持ち込んだとしてバラノフの責任を問うドキュメンタリー番組を制作した。彼の同僚のジャーナリストは、著書のなかでバラノフのことを「指をパチンと鳴らすだけでモノやヒトを出現させたり消し去ったりできる手品師のような人物」と叙述した。ある大学教授は『ヴァディム・バラノフと似非《えせ》民主主義』という論文を発表した。誰もがバラノフのクレムリンでの仕事に興味を抱いた。彼は皇帝に影響をおよぼすことができたのだろうか。ウクライナとの戦争、そして世界の地政学的な均衡に一撃をもたらしたロシアのプロパガンダ戦略において、彼はどんな役割を担っていたのだろうか。

私は一連の騒動を冷めた目で眺めていた。これまで私が関心を抱いてきたのは、生者ではなく死者だった。私は同時代の生者と一緒に過ごすことにうんざりしていたが、死者となら長い時間を過ごすことができるとわかり、生気を取り戻していた。そんな事情からモスクワ滞在中も、日中は図書館で過ごし、気分を変えるために独りで居心地のよいレストランやカフェに出入りした。

古本を読み漁り、冬の弱い光を浴びながら散歩し、夕方になるとモスクワ市郊外のセレスネフスカヤ通りにある蒸し風呂で汗を流した。夜は、モスクワ市中心部のキタイ＝ゴロド地区にある小さなバーで寛いだ。私はいつも自分の傍らにいる亡霊たちに自身の論証を語り聞かせていた。その一人であるエヴゲーニイ・ザミャーチンは、二〇世紀初頭に活躍したロシアの作家だ。ジプシーの村で馬泥棒の両親から生まれたザミャーチンは、一九〇五年にロシア第一革命に参加して逮捕され、流刑に処せられた。人気作家になる前の彼は、イギリスで造船技師として砕氷船の建造にも携わった。一九一八年にロシアに戻ると、ボリシェヴィキ革命〔十月革命〕に参加した。労働者階級が報われることはないと気づくと、小説『われら』を執筆した。このディストピア小説は、宇宙が並行して同時に存在するという物理学者たちの仮説を裏づける驚くべき現象を語る。

　一九二二年、ザミャーチンは単なる作家から予知能力者になった。彼は、構築中のソ連の社会体制を痛烈に批判したつもりだった。ソ連の検閲官たちもこの本をそのように受け止めて発禁処分にした。だが、実際はそうではなかった。これは当時の社会体制でなく、意図せずしてその一世紀先の現代に向けた書物だったのだ。小説『われら』が描いたのは、論理が支配する世界だ。そこでは、すべてが数字として扱われ、日々の暮らしを効率化させるために、人々は箸の上げ下ろしまで規制される。独裁者は冷酷だが、従っていれば心地よい。たとえば、独裁者のおかげで、ハンドルを回すだけの手間で誰でも一時間に三曲までソナタを作曲でき、異性関係は自動的なメカニズムによって選出された最も相性のよい相手と性交できる。ザミャーチンの描く世界では、隠し事はない。歩道にさえ芸術作品を模した盗聴器が仕掛けてあり、通行人たちの会話は記録される。さらには、投票も公開される。主人公のD-五〇三号は次のように語る。「古代人はむしろ内密に、泥棒のように隠れて選挙を行なったという」「このような秘密めかしたやり方がなぜ必要だったのかは、今日なお最終的には解明されていない。［…］われらには隠すことや恥じ入ることは何一つない。われらは白昼公然と、誠心誠意、選挙の祝典をとりおこなうのである。私はみんなが〝慈愛の人〟に投票するのを見る。みんなも私が〝慈愛の人〟に投票するのを見る」〔『われら』、エヴゲーニィ・ザミャーチン著、小笠原豊樹訳、集英社、二〇一八年を引用。以下、同様〕。

この小説に出会ってから、私はザミャーチンの虜になった。彼の作品はわれわれの時代を描いていると感じたのだ。小説『われら』が叙述したのはソ連だけでなく、判で押したような均等な世界、アルゴリズム、構築中の世界規模のマトリックス組織、そしてそうした組織にうまく対応できないわれわれの原始的な脳だったのだ。ザミャーチンは、スターリンだけでなくシリコンバレーの富豪や中国の独裁者の登場も予言した。小説『われら』は世界を覆い始めたデジタル空間に対する最終兵器であり、私の責務は、この最終兵器を掘り起こして活用することだと悟った。もちろん、私が七転八倒してもマーク・ザッカーバーグや習近平を震え上がらせることなどできないのはわかっていた。それでも私は、ザミャーチンはスターリンから逃れてパリで客死したという口実に、大学を説得してザミャーチンに関する研究費を獲得した。ある出版社は『われら』の復刊に興味を示した。また、パリ九区のバーでドキュメンタリーを制作する友人と飲んでいた際、この本をもとにして何かつくれないだろうかという私のアイデアをまんざらでもないと思ったのか、友人は「モスクワ滞在中に何かネタを探してこい」と背中を押してくれた。

ところが、モスクワに到着するとすぐに、私はペトロフカ通りやアルバート通りの凍てついた歩道を毎日のようにさ迷い歩きながら、寒さの厳しい陰鬱な街であっても穏やかな気分になれることを発見し、自分に課した課題をそっちのけにしてしまった。スターリン時代の建物から醸し出される陰鬱さは、支配階級が暮らした古い建物の放つ鈍い輝きによって緩和された。街に降り積もった雪は、道路では絶え間なく行き交う黒塗りの車の隊列に踏まれて泥になっていたが、過ぎ去った時代の物語を囁く中庭や、人目につかない小さな庭では純白な状態を保っていた。

ザミャーチンの二〇年代と小説『われら』が描くディストピア的な未来像、そして街に刻まれたスターリンの爪痕とロシア革命以前の優雅さの名残といった時間性が私のなかで交錯し、こうして生じたギャップが私の日常をつくり出していた。とはいっても、私は周囲で起きていることにまったく関心がないわけではなかった。新聞に目を通すのはやめていたが、情報はＳＮＳで収集すれば充分だと思っていた。

私がＳＮＳでフォローしていたロシア人の一人に、ニコラス・ブランダイスという名前の人物がいた。プロフィールにはクレムリンの魔術師ではなく、ロシア連邦タタールスタン共和国の首都カザンのアパートに潜む学生と記してあった。だが、私はこれを疑わしく思っていた。ロシアでは誰も何も知らない。こうした不条理を受け入れることができなければ、ロシアを後にするしかない。ブランダイスの投稿は二週間に一回程度であり、内容は、時事問題には一切触れず、文学作品への言及、歌の一節の引用、文芸誌『パリ・レビュー』へのコメントなどだった。私は彼の投稿に強い関心を抱くようになっていた。

「天国では、好奇心を持つこと以外のすべてが許される」

「友人が死んでも、すぐに埋葬してはいけない。少し離れたところでしばらく待てば、ハゲタカがやってくる。そうすれば新しい友人がたくさんできる」

「仲のよい健全な家族が凡庸な出来事、たとえば、狼の群れによって崩壊することほど悲しいものはない」

カザンの学生は少し暗い性格の持ち主のようだが、それは土地柄による影響だったのか。

ある晩のことだ。私は行きつけのバーにはいかず、アパートで読書していた。二部屋ある私のアパートは、一九五〇年代にドイツ人捕虜を使って建てられた美しい建物の最上階にあった。地区のランドマークにもなっていたこの建物は、モスクワではよくあるように強固な社会的抑圧を基盤とするブルジョワの権力と快適さを象徴していた。窓の外では、街のオレンジ色のほのかな光が降り積もった雪を照らしていた。アパートの中は、積み上げられた本、ファストフードの入った紙袋、飲みかけのワインのボトルというように、いつも通りの散らかりようだった。退廃的な雰囲気を醸し出すマレーネ・ディートリヒの歌声を聴くと、世界から切り離された感覚が強まった。これがあのころの私の喜びだった。

読み物をザミャーチンからナボコフに切り替えたが、ナボコフの作品は相変わらず私を心地よい眠りに誘った。レマン湖畔の高級ホテル「モントルー・パラス」で暮らしていたナボコフの作品は、私には少し上品すぎた。私の眼差しは自分でも気づかないうちに二分おきにナボコフの本から邪悪なタブレットへと移っていた。そのとき、ニュースフィードに示される怒りのメッセージとたわいもない写真の洪水のなかに、ザミャーチンの『われら』の一節を見つけ、頭を殴られたような衝撃を受けた。「われらはつねに見守られ、とこしえに光を浴びて生活するのである。われらにはお互いに隠すことは何一つない」。私はほぼ反射的にブランダイスのツイートに『われら』の次の一節を送信した。「それに、このような生活は〝守護官〟たちの辛い尊い仕事をいくらかでも楽にするのだ。でないと、どんな事態が生じるか知れたものではない」。

こんなに気が散るようではいけないと思い、タブレットを部屋の隅に片づけ、読書を再開した。翌朝、クッションの下からタブレットを回収すると、SNSの私のアカウントにメッセージが届いていた。「フランスでまだザミャーチンが読まれているとは驚きだ」。ブランダイスが私にこのメッセージを発信したのは午前三時だった。私は思わず「ザミャーチンはわれわれの時代の隠れた王様だ」と返信すると、すぐに「あなたはモスクワにどのくらい滞在するのかな」という質問があった。

瞬間、カザンの学生がなぜ私の行動を把握しているのだろうかと疑問に思ったが、ここ数週間の私のツイートから私がモスクワ滞在中であることを知ったのだろう。私は「どのくらい滞在するかは、まだわからない」と返信してから、日課である孤独な儀式を続行するために凍てつく街へと出かけた。アパートに戻ると新たなメッセージが届いていた。「ザミャーチンにまだ興味があるのなら、あなたに見せたいものがある」。

会ってみようじゃないか。時間の無駄になっても構いやしない。それでも文学好きの学生と知り合いになれる。会話の糸口が見つからなくても、そんなときはウォッカを何杯か飲めば済む話だ。

2

最新型の黒いメルセデス・ベンツが、エンジンをかけたまま道端で待機していた。車の外では二人のがっしりとした体格の男がタバコをふかしている。私の姿を見つけると、一方の男は後ろのドアを開いて私を後部座席に乗せ、助手席へと向かった。

彼らと会話しようとは思わなかった。彼らが雑談に応じるはずがない。ロシアでは、彼らのような男たちは「切手」と呼ばれている。なぜなら、ガードする人物に貼り付いていることが彼らの仕事だからだ。寡黙で落ち着き払った彼らのような男たちは、週に一回、花やチョコレートなどを持参して母親の家で夕食を取る。自宅では事あるごとに子どもたちの金髪の頭を撫でる優しい父親だ。ワインのコルク集めや、オートバイの洗車を趣味にする者もいる。普段は世界で最も温和な男たちだが、稀に恐ろしく狂暴になることがある。そんなときは彼らの傍にいないほうがよい。

悲痛に美しい帝国の首都、モスクワの街をあっという間に抜け出すと、眼前には暗い巨大な森が現われた。この森はシベリアまで広がっているのだろうか。どこを走っているのか見当もつかない。私の携帯電話は、車に乗ったときから機能しなくなっていた。カーナビゲーションを盗み見すると、街とは正反対の方向へと走っているようだった。

　幹線道路を離れると、森へと向かう。小径に入ってもほとんどスピードを落とさない。ロシア人のドライバーなら狼の群れのような凡庸な出来事に怯《おび》えたりはしない。暗闇のなかを走った時間はそれほど長くなかったが、陰鬱な予感を抱くには充分な長さだった。ちょっとした好奇心からこの誘いに応じたが、急に不安感に襲われた。一般的に、ロシアでは何事も順調に進む。しかし、うまく事が運ばないと、きわめて深刻な状況に陥る。パリでも、評判のレストランの料理がまずい、素敵な女性から軽蔑の眼差しを向けられる、交通違反の切符を切られるなど、物事がうまく運ばないことはある。ところが、モスクワでの不快な体験のヴァリエーションは、パリにいるときよりも圧倒的に豊富である。

　正門に到着した。正門に併設する小屋の警備員が、われわれに軽く会釈する。黒塗りのメルセデス・ベンツは、ようやく大人しく走り出した。白樺林の間からは小さな湖が見える。そこに浮かぶ数羽の白鳥の姿は、闇夜にクエスチョンマークを描いているようだった。車はもう一度曲がると、白色と黄色のネオクラッシックな造りの大きな建物の前で停止した。

　車から降りると、オリガルヒ〔ソ連崩壊後に財を成した新興財閥〕の豪邸というよりも、ドイツ北部のアルスター川流域に佇むハンブルクの邸宅を彷彿させる建物があった。住んでいるのは、医師、弁護士、あるいは、銀行家だろうか。金持ちであってもカルヴァン主義者であり、仕事一筋で派手さを嫌がるタイプに違いない。玄関に入ると、ビロードの服を着た老人のためらいがちな横顔が目に入った。その風貌は、私をここに連れてきた二人の頑強な男たちとは対照的だった。この二人は残酷で燃えたぎる現在のモスクワの仕事を担い、ほんの少し疲れた表情の執事は、ロシア革命以前の貴族の暮らしを取り仕切るために雇われたということか。

玄関を抜けると、コルク張りの廊下が訪問者を迎える。家の内装も流行りの現代的なスタイルとは一線を画していた。虚弱な案内役である執事に導かれ、いくつもの部屋を通り過ぎていく。寄せ木細工の家具、灯された枝つき大燭台、金箔の施された額縁、中国製の絨毯《じゅうたん》がつくり出す寛《くつろ》いだ雰囲気に、すりガラスと装飾の施された陶製のストーブが暖かさを醸し出していた。家に入ったときから感じていた厳格な調和を重んじる家主の思いは、家の内部に行くにつれて強まっていく。主人の書斎に到着すると、執事は私に、小説『戦争と平和』に登場するような小さな豪華なソファーに座って待つようにと、身振りで指示した。正面の壁には、宮廷の道化師に扮した老人を描いた油絵が飾られていた。この道化師は、私を嘲笑うかのように見つめていた。

私は喜びとほんの少しの驚きを覚えながら部屋を見回した。豪奢は往々にして気晴らしに過ぎないが、この家では力強さであり、内省の証だった。

バラノフは、「この家の洗面所の蛇口は純金製だろうかと考えていたところかな」と微笑みながら話しかけてきた。嫌味な感じはなく、落ち着いた雰囲気であり、相手の思考を把握することに慣れた様子だった。部屋の横のドアから不意に現われたバラノフは、高級そうな黒っぽい室内用ジャケットを着ていた。バラノフは返答に窮する私に構わず、話しつづけた。

「君をこんな遅い時間にお呼び立てして申し訳ない。悪い習慣が身についてしまったんだ」

モスクワの夜の喧騒を思い浮かべながら「夜更かしなのは、あなただけではないでしょう」という私の返答に、バラノフの鉛色の瞳が一瞬、きらりと光った。皇帝の宵っ張りをほのめかしたと受け止められたのかもしれない。

私が「とにかく、お招きいただき、光栄です。素晴らしいお住まいですね」と慇懃に答えると、バラノフは初めて鋭い目つきになった。彼の目は、「お前も私を退屈させるためにわざわざここに来たのか」と語っていた。

バラノフは立ったままだった。

「君はザミャーチンの読者だろ」と言いながら入ってきたドアへと向かった。

「君に見せたいものがある。ついてきなさい」

そこはベネディクト修道院の図書館のように壁一面が書物で覆われた部屋だった。石造りの大きな暖炉の炎が何千冊もの古書の背を照らしている。

私は、「あなたが古書の収集家だったとは存じ上げませんでした」と当たり障りもないことを言いつづけた。

「集めたのでなく読んだのだよ。集めると読むのでは大違いだ」

バラノフは苛立った。彼は自分のことを収集家だと思っていないのだろう。彼に言わせれば、収集することに執着して決して満たされることのない人間が収集家ということか。

「それに、これらの古書の多くは私のものでなく、祖父から譲り受けたのだ」

私は驚きを隠せなかった。というのも、ソ連時代において古書の蔵書を受け継ぐというのは、きわめて稀なことだったからだ。

「ところで、こんなものを見つけた」

革製のカバンから手書きの紙切れを取り出したが、それが何であるかを説明する気はないようだった。

黄色く変色した手紙を差し出し、「読んでみたまえ」と促した。

それは一九三一年六月一五日にモスクワで書かれたキリル文字の手紙だった。

親愛なるヨシフ・ヴィッサリオノヴィチ
この手紙の書き手は死刑を宣告されました。あなたのお力でこの刑を軽くしてもらえないでしょうか。あなたはおそらく私の名前をご存じだと思います。作家である私にとって、筆を奪われることは死刑に等しい処罰です。

そこまで読んで、私は顔を上げた。バラノフは本を読むふりをして、私が落ち着きを取り戻すのを待っていた。

バラノフは私と視線を合わすことなく「これはソヴィエト連邦から出国許可をもらうために、

ザミャーチンがスターリンに宛てた自筆の手紙だ」と呟いた。

私はバラノフをまじまじと見つめた。自分が手にしたものを、にわかには信じられなかった。気を取り直し、読み進めた。

自分が無実だと主張しているのではありません。私は、自分に有利になることを口にするのでなく、自分が真実だと見なすことを語ってしまうという、きわめて不躾《ぶしつけ》な習性の持ち主です。私はこれまで、露骨な隷属主義、過度の称賛、カメレオンのように変色する態度に対し、自身の考えを包み隠しませんでした。これらは作家ならびに革命の品位を汚すものだと考えます。

私はしばらくこの手紙を食い入るように見ていた。顔を上げると、バラノフは私の様子を観察しているところだった。

「これは芸術家がスターリンに宛てた最も美しい嘆願書の一つだ。ザミャーチンは決して卑屈な態度をとらず、元ボリシェヴィキのように真摯に語った。皇帝の軍部と戦い、国外に追放されて生き延び、革命を起こすために戻ってきた。彼の犯した唯一の間違いは、物事をあまりにも早く把握し、うかつにもそれを書き留めてしまったことだ」

私はザミャーチンの研究者の端くれとして何か発言しなければと焦り、芸術と権力との不可避な緊張関係、ザミャーチンのノマド的な性格、革命的ではあっても思想の勝利は自ずとブルジョワ化することについて、月並みな見解を述べた。バラノフは、年度末の口頭試問に付き合わされた身内のように、私を温かい目で見守っていた。私の話が一通り終わったと思ったのか、彼は口を挟んだ。

「その通り。だが、それだけじゃないはずだ。ザミャーチンはスターリンを止めようとした。スターリンを止めることができるのは政治家でなく芸術家だと信じていたのだろう。未来は、二つの政治的ビジョンでなく、二つの芸術的プロジェクトの争いだったのだ。一九二〇年代、ザミャーチンとスターリンという二人の前衛芸術家は覇権を巡って争った。もちろん、両者の力の差は歴然としていた。スターリンの場合、扱うのは人間の血と肉、舞台は巨大な国家、観客は何百もの言語で彼の名前をうやうやしく囁く世界中の人々だ。一方、小説家ザミャーチンは、詩人の想像を世界史の舞台で実現させようとした。この戦いで、ザミャーチンはほぼ孤立無援だったが、それでも新たな秩序への抵抗を試みた。ザミャーチンは、スターリンの芸術が強制収容所に至るのは必至だと見抜いていた。というのは、〝新しい人間〟の暮らしを決定する計画に、異端を受け入れる余地はなかったからだ。だからこそ、ザミャーチンは一介の技師出身でありながら、文学、演劇、音楽という武器で戦ったのだ。つまり、権力が不協和音を消し去るのなら、政治体制が抑圧的になるのは時間の問題だと理解していたのだ。法で禁じられたハーモニーが利用できないのなら、音楽は行進曲だけになってしまう。新しい社会という理想にそぐわないマイナーな響きは、労働者階級の敵になる。メジャーだ。メジャーな響きだけが音楽なのだ。すべての道はメジャーに通じる。歌詞のないものであっても、音楽は言葉にしっかりと従属する。こうしてマルクス＝レーニン主義を称える交響曲だけがつくられることになる」

演説の後半、バラノフの声に初めて感情がほとばしった。「自分は単に歴史上の出来事を分析しているのではない」と主張したかったのだろうか。

バラノフの熱弁は続いた。

「ザミャーチンは、友人であるショスタコーヴィチに歌劇『ムツェンスク郡のマクベス夫人』を作曲するように説得した。なぜなら、ソヴィエト連邦の未来は、この歌劇の上演にかかっていると考えたからだ。つまり、政治的な闘争と粛清を避ける唯一の方法は、計画された秩序に反抗する個人の特異性を取り入れることだと確信していたのだ。ところが、スターリンは激怒して第三幕の途中でボリショイ劇場を後にした。スターリンは、作曲家と歌劇の登場人物たちの自由が自身の権力と芸術的なプロジェクト全般に対するあからさまな挑戦だと受け止めた。だからこそ、スターリンは共産党の機関紙『プラウダ』の社説に、作曲者は〝野獣のような振る舞い〟をする登場人物の快楽の追求を強調し過ぎだという、あの有名になった批判記事を書かせたのだ。スターリンの作品には、一頭の野獣の本能を受け入れる余地しかない。〝夢を見る必要がある〟というレーニンの教えは遵守されたが、許されるのはスターリンの夢だけであり、それ以外の夢は見てはいけなかった」

バラノフは一息ついた。彼の邸宅の居心地のよさとは裏腹に、彼の言説は辛辣だった。

「歴史を振り返ると、二〇世紀前半は、スターリン、ヒトラー、チャーチルなど、芸術家同士の衝突だった。そして官僚が登場した。なぜなら、世の中は休息を必要としていたからだ。しかし今日、芸術家が戻ってきた。ざっと周囲を見回せばわかるように、どこもかしこも前衛芸術家ばかりじゃないか。彼らは、現実は描写するのではなく創造するものだと主張している。変化したのはスタイルだけだ。今日、往年の芸術家に代わって登場したのはリアリティ番組の登場人物だ。だが、本質は何も変わっていない」

「あなたはその一人ということですか」

「そんなわけないじゃないか。しばらくの間、宮仕えをやったが、もう引退したよ」

「仕事から生じるアドレナリンが恋しくなりませんか」

「今の私にとって、朝起きてコーヒーを飲み、娘を学校まで送っていくことほど、かけがえのないことはない。私はこれまで何かを欲しいと思ったことはほとんどなかった。それでも欲しいと思ったときには、たいていの場合、それが手に入った。私が欲しいのは今の暮らしだ」

バラノフは、本棚、古い木製の地球儀、暖炉の炎を指さした。

「周囲はあなたの引退をどう受け止めたのでしょうか」

「どう受け止めたのかだって。もちろん、悪く受け止めたに決まってるじゃないか。クレムリンという水族館では、窃盗、殺人、裏切りなど、何でも許される。ただし、脱走はご法度だ。皇帝の取り巻きは脱走を許さない」

「では、皇帝はどうなんですか」

「皇帝は別だよ。彼は物事を見抜き、許してくれる」

バラノフの暗い瞳に皮肉の光が走った。

「ひょっとして回顧録を執筆中なのですか」

「そんなことは考えたこともない」

「でも、語っておきたいことが、たくさんあるのではないですか」

「どんな本であっても、本当のパワーゲームを語ることはできない」

「本当のパワーゲームであっても、本では語ることはできない、ということですか」

バラノフの瞳に少し影が差したが、彼は笑っていた。

「その通りだ。言い直すと、私が書いた本では本当のパワーゲームを語ることはできないということだ」

「あなたにとって権力とは何ですか」

「不躾な質問だね。権力は太陽や死のようなものであり、自分では己の姿を見ることができない。とくにロシアではそうだ。せっかくここまでご足労いただいたのだから、君に時間があるのなら、語ってみようか」

バラノフは立ちあがると、二つのグラスにクリスタルボトルに入ったウイスキーを注いだ。一つを私に差し出すと、革張りの椅子に腰を下ろした。彼は私をしばらく凝視した後、自分のグラスに目を落とした。

「祖父は偉大な狩人だった」とゆっくりとした調子で語り始めた。

3

「祖父は偉大な狩人だった。家では、召使に手助けしてもらわなければガウンさえ着ることのできない男だったが、狼狩りでは星空のもと、森のなかで幾夜も過ごすことを厭わない勇敢な狩人だった。祖父の狼狩りは、ロシア革命以前では趣味に過ぎなかった。法学を学んだ祖父は、皇帝の官僚として出世できたに違いない。ボリシェヴィキが政権を掌握すると、祖父は狩人になった。本人は決して認めなかっただろうが、ボリシェヴィキは祖父を見逃したのだ。共産主義者を憎んでいた祖父は、〈モロトフ、こっちだ〉〈ベリヤ、お座り〉というように、自分の犬に共産党の指導者の名前をつけて呼んでいた。幸いなことに、祖父は人里離れた暮らしをしていたので、祖父を密告する者はいなかった。しかし、父は子供だったときから、祖父が常軌を逸していることに気づいていた。父は自分の父親のことを恥ずかしく思っていた。というより、不安だったのだろう。当時の状況からすれば、そうした不安を抱くのは当然だった。ところが、祖父はまったく気にしていなかった。しかも、すべてが順調だった。あるときから、祖父は狩猟に関する本を書き始めた。

祖父の書いた本には、猟犬のしつけ方や獲物の追い方などの実用的な解説だけでなく小話もあった。祖父のつくった小話に登場する不思議な人物は、ツルゲーネフの言葉を引用して狩猟に対する情熱を語っていた。祖父の本は当時としては斬新だったこともあり、とても好評だった。だが、話題が狩猟だけに限定されていたため、当局は発禁処分にはせずに大目に見ていたようだ。こうして祖父は、狩猟界ではある種の権威的な存在になった。一九五四年、コーカサス地方に大量の狼が出没すると、政府は狼を駆除する遠征隊を結成し、祖父はその隊長に任命された。身分上では役人になったのだが、祖父はロシア貴族特有の不遜な態度を貫いた。おべんちゃらを口にするくらいなら、絞首刑になったほうがましだと思っていたのだろう。

私が幼かったころ、祖父が父をからかっていたことを覚えている。〈コーリャ、よくやった。この調子で頑張れば、五月九日の戦勝記念日のパレードをブレジネフの膝の上で拝めるぞ〉。祖父が〈共産党の幹部には、二種類の輩しかいないことは知ってるよな。まったく何もしない奴らと、どんなことでもやってのける覚悟のある奴らだ。コーリャ、お前は一体どっちのタイプなんだ〉

父は震え上がった。祖父と正反対の性格だった父の子供のころからの生活信条は、厄介ごとに巻き込まれないことだった。父は入団資格を得るとすぐに共産党の少年団であるピオネールに入り、その後、共産党の青年団であるコムソモールに入った。父は、祖父が奇抜な人物であることと、自分の出自が貴族であることを後ろめたく思っていたに違いない。周囲と同じ境遇でありたかったのだろう。それは父なりの反骨精神の表われでもあった。世間の常識からかけ離れた人物のもとで育つと、順応主義に身を投じることだけが反抗手段になるのかもしれない。

祖父と父との間には確執があったが、それでも毎年夏休みになると、父は私を祖父の家に送った。祖父の家は村のはずれにあり、ポプラの幹でつくった校倉《あぜくら》式の家屋だった。外は田舎そのものであり、家の周りでは、キュウリ、ジャガイモ、ショウガ、リンゴなどが栽培されていた。庭に置いてある小さなテーブルとこれを囲む錆《さ》びついた鉄製の椅子は、ネヴァ川の底に何世紀も浸かっていたかのような貫禄があった。しかし家の中は、うまく表現できないが、革命前の雰囲気がかすかに再現されていた。小さな居間や食堂に豪華な調度品があったというのではなく、当時としてはまったく異質の、静謐で豊かな空気が、常時沸騰している湯沸かし器から漂う紅茶の香りとともに流れていた。狩りの戦利品や毛皮には事欠かなかったが、中国の小像、ベゾアール〔動物の結石〕、白樺でつくったテーブルの上に無造作に積み上げられた立派な装丁の書物など、ちょっとしたオブジェで繊細な雰囲気が醸し出されていた。祖父は異性との共同生活を忌み嫌ったようだが、こうした雰囲気は女性特有の気品の名残りだったのではないか。祖父の妻、つまり、父の母は二三歳のときに腹膜炎で死んだ。この死別により、祖父のセンチメンタルな暮らしには終止符が打たれたようだ。ときどき訪ねてくる見栄えのよい女友達も何人かいたようだが、彼女たちのなかで、狩猟と文学の神、そして酒を酌み交わしながらの皮肉交じりの会話が培う男たちの友情の神が祀られているこの神殿に長居した者は誰もいなかった。

　そうはいっても、家にはザハールとニナという農民夫婦が出入りしていた。彼らは、表向きはコルホーズ〔集団農場〕で働いていることになっていたが、実際は祖父の使用人だった。祖父は、馬術が上手だったが、車を運転しなかった。よって、どこかへ出かけなければならないときは、ザハールの運転する彼のポンコツのヴォルガを利用した。最低限の用心として祖父が妥協したのは、後部座席でなく友人であるふりをして助手席に座って出かけたことだ。村での買い物であっても、祖父に同行するのはよい経験だった。というのは、同行するたびに祖父にしか起こらないことが起こるからだった。祖父はノスタルジックで屈託のないオーラに包まれた人物であり、こうしたオーラがソ連時代の重苦しさを払拭するのだった。周囲の人々は、どんなときであっても愉快な気分になれた。たとえば、国営のきわめて陰鬱なカフェであっても祖父が登場すると、革命前の栄華の片鱗がすぐに醸成された。鼠色のリノリウムの床に置かれたプラスチック製の粗末な椅子に腰かけていても、祖父に宿る何かが、舞踊会や、サーベルによって先端を切り落とされたシャンパン・ボトルを思い起こさせるのだった。祖父のことをまったく知らない人々も祖父のオーラを感じ、彼のテーブルへと引き寄せられた。そして革命以前の時代の話を語る、エレガントでいつも礼儀正しいこの老人のカリスマに魅了され、あたかもサンクトペテルブルクのサロンにいるかのような気分に浸るのだ。私は別のテーブルに陣取り、不機嫌な様子で祖父を睨みつけていた共産党政治局員をしばしば横目で窺っていた。しかし、祖父に手を出す者は誰もいなかった。祖父がいかにしてスターリンの粛清を逃れたのかを知る者は誰もいなかった。そして時が経つにつれ、政権の野蛮な態度は和らいだ。祖父は政治にまったく興味がなかったこともあり、当時の政権を我慢するしかなかったのだろう。

祖父の友人のほとんどは狩人であり、彼らは、祖父のような元貴族、農民、シベリアの山賊などだった。祖父のノスタルジックなおしゃべりと気前のよい酒宴によって引き込まれた共産党員も何人かいた。祖父は彼らのことを「飼いならした共産党員」と呼んでいた。晩秋になると、狩人たちは家の周りにウォッカの瓶をばらまく。これらの瓶は、春が来て雪が融けたころに再び姿を現わす。冬の間、狩人たちは少なくとも週に二回は室内でトランプに興じ、狩猟や時事問題を冗談交じりに語り合った。

〈ソ連のデュオって知ってるか。それは外国に演奏旅行に出かけたカルテットのことさ〉

〈共産党の検査官たちが精神病院を訪問した際、患者たちは「ソ連での暮らしはなんてすばらしいんだ」と口々に叫んで彼らを歓迎した。ところが、一人だけ黙っている男がいた。検察官の一人が「どうしてお前は叫ばないんだ」と尋ねると、この男は憮然として「私はここの看護士であって患者ではありません」と答えた〉

〈共産党の機関紙『プラウダ』の記者が、養豚場を視察に訪れた同志フルシチョフの写真を撮った。編集会議では、この写真にどんなキャプションを入れるかが話し合われた。「豚のなかにいる同志フルシチョフ」、「同志フルシチョフと豚」、「豚に囲まれた同志フルシチョフ」など、さまざまなアイデアが出たが、どれもボツになった。結局、編集長が決めたのさ。「右から三番目が同志フルシチョフ」〉

大きな笑いと拍手が沸き起こり、酒瓶は次々と空になる。しかし、祖父の家はいつも賑やかだったというわけではない。祖父は独りでいることが好きだった。共産主義の連中に耐えられなかったという。実際は、政権に関係なく人嫌いだったのだろう。私は祖父の性格の一部を受け継いだのかもしれない……」

バラノフは微笑んだ。ウイスキーのボトルを摑むと、自分のグラスになみなみと注いだ。

「ある晩のことだ。暖炉の傍《そば》にいると、祖父は、ナポレオン没落後にパリに入城した皇帝の軍隊の武勇伝をいくつか語ってくれた。それらのなかでも、私の祖先と同じ部隊にいたユルコという人物に関する逸話は痛快だった。ユルコという男は、どうしようもない飲んだくれだった。ユルコはパリに到着するとすぐに薬局を訪れた。消毒用アルコールの匂いを嗅ぎつけたのだ。ロシアからわざわざ持参してきた二本の小さなキュウリをつまみにして消毒用アルコールの瓶を飲み干してしまった。この光景を見た薬剤師は仰天した。ロシア兵を毒殺したとして処刑されるのではないかとパニックに陥ったのである。薬剤師は大慌てで最寄りのロシア軍の野営基地へと駆けつけ、そこにいたロシア兵のなかで最も理知的な風貌の将校、わが祖先ヴァシリー・バラノフに〈あのロシア兵はまもなく死ぬが、自分は無実だ。あっという間に飲み干し、注意する間もなかった〉と泣きついた。わが祖先は怯える薬剤師に〈あなたはロシア兵のことをあまりご存じないのですね〉と語りかけ、〈しかし、免疫についてならお詳しいはずだ〉と続けた。薬剤師はきょとんとした顔をした。〈薬剤師さん、ロシアの暮らしはパリに比べると過酷です。ロシアでは、チーズの種類は少ないし、女性はめったに微笑まない。路面はほぼ一年中凍結しています。それでもロシアには、殺されないで生き残った者は逞しくなるという利点があります。ロシア人の体質は、何世紀もかけてさまざまなものに順応するようになっているのです〉。わが祖先は、部屋の片隅で二人の仲間とトランプに興じているユルコを指さした。テーブルの上には、半分ほど空になったウォッカの瓶が置いてあった。

祖父は大笑いし、話を続けた。〈一八歳だったとき、私も皇帝の護衛官になった。とても誇りに思った。だが、お前も知っての通り、この連隊には、私、父、祖父だけでなく、私の知る限り、それ以前のバラノフ家の男性全員が属していた。それでも、私はすごくご機嫌だった。周囲の人々は、「コーリア、でかしたな。皇帝の護衛官になったそうじゃないか。お前の両親もさぞかし喜んでるだろ」と言って私をもてはやした。ところが、ある朝の訓練中のことだ。私は落馬して骨盤を骨折した。ようするに、大怪我をしたのだ。友人たちは「コーリア、気の毒だったな。ダンス・シーズンが始まったところだったのに」と同情した。私はひどく落ち込んだ。連隊の仲間はパーティーを転々とし、軍服を着て街を闊歩していた。一方、ベッドに寝たきりの私は、祖母とトランプをして気を紛らわせていた。そして突如、戦争が勃発し、仲間は前線へと駆り出された。気の毒なことに、緒戦で仲間たち全員がドイツ軍の機関銃による攻撃で死亡した。私はひどい罪悪感に苛まれた。自宅療養中の私のもとには、ペテルブルクじゅうのかわいい女の子たちが見舞いにやってきた〉。

〈私がお前の祖母と出会ったのはこのときだ。大変な時期だったが、自分たちには大きな計画があるのだと、少なくともわれわれはそう信じていた。自分の家柄と法学の学位があれば、官僚の頂点にまで上り詰めることができた。私は宮廷に迎えられ、義理の父はペテルブルクの中心にあるネフスキー大通りに小さな宮殿を建設中だった。すべてが順調に運んでいるかに思えたが、突然、頭のおかしな連中が現われ、「皇帝はひっこめ」、「わが聖なるロシアは共和制にすべきだ」

と主張し始めた。奴らの試みは成功し、奴らは権力を手中に収めた。そこに不意に登場したボリシェヴィキは、皇帝派や共和派など、反対派全員を抹殺した〉。

〈ロシア革命は未曽有の惨事だった。だが、この革命が起きなければ、私の人生は公務員か、せいぜい皇帝の取り巻きで終わっていたはずだ。私は共産主義が麗しいとは決して思わないが、お前もわかっているように、われわれはどんな社会体制であっても幸せになれる……。ヴァディアよ、われわれはこれから何が起こるのか皆目見当がつかない。お前がこれから起こることを操ろうとしても、それは無理だ。さらに悪いことに、これから起こることが自分にとってよいことなのか悪いことなのかもわからない。起きてみてはじめて自分の人生が台無しになったと気づく。あるいは逆に、幸せになったと実感する。天がお前の頭の上で崩れ落ちたとしよう。しばらくたってから、それは自分にとって最良の出来事だったとわかることさえある。お前の意のままになるのは、出来事の解釈だけだ。自分たちを苦しめるのは物事でなく、自分たちがそうした物事にくだす判断だと悟れば、お前は自分の人生を御することができる。だが、そうした考えを持たなければ、お前は大砲で蝿を撃つような羽目に陥る〉。

これらの話を語っていたときの祖父の表情は、私の脳裏に焼きついている。真剣に語りながらも、ちょっとした皮肉を盛り込み、愚か者の役割を演じることに少し躊躇している様子だった。それでも祖父は語った。というのは、この時代の人々は、自分たちが人生で学んだことを伝えようとし、また伝えるのは大切なことだと考えていたからだ。このような考えを持つのは、祖父たちが最後の世代だったのではないか。父の世代からは、いかなる教えであっても伝えることに意味があると考える者はいなくなった。誰もがクールでモダンになりすぎ、嘲笑されるのではないかと怯えて暮らすようになった。老いぼれの役目を演じる者は誰もいなくなった。

祖父は一九世紀の長老ではなく、すでに近代的な考えを持つ人物だった。カフカやトーマス・マンの読者だった祖父は、〈嘲笑されても構わない。孫に伝えておくべきことを語るのは自分の責務だ〉と考えていた。私はそんな祖父に今後も感謝することになるはずだ。というのもそのとき以来、私は、われわれは暗中模索の状態にあると考えるようになったからだ。われわれは、自分たちにとって何が善であり、何が悪なのかを知る由もない。しかし、われわれは出来事に自由に意味を付すことができる。そしてそれこそが、われわれの唯一無二の生きる力なのだ」

4

「祖父はどうやって蔵書を保持してきたのだろうか。祖父の家をガサ入れする勇気のある者はいなかったに違いない。われわれ家族でさえ、蔵書の置いてある屋根裏部屋へ上がることは許されていなかった。祖父はときどき屋根裏部屋から本を手にして下りてきた。〈ほら、これがカサノヴァの『我が生涯の物語』だ。お父さんには内緒にしておけよ〉。祖父が私に手渡す本は、初めのうちはラ・フォンテーヌの寓話やセギュール夫人の小説など、どちらかと言えば子供向けのものが多かった。だが、次第に祖父は我慢できなくなったのだろう。子供であっても構わないから、誰かと本の話がしたかったのだ。こうして祖父は、屋根裏部屋からそれまでとは違うタイプの本を持ち出すようになった。自身の決闘の様子を克明に記したレッツ枢機卿の回顧録を読まされたのは、一〇歳くらいのときだったと思う。幼い私にとって、それはチャンバラ物語だった。当時の私には、ミッキーマウスやこぐまのミーシャよりも、大コンデやロングヴィル公妃のほうが身近な存在だった」

バラノフは微笑むと、蔵書のなかでも大きな位置を占める場所を指さした。

「これらの本の大半は祖父から受け継いだ。お気づきのように、ほとんどがフランス語の本だ。祖父は、フランス文明は最高峰だと言っていた。その証拠に、祖父の世界観はパリを観察することで形成されていた。フランス人の行動様式、ファッション、癖を滑稽なまでに真似ていた。ウィーン会議でロシア全権代表団の首席だったネッセルローデが、ロシア語を話せなかったことはご存じかな。それでも彼は、帝政ロシアの外交を四〇年間も務めた。彼はロシアのために尽くしたが、ロシア語が話せないため、ロシア人だとは見なされなかった。それでも彼は懸命に努力した。だが、彼の愛国心は認められず、生涯にわたってひどく蔑まれた」

バラノフは書棚から一冊の本を抜き出すと次のように語った。

「あのキュスティーヌ〔フランスの貴族の家に生まれた外交官〕の息子の本だ。皇帝はキュスティーヌを兄弟のように歓待し、宮廷に出入りさせ、慣習を破って自分の娘の結婚式にも列席させた。君も、キュスティーヌがどうやって皇帝の恩義に報いたかを知っているだろ。彼は全四巻一一三〇ページにもおよぶ大著『皇帝の帝国』で、ロシアを地獄だと酷評した。〈ロシア帝国が偉大であろうとも、この国は巨大な監獄に過ぎず、監獄の鍵を持つ皇帝は看守だ。だが、看守の暮らしぶりは囚人と大して変わらない〉。〈ロシア人は文明的な暮らしに憧れているというよりも、自分たちは文明的な暮らしを送っていると信じたいのだ〉。

祖父はこの『皇帝の帝国』が大嫌いだったが、この本に魅了されていた。〈あの忌々しいフランス人は、ロシアを見事に描写している。ロシアでは、権力と富を手に入れる唯一の手段は常に宮廷だった。この国では、民衆の熱狂はまったく当てにならない。結局のところ、勝者が権力を築く場はいつも宮廷だった。だからこそ、最良の手段は、才能でなく媚びであり、雄弁でなく沈黙なのだ。キュスティーヌは、真冬のペテルブルクの街頭で貴族たちがコートも着ずに皇帝に媚びを売る姿を目撃する。真実を報道する新聞はない。あったとしても記事の内容について人々が雑談するカフェもない。ニュースの内容は、小声で指示を出す人物の意向に沿って脚色される。無言の国、眠れる美女の国。素晴らしい国だが、自由の息吹を欠いているため生気がない。そう、過去も現在も〉。

父は祖父のこうした指摘に震え上がった。父は屋根裏部屋の蔵書の存在を恐れていた。この蔵書が原因で、恐ろしい目に遭うのではないかと怯えていたのだ。しかし、父の名誉のために言っておくと、父は私をこの蔵書から遠ざけようとはしなかった。それは父が家に留守がちだったからではない。会議やシンポジウムなどに出席するため頻繁に出張していた父は、ついに共産党の社会科学アカデミーの所長に任命された。父の名前は『ソヴィエト大百科事典』にも載った。これは当時としては最高に名誉なことだった。それでも父は舞い上がることなく常に慎重だった。真夜中に秘密警察がやってきて自宅のドアを叩く音で目が覚めるようなことがあってはならないと、自分に言い聞かせていたのだろう。ロシアでは、こんなつまらないことのために、どれほどの才能が犠牲になったことか」

「でも、お父様は当時としては当然のことを行なっただけだと思うのですが」

「君の言う通り、父は常識人だった。だが、振り返って考えると、父は当時でさえ破滅に至る甘い考えの持ち主だったとも言える。つまり、己の義務を着実にこなしさえすれば、義務という無間地獄に陥ることなく、いつかはすべての義務を果たすことができると考えていたのだ。よくよく観察すると、父は自ら背負い込んだ重荷に押しつぶされそうになっていた。祖父は父のことを「小さな近衛兵」と呼んでいた。子供だったとき、私は祖父のこのからかいに思わず笑ってしまった。しかし、私が当時のソヴィエトにおける豊かな生活の基盤だったあらゆる特権を享受できたのは、父の業績と慎重さのおかげだった。たとえば、輸入品を扱う専門店での買い物、英語、ドイツ語、フランス語を学ぶことのできる学校への通学、特等席での観劇などだ。もっとも、芸術家や反乱分子とみなされる恐れがあるので、劇場にはあまり足を運ばないほうが賢明だった。

当時、モスクワにおける最大の特権は、「クレムリョフカ」という専門店での買い物だった。この店で買い物できるのは、共産党中央委員会の幹部や高官だけだった。毎日、運転手のヴィタリーという男が、父の職場があったグラノフスキー通り二番まで父を送迎した。ついてきてもよいと言われたときは必ず同行した。建物の前には、必ずと言っていいほどエンジンをかけっぱなしにした公用車がすでに何台も止まっていた。ヴィタリーとともに建物の中に入り、長い廊下を歩いていくと、ガラス張りのドアに「総務」というプレートのかかった部屋がある。ヴィタリーはそのドアを軽くノックすると、中からの返事も待たずに入っていく。カウンターの内側には、灰色の服を着た女性の従業員が微笑んでいる。当時のソヴィエト連邦では、公務員が微笑むことは一切なかったので、このような対応を受けられることも特権だった。彼女はヴィタリーにその日の望みの品を尋ねる。ヴィタリーは私のほうを見てこう聞くのだ。〈ヴラジエンカ、今日は何が食べたいんだ〉。私は、サーモンのピロシキ、ラムチョップ、レノフのキャラメル、アゼルバイジャンのオレンジなど、好きなものを何でも選べた。私はこのときほど特権がもたらす絶対的な権力に酔いしれたことはなかった」

　バラノフは虚空を見つめていた。子供のころに食べたピロシキと比べたら、自宅の部屋の豪華な板張りの床や天井の漆喰《しっくい》など、なんでもないと言いたげな様子だった。

「自分の性格には幸せな子供時代が焼きついている。世間を恨んだり復讐心を抱いたりしたことがないのは、私のような人生を送る者にとって大きなハンディキャップだった。ロシアでは、私のような幼少期を過ごした者は稀だ。この国では、ほとんどの人がかつての犠牲をともなう生活を覚えている。ロシアのエリートたちは、コート・ダジュールの別荘やペトリュスのボトル〔フランスの超高級ワイン〕に辿り着くまでに、彼らの誰しもが味わった不幸という共通の過去で結ばれている。過去の時代を誇りに思う者もいれば、恥じる者もいる。だが、彼らは三万ドルのスーツを着て互いの顔を見合わせると、自分たちは社会の成り行きに対して少し子供じみた怒りと呆然自失の感覚を持ち合わせているのだと気づく。皇帝でさえ同様だ。皇帝は自分の運命、つまり自己を導いた超越的な力の存在を確信しながらも、漠然とした不信感に苛まれている。子供時代をペテルブルクのバスコフ横丁にある共同アパートで暮らしていた皇帝は、今ではバッキンガム宮殿に行けばイギリス女王がお茶を出してくれる。一方、私の子供時代、自宅では白い手袋をはめた召使がピンク色のジンをお盆に載せて持ってきてくれていた。私の家庭は金持ちではなかったが、当時は贅沢な暮らしを送るのに大金は必要なかった」

「今日《こんにち》と違って、ですか」

「そう、今日と違ってだ。もっとも、それは完全に正しいとは言えない。外国人は、今のロシア人は金銭に執着していると思っている。でも、それは違う。ロシア人は湯水のように金を使う。というのも、莫大な金があっという間に懐に入ってきたからだ。とはいっても、明日はどうなっているかはわからない。だから、〈今すぐ使ってしまえ〉となる。君の国フランスでは、金はなくてはならないものであり、すべての基本だ。だが、ロシアの事情は異なる。この国では権力に近いことだけが特権であり、それ以外のことは本質ではない。こうした傾向は、皇帝の時代ではもちろんのこと、共産主義の時代ではもっと強かった。ソヴィエトの社会制度では、金は考慮の対象でなく本人の社会的な地位がすべてだった。貨幣の流通量は少なく、金を持っていたとしても利用価値は乏しかった。金銭の保有額によってその人の社会的な評価が決まるという発想はなかった。もし、君がダーチャ〔別荘〕を共産党から支給される代わりに自分で購入したとしよう。これは君がダーチャを与えられるほどの人物ではないと自ら認めることを意味した。重要なのは金でなく社会的な地位だ。もちろん、これは罠だ。特権は自由の代償であり、むしろ隷従の一形態だ。ところで、君はヴェルトゥーシュカをご存じかな」

「何ですかそれは」
「電話機だよ。共産主義の時代、この電話機を保有することは最大のステータスだった。というのは、ヴェルトゥーシュカは普通の電話機でなく、政権の大物たちと直接会話のできる特別な電話機だったからだ。電話番号はたったの四桁だ。自分の事務所にこの電話機が設置されていることは、成功者としての証だった。毎年発行される赤色の革製の名簿には、この電話機の所有者の名前が誇らしげに印刷されていた。所有者は自ら電話番号をダイヤルし、かかってきた電話には自分自身で応答しなければならなかった。最高権力者になると、自宅だけでなくダーチャや車にもこの電話機を保有していた。ヴェルトゥーシュカの所有者は、普通の電話機でなくもっぱらこの電話機を利用した。普通の電話機を利用するのは、的外れな謙虚さの表れ、付与された特権に対する冒瀆、反乱の兆しと見なされていたのだろう」

バラノフは一服し、微笑んだ。

「もちろん、この電話での会話はＫＧＢが傍受したが、この電話機の使用をやめる者はいなかった。奇妙なことに、権力者の取り巻きたちはこの隷従の道具を渇望した。
ある晩、私は偶然にも彼らのこうした心理に気づいた。映画好きだった父は、ときどき社会科学アカデミーで内輪の上映会を企画した。この上映会の観客は、同僚や中央委員会の役人など、せいぜい一〇名ほどだった。当然ながら、上映する映画は慎重に選択しなければならなかった。

どんな映画でも上映できると思ったら大間違いだ。しかし、この上映会は当局による検閲の対象ではなかったので、父はある程度、自分の気に入った作品を上映することができた。というのも、西側諸国のブルジョワ的退廃の兆候を研究する人物は、社会科学アカデミーの所長である父をおいて他にいなかったからだ。私が一二歳か一三歳だったときのことだ。父はロッセリーニ監督の映画『ルイ一四世の権力奪取』の上映会を行なった。君はこの映画の内容を覚えているかな」

私は、何度も会おうと約束しておきながら実際に会う気になれないときに感じる、ぼんやりとした後ろめたさを覚えながら頷いた。

「この映画は、ヴェルサイユ宮殿を建設した太陽王ルイ一四世が、いかにして宮廷の貴族たちを隷従させたかを語っている。貴族にちょっとした特権を与える一方で、彼らを決まりの多い儀式という檻の中に閉じ込め、彼らに気づかれないうちに、自由、そしてほとんどの場合では、人間としての尊厳さえも彼らから奪い取る。映画のラストシーンでは、ルイ一四世は身に着けていた装飾品をすべて投げ捨てる。豪華な衣装は、自身の権力を誇示するための小細工に過ぎなかった。ルイ一四世が取り巻きに語ったように、装飾品や豪華な衣装を身にまとうのは、王国で暮らす誰もが君主を頼りにするように仕向けるためだった。自然が太陽の恵みを頼りとするように。

その晩、上映が終わって室内が明るくなると、観客は気まずい表情をしていた。彼らは頭が悪いどころか、高度な教育を受け、身を削るような努力と策略を駆使して社会の頂点に上り詰めた優秀な人々だった。しかし、彼らはこの映画を鑑賞した後、なんとも説明しがたい違和感を覚えた。上映後の歓談はいつもより早く終了し、彼らは共産党が手配する二四時間いつでも利用できる車に乗って帰途についた。

君も、ソヴィエトのエリートはフランスの貴族とそっくりだと思うだろう。フランスの貴族と比べると、ソヴィエトのエリートは上品さには欠けるが、教育程度は高かったはずだ。だが両者とも、金銭を蔑み、民衆と距離を置き、傲慢な態度で暴力に訴える傾向があった。運命からは逃れられない。ロシア人の運命はイワン雷帝のような人物に支配されることだ。プロレタリア革命や強烈なリベラリズムなど、どんなものが発明されようとも、結果はいつも同じだ。頂点には皇帝の番犬であるオプリーチニキ〔親衛隊〕がいる。今日、ほんの少し秩序が回復し、最低限の尊厳が尊重されるようになった。これは大きな進歩だ。だが、こうした状態がいつまで続くのかは皆目わからない」

バラノフは何か思いついたのか、突然立ち上がると事務机へと向かった。

「ヴェルトゥーシュカはまだ現役だよ。回線は傍聴できないようにロシア連邦保安庁（FSB）が敷いた地中線を利用している。皇帝と話したい人なら必ず持っている。わが家にも一台ある。これがヴェルトゥーシュカだ」

バラノフは事務机の片隅に置いてある古風な電話機を指さした。

「赤色かと思ってました」

「いや、どれもグレーだ」

「モスクワがグレーな街だと思うのなら、ヨーロッパの街、あるいはワシントンに出かけてみてはどうですか」

「とんでもない。ヨーロッパの街もワシントンも、くすんで冴えないどころか死んだ街だ」

バラノフは皮肉交じりの笑いを浮かべた。

「君もご存じのように、私は外国へ行く自由を失った……」

「知ってますよ。そういえばあなたは、アメリカで懐かしく思うのは、トゥパック・シャクール〔ヒップホップMC〕、アレン・ギンズバーグ〔詩人〕、ジャクソン・ポロック〔画家〕だけであり、わざわざ出かける必要などないと言ってましたね……〔三人ともすでに死亡〕」

「人間は、ときどきでたらめを言うものだ」

「ところで、お父様はどうしていますか」

「すでに語ったじゃないか。優しく緻密な男で、いつも『現代の弁証法』だとか『ソヴィエト言語学の理論的な問題』といった書物の編纂に没頭していたよ。しばらくの間、すべてが順調に推移していた。父は五〇歳のときにレーニン賞を受賞した。全国の図書館が父の手がけた本を蔵書するように義務づけられたこともあり、これらの本の発行部数は数万部にも達した。ちょうどそのころだ。ゴルバチョフが牛乳の入ったコップを持って現われたのは」

「牛乳の入ったコップですか」

「ゴルバチョフがソ連を崩壊させるだろうことは、彼の演説を聞かなくても演説時の光景を見れば明らかだった。ゴルバチョフは演台にのぼるとすぐに、牛乳の入ったコップを持ってこさせた。聴衆はわが目を疑った。そしてゴルバチョフはウォッカの価格を二倍に引き上げた。国民に牛乳を飲ませたかったのだろう。だが、ここはロシアだ。信じられないだろう。こうしてすべてが地獄に堕ちていく有様《ありさま》に、誰もが唖然とすることになった。

いずれにせよ、ゴルバチョフの登場により、父は、職業、特権、名誉など、半世紀かけて築き上げたものをすべて失った。父の手元に残ったのは、読むに堪えないマルクス主義関連の本が山積するアパートだけだった。しかし、このアパートも結局は売り払う羽目になった。

最悪だったのは、父が人生の拠り所にしていた規範がすべて吹き飛んでしまったことだ。当時、私は高校生だったが、あまり勉強する気になれなかった。勉強は適当にこなし、テレビやテープレコーダーの転売などで小遣い稼ぎをしていた。しばらくすると、私の稼ぎは父よりも多くなり、自宅を訪ねてくるのは私の顧客ばかりになった。私は世間知らずの一六歳の小僧だったが、だからこそ世間を知り尽くした父よりも新たな世界にうまく順応できたのだろう。

父は外出しなくなった。ときどきソヴィエト時代の生き残りが父を訪ねてきた。しかし、彼らは自分たちの記憶さえも恥じているようだった。その証拠に、彼らは久しぶりに会っても廃墟となった寺院のように押し黙ったままだった。

父は病気になると、ほっとした様子だった。〈これでやっと昼間から寝転んでいられる〉と口にしていた。物静かにパイプをくゆらせながら、ゴーゴリ、プーシキン、トルストイなどの古典を再読していた。

父は病気になると、重圧から解放されたかのように快活になった。奇妙に聞こえるかもしれないが、人は病気になると落ち込むとは限らない。勤勉、努力、仕事は、健康な人のためのものであり、死に瀕した人はなすべきことがなくなり、ようやく毎日を楽しむことができるようになる。少なくとも父にはこの理屈が当てはまった。父の野望は、遊び疲れた子供のように眠りに落ちた。それでも父には、モスクワのパトリアルシェ池のほとりを散歩したり、日向ぼっこをしたり、本を読んだりする時間が残されていた。仕事に役立つ本などでなく、まったくなんの役にも立たない含蓄のある本を手にした。結局、脳梗塞で倒れ、クレムリンにある病院に入院した。父がこの病院に入院できたのは、かつての特権が物を言ったからだが、時代は移り変わっていた。患者のなかでちやほやされたスターは、過ぎ去った時代の哀れな影のような存在である父でなく、サルデーニャ島でのバカンス、ロンドンでのショッピング、モンテカルロでのパーティーなどの日々をサラトフ訛りで自慢する品のない太った中年女性だった。患者と看護師だけでなく医師までもが、プライベートジェット機や海水プールが登場する彼女の自慢話に呆然として聞き入った。この女性は太い首と耳たぶにぶら下がる宝石、カルティエの腕時計、最新型の電子機器をさりげなく見せびらかし、自分の自慢話に信憑性を与えていた。父はこの女性の話をぼんやりと聞いていた。生まれて初めて世間の評価がまったく気にならなくなった様子だった。死期が迫ったことで、ようやく自分の人生を御することができるようになったと思ったのだろう。医師と看護師は〈回復している。あと数週間もすれば元気になる〉と懸命に説得していたが、父は、それは嘘だと知っていた。特異な自尊心を露わにし、〈彼らは恥じている。真実を隠したいのだろう。だが、私は覚悟ができている。私は自分が思っていたよりも覚悟ができている〉と力強く語った。

父は死期を迎えて初めて毅然とした勇敢な姿を見せてくれた。父とまともな会話をしたのはこのときが初めてだった。私はベッドの横に置いてある病院の哀れなプラスチック製の椅子に腰を下ろし、午後のひとときを父とともに過ごした。歴史、哲学、たわいもないこと、自分たちの過去、祖父のフランス語の古書などについて語り合った。われわれはあたかも白樺の薪の香りが漂う田舎の空気を吸いながら校倉式の家屋にある革製のソファーに身を沈めているような気分になった。それまで私が知っていた父と異なり、父は皮肉っぽく辛辣で、おそらく少し幻滅した口調で話していた。父の精神は冴え渡り、祖父と同じような皮肉を連発した。父が長年にわたってこうした性格をずっと隠していたとは信じがたかった。ところが、知力を駆使する父の官僚としてのキャリアは、突如として悲劇的かつ不条理なものになったのだ。

そして父は死んだ。葬儀はひっそりと行なわれた。父の棺を乗せたおんぼろの霊柩車の後に四人の遺族が続いた。その横を成金のメルセデス・ベンツが猛スピードで追い抜いて行った。

あのとき私は、結局のところ父は自分の立派な葬儀のために生きてきたのだろうかと自問した。父の葬儀は、名誉、尊敬、軍人の敬礼、共産党書記長の花輪、新聞『プラウダ』の訃報欄とは無縁だった。仮に盛大な葬儀であったとしても、そんなことはどうでもいいことじゃないか。世の中には盛大な葬儀を行なってほしいために暮らしている人がどれほどいることか。自分の死後に盛大な葬儀が行なわれようが、そうでなかろうが、知ったことではない。

私には立派な葬儀などいらない。父の葬儀のときにそう思ったし、今もそう確信している。だからこそ父の死後、私は父とは別の道を歩むことにしたのだと思う」

5

「若いころ、人は何かを行なうだけでなく自分の取り組みを正当化したくなるものだ。父の夢は私が外交官になることだった。父は、ウィーンやパリのサロンで古参の大使たちとロシア文学を語り合っている私の姿を思い浮かべていた。しかし、父の夢とは反対に私の望みは、目的、義務、計画といった世界から抜け出すことだった。そのようなわけで、私はモスクワの舞台芸術アカデミーに入学し、ふしだらな演劇人として暮らし始めた。

一九九〇年代初頭、モスクワには活気がみなぎっていた。二〇歳になったばかりのわれわれの眼前には新たな世界が広がり、この新たな世界を征服しようと意気込んでいたところだった。スターリン時代の巨大な建物、泥だらけの歩道、地下鉄駅構内の巨大なシャンデリアなど、モスクワの街並みは変わらなくても、突如、すべてがエネルギーに包まれたかのようだった。興奮のあまり、日々の睡眠時間は三、四時間だった。舞台芸術アカデミーでの授業はよく覚えている。西側諸国の作品を鑑賞するだけでなく、俳優や演出家とも会い、彼らとは夜明けまで語り合った……。

芸術は文化であるだけでなく、建造物、予言、真実でもあるというロシアの古い考えの虜だったわれわれは、今度は自分たちが新たな基盤の上に社会を再構築する番だと確信していた。われわれは言論の自由のない国で暮らしてきた。堂々と自分の意見を述べるごく稀な人物は、狂人か英雄だけだった。われわれは、重要なのは言葉でなく行動なのだという考えにまだ至っていなかった。あのころ、芸術や文学を扱う新聞の発行部数は何百万部にも達した。人々は検閲なしで自由な発言を読めるようになったことが信じられない様子だった。それでも人々は満足しなかった。われわれは、自分たちは最後には救済されるという神話のなかで暮らしていた。当時、私ですらこの神話を信じているふりをした。とくに、若者はこれを真に受けた。これは若者の宿命だろう。

そしてクセニアと、あるパーティーで知り合った。こういうパーティーでは、後半になると客の半分は殴り合い、残りの半分はバスルームでいちゃつき合う。そんななか、ギリシアの小さな島の広場でバックギャモンをプレーし始めたかのように落ち着き払った華麗な女性がいた。

私は恐る恐る彼女に近づき、気の利いた小話を語って聞かせようとした。私の小話を聞いた彼女は、冷酷な月のような笑みを浮かべた。〈わくわくする話ね。他にも面白い話を知ってるのなら話してよ〉。

彼女を近くで観察すると、とても美しい女性だったが、眼光が紫に近い色だったことが気になった。

〈いや、今のが一番面白い話だよ〉

彼女の笑みは和らいだ。詳しいことは忘れてしまったが、これがクセニアという異星人とのファースト・コンタクトだった。

クセニアの両親はヒッピーだった。この国にもヒッピーは存在したのだ。母親はエストニアの出身だった。エストニアでは、フィンランドのテレビ番組を観ることができたため、西側諸国の流行がいち早く伝わっていた。母親はスモレンスク〔ロシア西部の都市〕で行なわれたコンサートで知り合ったミュージシャンと恋に落ち、クセニアが誕生した。その後、両親は別れ、クセニアは母親に引き取られた。母親はクセニアを連れてヒッチハイクで野営地を転々とし、クセニアは転校を繰り返し、ついに不登校になった。いつも非難の眼差しにさらされ、世間の常識を敵に回して育ったのである。唯一安定した暮らしを送れたのは、母親が彼女を祖父母に預けたときだった。祖父母のもとでは自由気ままな日々を送った。こうした不安定な教育が原因で、クセニアは世事に恐ろしく無関心になり、ノマドな生活スタイルが身に沁みつき、どんな違法行為であっても驚かない大人になった。氷上を滑走するような彼女の日常生活は、常人とはまったく異なる輝きを放っていた。一つのことに取り組むと、やり過ぎてしまうため、ちょっとしたことでも感情を爆発させた。とても聡明なのだが、論理的なプロセスを踏むのが苦手だった。普段はぼんやりしているが、電光石火の直観力で話し相手の抱える問題の核心を察知した。そうかと思うと、四歳児でも解けるような計算に四苦八苦していた。彼女は相手が誰であれ、その人の瞳を覗き込めば何があったのかを読み取る能力があったが、自分のことばかりに気を取られてすぐに忘れてしまうため、そうした能力を活かせていなかった。キャリアや将来の計画を持ち出して人生を考えることを嫌い、〈男性は将来の話をしだすと途端に退屈になる〉と言っていた。彼女の理想の生活は、午後はソファーで読書をしながら転寝《うたたね》をすることだった。しかし、彼女はしばしばどうでもよいことで感情を爆発させた。そして突然、大きなパーティーや森林探検を企画したり、演劇をつくったり、日本語を学んだりした。才能に恵まれていたので、どれもうまくこなすのだが、自分の才能を長期にわたって活かすことができなかった。

私は千年生き続けても、彼女のような人物に出会う機会はないだろうと感じた。しかし、彼女という存在が私に安らぎをもたらしたとは言えなかった。つい先日会ったばかりであっても、会うたびに一からやり直さなければならなかった。クセニアは相手を注意深く観察した。弱みを見せると襲いかかってくる虎のように、伏目勝ちの視線、額に浮かぶ汗、声に現われるかすかなためらいを見逃さなかった。目はまだ笑っていても、唇はすでに怒りで震えていた。怒り出すと瞳の色が変わった。グレーだった瞳は次第に明るい色になり、最後はほとんど真っ白になる。それは嵐が訪れる兆しだった。そんなときは怒りの原因を探るために、ここ数時間の出来事を必死になって思い返す。だが、ほとんどの場合、怒りの原因を見つけることはできない。なぜなら、それは、ちょっとした印象、何か月も前の記憶、退屈な気分など、思いもよらぬことばかりだったからだ。

怒り始めると、いつも同じ展開だった。かっと目を見開き、残酷なまでに罵り、生まれたときからため込んだやり場のない怒りを爆発させる。どう反応しても無駄だった。黙ってやり過ごそうとしても罵倒の嵐は続き、さらに強まる。反応しないのは、自分がふがいない男だと認めることにしかならなかった。逆に、カッとなって応酬しても結果は同じだ。クセニアは言い返されたことを新たな罵詈雑言の材料にする。そして最後は、通り雨のように怒りは収まる。クセニアは自分が何を言ったのかさえ覚えていない。そして彼女は〈あなたはどうしてそんなに不機嫌なの〉と不思議そうに尋ね、ときには抱きしめてくれる。彼女は慰めてもらいたかったのだ。そう、愕然として不安いっぱいの子供のように。

クセニアの怒りが恐怖だったのは、予測不能だったからだ。歴史上の独裁者と同様、無作為の処罰ほど国民に激しい恐怖を与えるものはないとクセニアも本能的に察知していた。国民が独裁者の顔色を常に窺うように仕向ける唯一の方法は、明白な理由もなく不意に処罰を課すことだ。平穏に暮らすには一定の決まりを守るだけでよいとわかれば、国民は安心感を得られる。ところが、安心感を得た国民は反抗するようになる。一方、常に不確かな状態に置かれると、国民はパニックと背中合わせになり、反乱を起こそうという気力を失う。予兆なく落ちてくる雷を避けることだけで頭が一杯になるのだ。

クセニアが私に行使したのは、まさにそうした力だった。彼女は無慈悲で移り気な野獣であると同時に、まったくの無防備だった。嫉妬に苛まれた彼女は、怒り狂って私の仮面をはがそうとした。〈あなたは自分自身で形容するような人間ではない。他の人たちと同様、あなたも小さな人間であり、裏切り者よ〉。ところが奇妙なことに、実際はまったく逆の出来事が起こったのだった」

6

「時が経つにつれ、クセニアと私は殻に閉じこもっていった。われわれにとって、外界は自分たちの孤独感を強める場でしかなかった。しかし、外界には可能性に満ちあふれた街があった。ほぼ毎日のように、元クラスメートが新たなビジネスのアイデアを持ちかけてきた。冴えないアイデアであっても、一部の者は成功した。たとえば、靴の修理屋だった男は、家族をプライベートジェット機に乗せてアルプスでのスキー旅行を楽しんでいた。また、祖父の古い自転車に乗って街をうろちょろしていた別の男は、護衛の車両に囲まれた防弾仕様のベントレーで約束の時間に現われたという。

私もたまに自分の殻から抜け出し、ビジネスマンに生まれ変わった高校時代の友人たちに会っていた。彼らのなかにもそんなタイプの男がいた。工学部のコムソモール〔共産主義青年団〕のリーダーだったミハイルだ。ミハイルを熱心な共産党員だと思ったら大間違いだ。ソ連が崩壊する寸前のコムソモールには、野望を抱くシニカルな若者、どんなことでもやってのける覚悟のある貪欲な若者、金が欲しい若者が集まっていた。一九八〇年代末のソ連で合法的にビジネスができたのは、学生協同組合だけだった。ちなみに、ほとんどのオリガルヒ〔新興財閥〕は学生協同組合の出身者であり、学生協同組合はロシア資本主義のビジネススクールだった。

この無謀な連中の一人だったミハイルは、私に何度も自分のビジネスの仕組みを説明してくれたが、私はうまく理解できなかった。彼は、国営企業間の決済システムを開発したという。正確に理解できなかったが、ある企業から調達した資金を別の企業に融資するというように、企業の間に入って資金の流れを円滑にするビジネスだったようだ。ようするに、本格的な銀行業務が認可される数年前に、小規模な金融機能をビジネス化したのだろう。

当然ながら、ミハイルはスイスの会計士のように机に向かって企業のバランスシートを眺めていただけではなかった。手にした資金を、コンピュータの輸入、観光客向けの土産物の生産、ブリーチ加工のジーンズの生産工場の立ち上げなど、さまざまなビジネスに投資した。あるとき、仕入れたコニャックを一本五〇ドルで販売したが、まったく売れなかったそうだ。そこで一本一五〇ドルにしたところ、飛ぶように売れたという。

これがあの時代のモスクワであり、ミハイルはその寵児だった。彼の服装は、ソ連時代の粗悪品から深紫色のヒューゴ・ボスを経てサヴィル・ロウのオーダーメイドへと、あっという間に変化した。モスクワの貪欲なエリートをターゲットに発売された雑誌を開くと、眼鏡をかけた彼の勇姿を拝めた。

ミハイルとは、当時モスクワ唯一の高級ホテルだったラディソンのバーでときどき会った。私は、彼のような人物を題材にした演劇をつくってみたいという漠然とした思いを抱き、彼の冒険譚を聞かせてもらっていた。ある晩、クセニアと一緒に外出したとき、ミハイルと会った。彼女はミハイルとは初対面だった。互いに軽く自己紹介を済ませると、彼女はしばらくの間、ミハイルを凝視した。自信に満ちた表情、細いチタン製フレームの眼鏡越しに光る鋭い視線、私のだらしないセーターとは対照的な三つ揃いのスーツ。

いきなり彼女は不躾に〈その趣味の悪いネクタイ、どこで手に入れたの〉とミハイルに尋ねた。

今から思うと、この最初のやり取りで私の運命が決まったと悟るべきだった。クセニアは、高級腕時計をつけ、イギリス製の靴を履いたエネルギッシュで俗っぽいミハイルを選ぶつもりだったのだ。ミハイルもそのことにすぐ気づいた。彼はネクタイを買ったナポリの店の名前を自嘲気味に答えた。彼の眼は、〈俺と一緒になったら、君をその店に連れていってやるよ〉と語っていた。

そして私はすべてを見た。すべてを即座に見たのだ。だが、私はずっとそれを信じようとしなかった。クセニアは、気まぐれで恨み深い私の女神であり、私は彼女が不機嫌になるのを恐れて暮らしていた。彼女のご機嫌をとるには、ワニ革のバッグやクリヨン〔パリの高級ホテル〕のスイートルームで充分だとは想像もしていなかった。私は毎日、彼女に自作の詩を朗読していたが、ダイヤモンドのブレスレットをプレゼントするほうが効果的だとは思ってもいなかった。われわれの脳は、しばしば自分にとって都合の悪い真実を隠そうとする。目の前にあらゆる手がかりがあるのに、心がそれらの断片を組み合わせることを拒むのだ。この最初の出会いから、ミハイルはわが家を頻繁に訪れるようになった。彼は独りで現われることもあったが、見栄えのよさだけを基準にロシア帝国全土から選ばれた若い娘たちを引き連れてくることもあった。ベントレー、ジャガー、あるいは大きなメルセデス・ベンツで現われ、われわれをモスクワで一番おいしいグルジア料理のレストランへ連れ出す、二人の給仕を連れて来たかと思うと、給仕にモスクワ市郊外のわれわれの小さなアパートのテーブルに牡蠣《かき》とキャビアを並べさせるなどした。また、日本から呼び寄せた寿司職人を連れてきたこともあった。三平方メートルの狭い台所でマグロやブリの刺身をつくらせたのだ。

ミハイルは教会で祈りを捧げる商人のように漠然とした後ろめたさを覚えながら、これらのプレゼントをわれわれの足元に並べ立てた。ミハイルの厚意は、クセニアと私が人生を捧げようと決めた文化と芸術に対する敬意だと思っていた……。私は、文化と芸術は現実の世界に対して何らかの影響力を持っていると信じたかったのかもしれない。もちろん、私のそうした見方は間違っていた。そしてミハイルは、はるか以前からそのことを理解していた。彼は他人の子供の描いた絵を眺めるように、われわれの文化と芸術に感嘆しているふりをした。三人の関係を正視できなかった私は、厚意の背後に隠されたミハイルの尊大な態度を見逃した。だが、いつものようにクセニアはすべてを察知し、苦しんでいた。彼女はミハイルに会う以前から、文化と芸術は世界の支配者たちが何の気なしに買うがらくた、つまり、安価なお飾りになりつつあるのではないかと嘆いていた。そんなとき、ミハイルの登場と彼の尊大な態度により、彼女のそうした疑念は確信に変わった。初対面のとき、クセニアは苛立った。彼女は私よりもずっと先にミハイルの存在に脅威を感じていた。それは、われわれカップルだけでなく文化と芸術の世界に対する脅威だった。新生ロシアの潮流のなかで、文化と芸術は、顔のない大勢の男女の夢と願望によって押し流される運命にあった。われわれは、飼いならした象、刺繡の入ったブラウス、サクランボのシロップ、バラの花びらのシャーベットからなる東洋の贅沢に溺れるマハラジャのような存在だったが、地平線上にはスーパーカーやプライベートジェット機の代理店、ヘルシンキでのバカンス、五つ星のホテルという世界がすでに見えていた。アメリカやドイツの情報に触れ、自分たちは文化芸術の最先端にいるのではないかと感じていたが、実際は死んだ星の最後の輝きに過ぎなかった。つまり、自分たちの両親の継承者だったのだ。われわれは彼らを臆病者と軽蔑していたが、読書、思想、白熱した議論の面白さを教えてくれたのは彼らだった。ミハイルは、私とクセニアが死んだ星の住人であることを明確に理解していた。一方、金の飛び交う華やかな世界の住人である彼は、金の威力を熟知しており、彼にはこの世界から抜け出そうという気などまったくなかった。しかし、彼はクセニアが欲しいがために絶滅危惧種が住む廃墟に足しげく通ったのである。

月日が経つにつれ、クセニアはミハイルの貢ぎ物に感化された。彼女がそうした気持ちを私に正面切って話すことはなかったが、私には彼女がいつもよりも神経質になっているように感じられた。付き合いはじめたころ、彼女は私の内気な性格を古風なロマン主義の表われと解釈していた。だが、彼女が〈自分だって新たな時代の可能性を最大限に探求したかったのに〉と思っていたまさにそのとき、私のそうした欠点が、彼女の成長を妨げ、彼女をみすぼらしい世界に幽閉する鎖になったのだ。ミハイルはほとんど毎日、貢物とともに新たな提案を持ってやってきた。ミハイルは謙虚な姿勢を保とうと努力しながらも、私とクセニアの暮らしに巧みに入り込んだ。私は彼のそうしたやり口をただ傍観していた。私とクセニアの共通の楽しみだった読書、コンサート、夜のおしゃべりは姿を消し、代わりに、はるかに金のかかる遊びに興じるようになった。そうなると、私が胸を張って参加する余地は失われた。ギャラリーやナイトクラブのオープニング記念パーティー、モスクワの高級レストラン「ホワイト・サン」や「エルミタージュ」でのディナー、午後のショッピングなどが次々と続いた。ところが、私はこれらの日々にどうしようもなく退屈し始めた。

一方、クセニアはミハイルの生活スタイルに毒されたため、われわれはミハイルのつまらない誘いでさえ断ることができなくなっていた。私が外出する頻度を減らそうとすると、彼女は嫌味を述べながら激しく口論した。クセニアはうんざりした様子で口を尖らせ、〈ヴァディア、あなたは外出嫌いなのよ。家の中に閉じこもっていることだけが好きなんだわ〉と不満を漏らした。たしかに、彼女の言う通りだった。問題は、クセニアが私の理解者として純粋であるわけでも堕落しすぎているわけでもなかったことだ。

ある晩のことだ。夜中に目が覚めると、私は隣で寝ていた彼女をじっと見つめていた。あのとき、彼女はすでにどこか遠くに行ってしまったような感覚に襲われた。戻ってきても、いつものように私に軽蔑的な言葉を投げかけるだけだろう。それでも、私は彼女を私のもとへ連れ戻したいと強く思った。〈僕だよ、わからないのかい〉。私の傍らで横たわり、安らかな寝息をたてながら明日の闘いに向けて英気を養っている復讐の女神に、私は何を提供すればよいのだろうか。私はまるで学校の試験でも受けるかのように、メモを取りながら暮らしていた。疲労困憊していたが、まだ何も成し遂げていなかった。アイデアがありすぎて、行動するのが馬鹿らしく思えてしまうのだ。毎日、一五種類ほどの異なる生き方を思い描くのだが、それらの一つとして別の生き方では役立ちそうになかった。そうしたわけで、私は野心の高ぶりを鎮めるために、アパートに置いてある緑色のベルベット生地のソファーに身を沈めて過ごしていた。クセニアが私を尊敬しているという幻想を抱いたこともあったが、日が経つにつれ、彼女の抱く感情が皮肉から軽蔑に変わっていくのが見て取れた。

　あのときの心境は、子供だったときに田舎で濃い霧に包まれ、顔の前にかざした手が見えなかったときとよく似ている。祖父が〈太陽を探してこい〉と言ったので、森のなかを歩き、谷を見下ろすことのできる丘に登った。登るにつれて周りは明るくなっていった。すると突然、太陽が白いヴェールを切り裂き、目の前にダイヤモンドのような輝きを放つ霧氷で覆われた景色が現われた。私は宝石がちりばめられた小枝の束を持ち帰ったが、途中で氷が解けてしまった。家に戻ると、それは何の変哲もない茶色の小枝だった。自分には証拠がないと思った。でも、それは嘘だった。私は逃げていたのだ。そしてクセニアは私が逃げていることを知っていた。クセニアと平穏な日々を送りたいと切に願っていたが、私にはまだその資格がなかった。

　突然、クセニアは目覚め、灰色がかった瞳を見開いて私を凝視した。彼女は、私が夜明けのハゲタカのように彼女の寝顔を覗き込むのは当然だと思ったのか、少しも驚いた様子を見せなかった。あのとき、私は〈君が僕よりも強いのは、僕を愛していないからだ〉と自分に言い聞かせていた。私の苦しみは彼女を退屈させるだけだった。

ある土曜日の朝、われわれはモスクワ市の郊外にいた。ミハイルは購入を検討している古いダーチャ〔別荘〕を見学するためのドライブを計画したのだ。彼は捕獲したばかりのマリレーヌという女性を連れてきた。彼女はフランス人で大手の投資会社に勤めているという。かわいらしい子で、ミハイルがいつも連れ歩いているチェルケス人の美女たちよりも地味な雰囲気だった。マリレーヌとはいつもよりも真剣な付き合いなのだろうか。少なくともマリレーヌはそう思っているようだった。

この日の問題は、マリレーヌがロシアの田舎道とミハイルの乱暴な運転に慣れていなかったことだ。モスクワの東にあるウラジミール州の悪路を三〇分ほど疾走すると、マリレーヌは乗り物酔いしてしまった。彼女はミハイルに車を止めさせ、ミハイルに代わって私が運転しないのなら、自分はヒッチハイクでモスクワに戻ると言い張った。私も彼女の提案に反対したが、彼女は頑として引かなかった。結局、私は助手席で昏睡状態のマリレーヌの隣でハンドルを握ることになり、ミハイルは後部座席でクセニアの隣に座った。私は石ころだらけの道で一〇万ドルのポルシェを運転することに慣れていなかったため、かなり緊張した。私は、何度挑戦しても勇敢なミハイルに勝てないだろう自分に腹が立った。ミハイルは私を小馬鹿にした。

〈では、ヴァディア。君の腕前をみせてもらおうじゃないか。俺は五分もすればマリレーヌがもう一度俺に運転してくれと頼むことに賭けるな〉

クセニアは私をかばうふりをした。〈やめてよ、ミハイル。ヴァディアは運転が上手なのよ。お爺さんのトラクターで練習してたから、悪路なんてへっちゃらよ〉。

〈えっ、爺さんの馬車を操ってたのか〉

後部座席では二人とも楽しそうにしていた。一方、ポルシェは私の運転に納得していなかったが、少なくとも私が指示する方向へと進んでいった。変速機になにやら問題があったが、ギアを四速に入れたまま走り続けることにした。しばらくしてルームミラーを自分の目線に合わせようと動かしたとき、誤って後部座席の様子が映った。ミハイルの手はクセニアの膝の上にあった。彼女は大きなズワイガニのようにじっとしていた。

それは実に不思議な感覚であり、どう説明してよいのかわからない。衝撃的であると同時に、すでに知っていたことの確認であり、ある意味、満足感に近かった。いずれにせよ、私は何も見なかったふりをした。ポルシェの運転を続け、その日一日、何事もなかったように振る舞った。帰宅すると、私はクセニアに〈ここを出ていくことにした〉と告げた。彼女は怒ろうとした。二、三枚の食器を叩き割ったような気がする。しかし心の奥底では、理由は違っても、私と同様にほっとしていたに違いない」

7

「私は、友人の建築士が改装したおしゃれな建物の最上階にある小さな部屋に引っ越した。この建物はモスクワの喧騒に浮かぶ白いカプセルのようだった。クセニアとの別れに大いに苦しむことになると覚悟していたが、気持ちが楽になり、生きる気力が湧いてきた。思ったほど苦しまなかったのだ。誰かが言っていたように、自分を苦しめることによって真実を明らかにしてくれる女性は尊い存在だ。

このとき私は、クセニアに捨てられたことで目覚めた己の野心を、演劇で満たすことはできないと確信した。私は、少しの喜びも生み出すことができない文学者の悲痛な悲しみにもう耐えられなかった。彼らは今日の現実に向き合うことができず、深い悲しみに絶えず付きまとわれ、文化の喪失を嘆き、自分たちの最後の砦を守ろうともがき苦しんでいた。私は、「文化人の暮らし」は言うまでもなく、文学者の集まり、文学賞、文化人として生き残れるという幻想を育むために凡庸な文化人たちが吹聴するおとぎ話にうんざりしていた。

私はこの時代の注釈者でなく、この時代に身を投じたかった。そして図書館の本棚から距離を置けば置くほど、不撓不屈《ふとうふくつ》の精神を発揮できるようになるはずだと考えた。私は自分のすべてを集中投下できる瞬間を探し求めていた。

このとき初めて、私はあの時代のモスクワを包み込んでいたどす黒いエネルギーに身を委ねた。マクシムという男と知り合ったのだ。隣人だったマクシムはグルーチョ・マルクスのような風貌の広告業者であり、非の打ちどころのないイタリア製のスーツを着て美女たちをはべらせていた。マクシムは、〈俺の醜い容姿がマイナスに働くのは一週間くらい。長くて一〇日間だ〉とうそぶいていた。いきなり言い寄られることに慣れている女性たちは、きめ細かな気配りという連続技を巧みに駆使するマクシムの餌食になっていた。こうした才能に加え、彼はこの業界においては珍しく自虐的な精神の持ち主だった。

マクシムの餌食になると、誘いに応じるだけでなく恋してしまう。容姿という障害を乗り越えると、彼女たちは、彼のファンタジー、知性、気遣いに依存するようになる。見かけは優しくても本当は怖い性格の近寄りがたい人物であることを、彼女たちは直感的に察知する。こうして立場は逆転する。言い寄られた女性はマクシムに首ったけになり、彼の甘い無関心の秘密を必死になって探り出そうとする。だが、丸腰になった敗残兵に対し、マクシムは虐げることなく寛大な態度で接する。これは彼が新たな獲物狩りに乗り出す合図であり、敗残兵たちの間では、当然ながら破壊的な爆音の連鎖が生じる。私は彼の周りに終始はべる女性たちの恩恵を受けた。クセニアとの破局後、気持ちを整理する必要があった。一九九〇年代中頃のモスクワは、そうした私にうってつけの場所だった。ある日の午後、たばこを買いに外出すると、友人とばったり会った。友人はなぜか異様に興奮していた。二日後に目を覚ますと、フランス南東部のスキー・リゾート、クールシェヴェルの山荘にいた。自分は半裸であり、周りには眠りこけた美女たちがいた。どうやってそこに辿り着いたのかは、まったく覚えていなかった。また、こんなこともあった。ストリップショー・クラブの内輪のパーティーに行き、ウォッカを鯨飲しながら見知らぬ人と話し始めた。すると翌日には、予算が数百万ルーブルの宣伝キャンペーンの責任者になっていた。

ロシア暮らしのよさの一つは昔から意外性だったが、この時期はそれが最高潮に達していた。想像してみてほしい。生命力に満ち、聡明で才能溢れる若者たちが陰鬱な暮らしを送るしかないとあきらめていたところに、突如として世界へ羽ばたくための扉が開いたのだ。彼らは、金を稼ぐ、世界を駆けまわる、モデルと寝るなど、ほんの数年前なら思いもよらなかったことであっても、自分たちの望みを叶えることができるようになった。気が狂いそうだった。実際に頭が変になる連中が大勢現われ、街では暴力が吹き荒れた。それは幼稚園児に小さなエプロンと一緒にマシンガンを手渡すようなものだった。つまらないことが原因の発砲騒ぎが相次いだ。どうでもよい人物を護衛する私設軍隊も登場し、彼らのなかには爆弾やカラシニコフの掃射で吹っ飛んだ奴もいた。これらすべての騒動がモスクワの強烈なバブルを煽った。共産主義特有の朽ち果てた無気力に何十年も浸っている間に蓄積された国中の願望が、あの時代のモスクワに集約した。知識人たちは自分たちの時代が訪れたと確信した。だが、社会の中核になったのは文化芸術でなくテレビだった。

新たな世界の中枢神経とも言えるテレビは、魔法のような重みで人々の時間を捻じ曲げ、欲望が発する燐光を全国に映し出した。

演劇人からテレビのプロデューサーに転進するのは、蒸気機関車からランボルギーニに乗り換えるようなものだった。フィルターなしのたばこの煙が漂う部屋で熱い茶を飲みながらソ連の詩人マヤコフスキーについて議論し、翌日はオランダの建築家が設計したオープンスペースでカプチーノを飲みながらパワーポイントをつくり、マラケシュでの休暇を楽しみにした。ロシア最大のテレビ局であり、その後民営化されたORTのスタジオでは、番組の制作だけでなくロシア人の生活様式を変えるための実験が行なわれていた。実際にしばらくすると、彼らの生活様式は変化した。日中は〈Oh my God!〉〈Whatever…〉などの英語のフレーズを口にし、夜は流行りのワイン・バーでサッシカイアとシャトー・マルゴーの出来を論じ合うようになった。若い女性なら連続テレビドラマ『セックス・アンド・ザ・シティ』の登場人物、男性なら俳優ジョニー・デップのように振る舞った。われわれはロシア人お馴染みの模倣力を「クール」に利用するように仕向け、「バズ」らせ、「ハイプ」を生み出した。やっていることは明らかに馬鹿げていた。そうはいっても、この国であの時代の大衆の想像力を再構築したのは、われわれだった。テレビ以外のメディアはすべて崩壊していたので、大衆に道筋を示すのはテレビの役割だった。リアリティ番組の制作では、郊外の団地やスターリン様式の高層ビルの尖塔など、旧体制の残骸を舞台にして、アルコール中毒の父親、田舎の老婆、野心のある売春婦、虚無主義の学生など、ロシア人大衆の典型的な人物を取り上げ、彼らに新たな世界に参入するための最良の道筋を提示した。

最も重要なのは視聴者を退屈させないことであり、それ以外のことは副次的なことだった。かつてソ連の有力者たちは鉄のカーテンを被せてこの国を窒息させようとした。そして今、退屈なこと以外なら何でもできるようになった。こうして、われわれが持ち寄るアイデアは日増しにおかしなものになっていた。たとえば、小さな地方都市の支配権を巡る二組のマフィアの抗争をテーマにするリアリティ番組、女学生に成金をものにする方法を教える学校に関するドキュメンタリー、株価を予想する占星術師、マリー・アントワネット様式を専門とするインテリアデザイナーなどだ。

　われわれは、これがテレビというメディアの本性だと主張するかのように、テレビを野蛮で下品なものにした。アメリカ人から学ぶことはもう何もなかった。実際に、低俗な領域を押し広げたのはわれわれだった。しかし、不滅のロシア人魂が目覚めることもあった。あるとき、愛国心を扱う番組をつくろうという運びになった。そこで大衆に〈母なるロシアの英雄は誰か〉と尋ねた。われわれは、トルストイやプーシキンなどの偉大な文学者、アンドレイ・ルブリョフ〔プロテニス選手〕などのスポーツ選手、あるいは歌手や俳優などの名前が挙がるのではないかと予想した。ところが驚いたことに、背を丸めて相手と視線を合わせないことに慣れた顔の見えない大衆である視聴者が挙げたのは、独裁者ばかりだった。彼らの英雄と祖国の創始者は、イワン雷帝、ピョートル大帝、レーニン、スターリンなど、残虐非道な独裁者だった。われわれは調査結果を改竄せざるを得ず、中世ロシアの戦士で、虐殺者ではなかったアレクサンドル・ネフスキーがトップに選ばれたということにした。ちなみに、最も多くの票を集めたのは、なんとスターリンだった。このとき、ロシアが他国と同じようになることはないだろうと確信した」

8

「当時、テレビ局ORTの所有者はボリス・ベレゾフスキーという金持ちだった。一見したところ、信用できそうなオリガルヒには思えなかった。その表情には権威はもちろん、尊敬の念さえ感じられなかった。小太りで近眼のベレゾフスキーは物思いにふけっているのでなければ、笑ったり、笑わせたりしていた。誰もが彼の実力を認めているのに、自分は実力者だと常に強調していた。食事中に電話がかかってきても〈大統領の娘タチアナからだ〉〈副首相のアナトリーからだ〉というように、周囲の者たちに誇らしげに語っていた。彼が会話に加わると、四分後には必ず自慢話になった。たとえば、チェチェン共和国に乗り込んだ際、自分の八万ドルの腕時計と引き換えに人質を解放させたという武勇伝や、アエロフロートの経営権取得後、客室乗務員の新しい制服をレストランのテーブルクロスに描いて自らデザインしたという類の自慢話だ。

ベレゾフスキーは、モスクワ市南部のノヴォクズネツカヤ駅近くにある古い宮殿を保有していた。

白くて長い背の低いこの建物には、聖クリメント教会が併設されていた。本来、この建物は彼の会社の本社になるはずだったが、ベレゾフスキーはこの建物をロゴヴァズ・ハウスと命名し、取引先の幹部などが自由に出入りできる社交クラブとして利用した。日中ならいつでも立ち寄ることができ、高級葉巻が常備されたこの社交クラブには、ベラルーシの企業家や、ロシアとともに世界を再構築しようと窺うカザフの将軍の姿も見られた。壁には巨大な水槽、そしてバイエルンの城から直接移築した暖炉があり、聖像、象牙の小像、寄せ木細工のテーブルなどが並んでいた。置物から絨毯に至るまで、どのオブジェも審美的な観点というよりも金銭的な価値で選択されたのだろう。そうはいっても、すべてを並べると、銀行強盗やブラックジャックでの勝利など、無謀な冒険の末の産物といった魅力が感じられた。ジェームズ・ボンドがチェーホフの戯曲『ワーニャ伯父さん』の家の内装をやり直したという感じだろうか。最高によい趣味とは言えないが、ここに来るほとんどの人々は、できるだけ長居したいと思ったはずだ。

この社交クラブには多くの人々が出入りし、当時のモスクワの政治、ビジネス、興行、犯罪に関するエッセンスが詰まっていた。そしてある時間になると、別の惑星からやってきたと思われる女性たちが出現した。誰もがボリス・ベレゾフスキーとの面会をできるだけ遅い時間帯に設定しようとした。というのは、夜八時を過ぎてこの社交クラブに滞在していると、モスクワで最も愉快なパーティーに招待されるからだ。この時間を過ぎると、ビジネスと遊びが融合し、ビジネス会議はあっという間に乱痴気騒ぎへと堕落する。モスクワの権力者とはそうしたものであり、私生活から切り離された存在ではなかった。一方、西側諸国の権力者は会計士のような輩に過ぎない。朝早く起きて全粒粉のミューズリーをかきこみ、オフィスで、一〇時間、一二時間、一四時間、あくせく働く。ようやく仕事が終わると運転手に家まで送ってもらうか、面白くもない連中と晩飯を食べる。せいぜい愛人のところで息抜きするのが関の山だ。ロシアでは権力者のそうした生活スタイルは考えられない。ロシア人は権力を、私生活を含めて全体的に捉える。

当時、私はテレビのプロデューサーとしてそこそこ活躍していたため、ロゴヴァズ・ハウスにときどき招待された。ベレゾフスキーが私を招待する目的は、進行中の企画についてあれこれ質問することだった。その際、自分のいとこや可愛がっている女性ダンサーを推薦してきたこともあった。ところが、ある晩のことだ。話が思わぬ方向に進んだ。ベレゾフスキーと私は、彼の古くからのビジネスパートナーであるグルジア人とともに二階のオフィスにいた。二人とも、私が最近制作した俗悪な番組の視聴率が高かったことを褒め、次にどんな番組を制作するのかと聞いてきた。だが、すぐに私は彼らが話したいのは別のことだと気づいた。すると、ベレゾフスキーは政治の話を始めた。政界から追い出されたばかりの友人である大臣たちの運命について語り、〈ロシアの政治はロシアン・ルーレットだ。知っておくべき唯一のことは、命を賭ける覚悟があるかないかだ〉と呟いた。

すると私に向かって次のように切り出してきた。

〈なあ、ヴァディア。この国のすごいところは、自分がプレーヤーでなくてもプレーヤーと同じリスクを背負い込むことだ。たとえば、君が社会の片隅で大人しく自分の仕事に専念しているとしよう。だが、遅かれ早かれ、君の持っているものを奪い取ろうとする者が現われる。そして、そいつにほんの少しの権力、あるいはほんの少しの腕力があれば、そいつは君からすべてを奪い取るだろう。そして君は自分がどうしてこんな目に遭わなければならないのかと途方に暮れる。だったら、ロシアン・ルーレットに興じたほうがいいじゃないか〉

ボリスの語り口からは、彼が何を言いたいのかがわからなかった。社会学的な考察に過ぎないのか、それとも何かもう少し具体的な脅威を示唆しているのだろうか。

〈現実にこうしたことが私に起こったのは、君も知ってるだろ。私は大人しくビジネスに専念していた。西側諸国風の合法的で現代的なビジネスを立ち上げ、自動車の代理店ネットワークを構築して全国に大量の車を販売していた。ところがある日、私のビジネスを奪おうとする奴が現われた。この野郎が一体何をしたと思うかい。アメリカやヨーロッパなら、私を市場で叩きのめそうとして競合の代理店をつくるだろう。ところが、この野郎は爆薬を満載したおんぼろのオペルを私の通り道に駐車し、午後、私がそこを車で通過するときにリモコンで爆破させたのだ。奴は、これでベレゾフスキーも一巻の終わりと思ったはずだ。だが、ベレゾフスキーは類まれな生命力の持ち主だ。暗殺は失敗に終わった。気がつくと、私は運転手の首を両手に抱えていた。爆風で飛び散ったおんぼろのオペルの破片がギロチンのように運転手の首を切り落としたのだ。一方、私はかすり傷程度で済んだ。通行人は黒焦げになった私の車を見て唖然としてた〉

ボリスは信じられないといった様子で首を横に振った。

〈何と言えばよいのかな、ヴァディア。あの日、私は自分が権力者に関心がなくても、権力者は私に関心があるということに気づいた。二週間ほどスイスで静養してからモスクワに戻り、真っ先に

やったのはテニスクラブに入会したことだ〉

その話の続きは、私だけでなくモスクワ市民全員が知っていた。ベレゾフスキーが襲われたとき、年老いた大統領はすでに衰えていた。彼は大統領執務室にはほとんど姿を見せなかった。彼は、モスクワ市南西部にある雀が丘に建てさせたスポーツクラブでテニスをするか、家で飲んだくれていた。彼の周りには政治家や策士が跋扈《ばっこ》していた。権力に群がって恩恵を受けていた彼らは、この権力が消滅するかもしれないと慌て始めた。大統領の太鼓持ちでしかない凡庸な彼らの目には、ボリスは救世主のような存在に映った。大統領の娘も同様だった。彼女は、ボリスの知性、野心、熱意に感銘し、父親である老いた熊にボリスを紹介した。彼ら全員にとって、ベレゾフスキーは天の恵みだった。〈勝負はこれからだ。大統領は老いぼれてしまったが、まだ頑張れる〉と彼らを納得させたのはボリスだった。私は、ボリスが老人の耳元で〈親愛なる大統領、ロシアはまだあなたの勇気と正義を必要としています。わが母国を共産主義者の手に委ねても構わないとは、まさか思っていないでしょうね〉と囁く姿が目に浮かんだ。

ベレゾフスキーは、大統領を説得して国営テレビ局の経営権を手中に収め、これを梃《てこ》にして大規模な大統領選挙キャンペーンを開始した。二か月後の世論調査では、エリツィンの支持率は息を吹き返した。というよりも、ライバル候補が当選するようなことがあれば、シベリアの強制収容所の扉が再び開くと同時に深刻な食糧難が再燃すると、ベレゾフスキーが世論を誘導することによってライバル候補を撃沈したのだ。選挙戦は順調に進んだ。だが、投票日二週間前になって、この老人はまたしても心筋梗塞を起こした。この日、エリツィンは国民に向けて選挙戦最後のメッセージを収録する予定だった。当然ながら、収録はキャンセルになった。しかし、数日後には健康不安説などさまざまな憶測が飛び交ったため、大統領の映像がどうしても必要になった。エリツィンは大統領執務室に行ける状態ではなかったので、ボリスはクレムリンの家具を大統領官邸に移動させ、エリツィンは健在だという映像をつくろうとした。メッセージの収録時、衰弱しきったエリツィンは椅子に腰かけても背筋を伸ばすことができなかったため、背中に板を当てがった。スピーチにも問題があった。大統領の声は弱々しく、発音が不明瞭だった。そこで、カメラの前でできるだけ唇を大きく動かしてもらった姿を撮影し、後日、編集室で過去のスピーチの音声を切り貼りしながらビデオメッセージを完成させた。

投票日、エリツィンは投票用紙を箱に入れることができないほど体調が悪かった。エリツィンの投票の様子は、ベレゾフスキーのカメラマンたちが撮影したが、編集によって介護していた二人の白衣を着た医師の姿は消去された。ロシアならではのことだが、覚悟さえ決めればとんでもない作戦であっても成功するのだ。こうしてエリツィンは圧倒的多数の信任を得て再選を果たした。再選以降、老いた熊は再び無気力になり、ロシアの真のボスはベレゾフスキーになった。

その男が今、私の目の前にいた。〈ロシアの政治はロシアン・ルーレットだ。君はリスクを取る覚悟があるのか〉。

もちろん、リスクを取ってみたい気持ちはあった。それまで私は何もしてこなかっただけに、リスクを取る覚悟はあった。

〈どうかな、ボリス。私は今の仕事が気に入ってるんだ〉

〈君の仕事ぶりはよく知っているよ。私の提案は今よりも高度な次元で働くことだ〉

ベレゾフスキーは老眼鏡をかけたまま、私をまじまじと見た。

〈フィクションをつくるのをやめ、現実をつくるのはどうだ〉

私は彼が何を言っているのか、さっぱりわからなかった。傍にいたビジネスパートナーのグルジア人は、田舎の親戚のように優しく微笑んでいた。

〈クレムリン関係者にはコネがある〉。ベレゾフスキーにしては謙虚な発言だったので、何か返答しなければならないと思ったが、そうではなかった。ベレゾフスキーは少し落ち込んだ様子で次のように語った。〈これまで、ときどき手助けをしてきた。しかし現在、シナリオは完全に変化した。よって、すでに存在する何かを維持するのでなく、まだ存在しない何かをつくり出さなければならない〉

グルジア人は〈何かに加えて誰かを……〉と言い添えた。

〈そう、もちろん、誰かを、だ。だが、それは問題でない。問題は新たな現実をつくり出すことだ。選挙で勝つのでなく、世界を構築することだ〉

ベレゾフスキーの言説は一般論だったが、私には彼の言わんとすることが何となくわかった。次の大統領選まで一年余り。大統領を二期務め、五回の心筋梗塞に見舞われた老いた熊は、もう頼りにならなかった。しかし当然ながら、老いた熊は前回の選挙で味を占めていた。今回の大統領選では、共産主義者の脅威は前回ほど切迫したものではないとしても、老いた熊は、祖国を救済する役割、あるいは自身の利益のために現実を捻じ曲げる操り人形師の役割を担うのは自分だと考えていた。そしてベレゾフスキーもまったく同じ考えだった。

〈すでにタチアナとも話したんだが、まず、新党を結成しなければならない。統一会派をつくる必要がある。右派、左派、共産主義、リベラリズムなどでなく、人々は一体感を求めている。彼らの感じるノスタルジーは共産主義そのものでなく、自分たちは社会秩序や共同体意識といった何か本当に偉大なものに帰属しているという自尊心だ。ロシア人はアメリカ人ではない。今後もロシア人がアメリカ人になることはないだろう。ロシア人は食洗機を購入するために貯金をして満足する国民ではない。何か特別なものの一部になりたいと願っている。そのためなら、ロシア国民は犠牲を払う覚悟だってある。そんな彼らのために、車のローンの返済といった所帯じみた雑事を超えた視点を復元するのがわれわれの使命だ。必要なのは団結であり、人々の尊厳を回復する運動だ。すでにデザイナーに頼んでシンボルをつくらせた。ヴァディア、このデザインをどう思うかね〉

ベレゾフスキーは、大きなヒグマをモチーフにしたデザインが描かれた紙切れを私に手渡した。

〈狐はリベラル、共産主義はマンモス、そして熊はロシア魂の象徴である、野性味、力強さ、威厳だ。ヴァディア、われわれの使命は、国民が政治に興味がないのなら、彼らに神話を提供しようということだ〉

ボリスは極度に緊張していたせいか、両腕を振り回しながらしゃべっていた。勢いあまってペン立てを倒してしまったほどだ。彼の理屈には一理あると感じた。一九九〇年代初頭、ゴルバチョフとエリツィンは革命を起こした。だがその翌日、大半のロシア人は自分たちの知らない世界で目覚め、そこでどうやって暮らせばよいのかと途方に暮れた。アメリカン・ドリーム、そしてヨーロピアン・ドリーム以前に、ソヴィエト・ドリームは崩壊した。西側諸国でソヴィエト・ドリームの崩壊に気づいた者は誰もいなかった。なぜなら、ロシア人の夢は西側諸国の人々の派手な夢とは異なり、公務員や教師になること、小さなジグリ〔ソ連製の小型車〕や菜園つきの簡素なダーチャ〔別荘〕を保有すること、黒海沿いのソチやヴァルナで友人たちと楽しくバーベキューをすることなど、質素で慎ましいものだったからだ。しかしながら、ロシアのモデルには力強さと威厳があった。このモデルの英雄は、兵士や学校の先生、トラック運転手や頑強な労働者だった。路上や地下鉄の構内には彼らを敬うポスターが貼ってあった。ところが数か月もすると、こうした夢はポスターごと一掃された。英雄は銀行家やスーパーモデルになり、ソヴィエト連邦で暮らす三億人の人々の生活基盤だった原則は砕け散った。当時、最も衝撃的だったのは、金の威力を見せつけられたことだ。そして金は、株式市場の崩壊とハイパーインフレで紙切れになることも身に染みてわかった。

ベレゾフスキーの直感は正しかった。社会の空気は変化しつつあり、人々は疲弊し、秩序の回復を求めていた。問題はこうした要求に対する回答を、誰か他の人が思いつく前に提示することだった」

9

「ベレゾフスキーとの待ち合わせ場所は、ソ連国家保安委員会（ＫＧＢ）だったロシア連邦保安庁（ＦＳＢ）の本部庁舎だった。彼は、暗い墓場のような玄関ホールで私の姿を見つけると、ロゴヴァズ・ハウスのサロンで会うときのように笑顔で声をかけてきた。彼はこの不吉な場所で完全に寛いでいるように見えた。そして同時に、私を怖がらせてやろうという誘惑に勝てない様子だった。〈ソヴィエト連邦の時代、モスクワ市民はルビャンカ〔本部庁舎〕のことをモスクワで最も高い建物だと言っていた。というのは、地下室からでもシベリアが見渡せるからだ……〉。

私は、祖父が口にしていたような冗談に思わず笑ってしまった。もっとも、父なら笑わなかっただろう。ここは私にはまったく馴染みのない場所だった。あの時代はすでに過ぎ去ったと思っていた。だが、本当に過ぎ去ったことなど何もないということに、私はまだ気づいていなかった。今回は単なる表敬訪問だと思っていた。というのも、ロシアでは治安当局と良好な関係を維持しておくのは賢明なことだからだ。四階の窓のない長い廊下を歩いている最中、ボリスは否定したが、今回の約束は、どうやら先日のわれわれの会話と関係があるようだった。〈ＦＳＢ長官はわれわれの有力候補だ。無名だが、老いた熊は彼を信頼している。彼には決断力がある。ロシアが必要としているのは、若くて有能で現代的な男だ。会えばわかると思うが、控えめな男だ。長官になると、前任者のオフィスを利用せず、そこを博物館にしたそうだ。「あの時代は永遠に過ぎ去った」というメッセージを発信したかったのだろう〉。

事務局を通り過ぎると、郵便局の局長室のような小部屋に通された。そこには、ベージュのアクリル生地のスーツを着た、漂白されたような顔色の金髪の男がいた。仏頂面で皮肉を言いそうな表情だった。彼は、私と握手しながら〈ウラジーミル・プーチンです〉と挨拶した。

当時、皇帝はまだ皇帝でなかった。彼の立ち振る舞いには、後に醸し出すことになる硬直的な権威は感じられなかった。彼の視線にはわれわれが今日知っている鉱物的な性質が見て取れた。だが、彼はそれを意識的に抑制し、自分は温厚な人物だと訴えているかのようだった。

ボリスはプーチンに対し、〈二一世紀のロシアを率いるのは君しかいない〉といつもの調子でまくしたてた。

ＦＳＢ長官は、ちょっと待ってくれという仕草をした。〈ボリス、治安当局は政治に関するあらゆる特権を持っている。私はこのシステムの中核にいるので、知っておくべきことなら何でも見聞きできる。大統領とその家族を守るためなら、どんなことであっても支障なく介入できる。これまでにもそうしてきたし、今後も必要ならそうする。私をここから連れ出して政界に入れたとしても、私は世間の注目を浴びて何もできなくなる。そうなれば、ここ数年の首相たちと同様、私もお払い箱になるだろう。ようするに、ロシアは宮廷の忠実な番人を失うことにしかならないのではないか〉。

〈ヴォロディア、君の言いたいことはよくわかる。しかし、ひとこと言わせてくれ。ぐずぐずしていると、一年後には守るべき大統領もその家族もいなくなる。クレムリンにやってくる新しい主人が真っ先にやることは何だと思うかな。それはＦＳＢ長官の首を挿《す》げ替えることだ〉

マホガニーの事務机に体を寄せたプーチンは震えているように見えた。〈たしかに、君の言うことは、可能性としては考えられる。しかし、他にも解決策はあるはずだ。ステパーシンはほんの数か月前に首相に就任したばかりだ。彼に任せればいいじゃないか〉。

〈ヴォロディア、彼では駄目だ。彼の支持率はたったの三パーセントだ。君も世論がどう形成されるのかは知っているだろ。判断は瞬時にくだされ、その後、それを修正するのはほとんど不可能になる。大衆はステパーシンの仕事ぶりを見て、彼は使い物にならないと判断した。実際のところ、大衆の見立ては正しい。君は、ステパーシンがコーカサスでわが軍を指揮している姿を想像できるかな。それはペットのガチョウにカラシニコフを持たせるようなものだ。ロシアには本物の男が必要なんだ、ヴォロディア。二一世紀のロシアを率いる真のリーダーが求められている〉

〈ボリス、君の言わんとすることはわかった。だが、どうして君はそのリーダーが私だと思うのかな。私はこれまで公務員として、くだされた命令を遂行することしかやったことがない。公衆の面前では、三、四回、話しただけだ。大衆を説得するようなスピーチなどやったことがない。

一方、私は大統領の仕事ぶりを何度も見てきた。大統領は会場に入るや否や、その場の雰囲気を嗅ぎ取り、一瞬で聴衆を魅了する。笑わせ、涙ぐませ、聴衆と心を通わせる。聴衆はあたかも大統領が自分たちの食卓にやってきて個別に話しかけてくれるような気分に浸る。体調を崩した現在でも、大統領の話術は健在だ。人々は大統領の姿を見ると感動する。一方、私はそうしたタイプの人間ではない〉

〈ウラジーミル・ウラジーミロヴィチ、お言葉ですが、重要な点はまさにそこです〉

プーチンの凍るような視線が初めて私に向けられた。同時に、ベレゾフスキーからは、しっかり説得するんだという圧力を感じた。

〈大統領は類まれな個性の持ち主であり、それを真似ても意味はありません。大統領の人間的な資質は、わが国を旧体制のソヴィエト連邦から今日のわれわれが暮らすロシアへと導く礎でした。しかし、八年間にわたって大統領を務めた後、現在の体調を考慮すると、大統領のプロフィールには新鮮味がありません。世論調査によると、ロシア人は大統領に見捨てられたと感じているようです。大統領はまだ愛されているが、彼の評価は失墜しました〉

デリケートな話題だったが、ＦＳＢ長官は異議を挟まなかった。

〈だからこそ、われわれは、継続ならびに過去との決別という、相反する二つの要素を含有する新たな人物が必要だと考えているのです。ウラジーミル・ウラジーミロヴィチ、あなたが首相になれば、ロシア人の暮らしの基盤を担保する正当な権力を行使するでしょう。それは、冒険でなく安定と安全を望んでいる今日のロシア人の願いです。もちろん、ロシア国民は、あなたの人柄が現在の大統領と著しく違うことに、すぐ気づくでしょう。あなたは若くスポーティでエネルギッシュだ。ロシア国民は、あなたなら指揮官としての責務を十全に果たしてくれるだろうと思うはずです。諜報機関に勤務していたという経歴は信頼の証です。口数の少ない男というイメージもプラスに働くでしょう。ロシア人は口先だけの人物にうんざりしているからです。ロシア人は、街に秩序を取り戻し、国家の道徳的な権威を回復させる手腕を発揮する人物に導かれたいと願っています。

われわれが考えている選挙戦では、各地で集会を行なったり、公約を並べ立てたりするようなことはしません。従来の選挙戦とは正反対なものを展開するつもりです。ポイントは、あなたがどこにでもいるような政治家と一線を画した存在だとアピールすることです。

ウラジーミル・ウラジーミロヴィチ、私は、政治に関しては素人ですが、ショービジネスに関してなら精通しています。一つ質問してもいいですか。史上最高の女優は誰だか知っていますか〉

プーチンはまったく表情を変えず、首を横に振った。

〈グレタ・ガルボです。その理由は、自己否定するアイドルはその魅力を高めるからです。謎がエネルギーを生み出す。距離感が崇拝を育む。ロシアだけでなくどこの国でも社会の想像力は、日常的な親近感という横軸と、権威という縦軸を基に醸成されます。近年、ロシアの政治家は横軸ばかりを重視してきました。というのも、ソヴィエト連邦の時代では、横軸は考慮の対象ではなかったからです。ゴルバチョフは立ち止まって大衆と会話しました。それはソ連の指導者なら絶対にやらないことでした。また、エリツィンは国家元首というよりも身近な飲み友達として登場することがしばしばありました。

しかし今日、振り子が逆方向に振れ始めたことは明らかです。横軸での振れすぎは、社会的な混乱、路上での暴力、財政破綻、国際舞台での屈辱をもたらしました。横軸での振れすぎである過剰な水平感覚が水平線をかき消してしまったのです。将来の見通しを描くには、もう一度、横軸から抜け出す必要があります。さまざまなデータからは、ロシア人が縦軸である権威の強化を望んでいることがわかります。精神分析の枠組みに落とし込むのなら、ロシアのリーダーになるのは、母親の言葉を忘れさせ、父親の言葉を再び押しつけることのできる人物です。財政破綻したときにモスクワ市長が語ったように、「政治を変えなければならない」のです〉

百戦錬磨のボリスは、〈ただし、それはモスクワ市長ではない〉と付言した。

〈その点については、ベレゾフスキーが指摘する通りです。モスクワ市長ルシコフや元首相プリマコフは、エリツィンと比べると変革の息吹を感じさせますが、二人とも昔から政治の舞台にいる人物です。彼らのイメージも大統領と同様、新鮮味がありません〉

私の隣では、今、名前の挙がった政治家たち以上に新鮮味のない男が力強く頷いていた。私はボリスを無視して説得しつづけた。

〈ロシア人は、自分たちの指導者に対して非常に悪いイメージを持っています。政治家のイメージがこれほど悪いと、政治家としてのキャリアはプラスどころかマイナスです。だからこそ、ウラジーミル・ウラジーミロヴィチ、あなたの政治経験のなさが決め手になるのです。あなたは新人であり、ロシア人はあなたのことを知りません。あなたは、スキャンダルや昨今の失政とも無縁です。ボリスが先ほど触れたように、世論は短期間で形成されるというではありませんか。それでも、あなたこそが適任者だと世論を説得するための時間はたった数か月しかありません。しかしながら、われわれは、あなたには世論を説得するのに必要な資質があると睨んでいます〉

ベレゾフスキーは追い打ちをかけた。〈ヴォロディア、その通りなんだ。われわれはそう確信している。そして、私が君を全面的に応援するということを忘れないでほしい。私は喜んで君にアドバイスし、手助けするつもりだ〉。

このとき、私の勘違いかもしれないが、会ったときからまったく無表情だったプーチンの瞳に、うっすらと皮肉っぽい閃光が走った。いずれにせよ、その晩、ボリスはロゴヴァズ・ハウスに満足げに戻っていった。

ベレゾフスキーは周囲に聞こえるような大声で語った。〈勝ち馬を見つけたぞ。ノーベル賞とまでは言わないが、うまく操ればきっとうまくいく。奴ははまり役だ。あとは、われわれが操って奴を現代版アレクサンドル・ネフスキーに変身させれば一丁あがりだ。いや、グレタ・ガルボだったっけ、ヴァディア〉。

ベレゾフスキーは少年のように笑っていた。

ベレゾフスキーは、私が元KGB長官に対し、アメリカの年老いた女優がモデルだと説いたことを滑稽に思ったようだった。私は頷き、彼と一緒に笑った。だが実を言うと、皇帝とのこの初面談には奇妙な後味を感じていた。うまく表現できなかったが、ベレゾフスキーが思い描くよりも、われわれの計画はちょっと複雑になるような気がしていた。

プーチンは面会中、ボリスに対して徹頭徹尾、礼儀正しかった。ビジネスマンのアドバイスに敬意さえ示していた。しかしながら、ベレゾフスキーが彼の持ち味である親しげな口調で話しかけると、ＦＳＢ長官の瞳には苛立ちの陰りが浮かび上がった。そして最後に、ボリスが手取り足取り指導すると約束したとき、苛立ちの陰りは皮肉っぽい閃光に変わった。ＦＳＢ長官にとって、目の前の男に指導されるという構図はきわめて滑稽に映ったのだろう。

ベレゾフスキーは何も気づいていない様子だったが、私の疑念が確信に変わるのは、あっという間だった。数日後、テレビ局の編集室で作業していたとき、ポケットに入っていた携帯電話の振動を感じた。〈ヴァディム・アレキセヴィッチですか。私はウラジーミル・プーチンの秘書、イーゴリ・セーチンです。次の火曜日、局長があなたを昼食に誘っています〉。言葉遣いの丁寧さとは裏腹に、電話の声は私が断るという想定などしていない、きわめて威圧的な口調だった。私設秘書に男性を選ぶのは、昔の共産党エリートの特徴だった」

10

「約束の場所は、アルバート通り沿いに開店したばかりのフランス料理店だった。初対面の際、私はプーチンに対して厳格な人物というイメージを抱いていたので、この店を選んだのにはちょっと驚いた。到着すると、秘書のセーチンが店の前で待っていた。〈ヴァディム・アレキセヴィッチ、急ぐんだ。ウラジーミル・ウラジーミロヴィチはもう店内にいる〉。セーチンは明らかに苛立っていた。私のような小物が自分の上司を待たせるとはけしからんと言いたいのだろう。

店内に入ると、プーチンは他の客から少し離れたところにある角の大きなテーブルに独りでいた。リラックスした表情で穏やかな物腰だったが、前回会ったときには隠していた冷酷な空気を漂わせていた。

プーチンは席に着いたまま私と握手し、ガラガラ蛇に睨まれて硬直している小ネズミのようにプーチンを見つめていたレストランの主人に向って〈パヴェル・イヴァノヴィッチ、アドバイスをくれるかな〉と声をかけた。

〈もちろんです。本日は、魚料理でしたらカリフラワーとホタテのムース、あるいはアメリケーヌ・ソースの舌平目、エクルヴィスのフランベ、肉料理でしたら……〉

〈わかった、私はカーシャ〔粥〕をもらおう〉

〈私も同じものを〉

レストランの主人は身震いを抑えながら小走りで立ち去った。このとき、私はプーチンが美食に関心がないことを知った。後日、プーチンは人生を豊かにする美食以外の楽しみにも興味がないことを知った。ファウストが語ったように〈命令をくだす者は、命令することに喜びを見出さなければならない〉のだろう。

ＦＳＢ長官はいきなり本題に入った。〈私はベレゾフスキーに大きな敬意を抱いており、彼の申し出には感謝している。われわれが取り組もうとする計画の実現には多大な努力が必要であり、ボリスが奇跡を起こす力の持ち主であることは承知している。同時に、私は五回も心筋梗塞を起こした老人ではない。私がこの冒険に挑むのなら、他人の手を借りずに自力でやり遂げるつもりだ。私は命令を遂行することに慣れている。これは人間にとって居心地のよい状態ともいえる。しかし、ロシアの大統領は、相手が誰であろうと従うことはできないし、従うべきでない。ロシアの大統領の判断が私的な利益に左右されるようなことは、私には想像すらできない〉。

この日のプーチンの視線は、ベレゾフスキーと一緒に会ったときよりもはるかに鋭かった。プーチンは自分の言葉が私におよぼした影響を探るために、私の瞳を覗き込んだ。

〈ヴァディム・アレキセヴィッチ、君のような育ちの人間なら、私の言っていることが理解できるはずだ〉

たしかに、その通りだった。国家は倫理を大切にしなければならないという考えは、私に深く根づいていた。ボリスとその仲間たちがフラッシュライトを点滅させながら専用走行レーンを爆走する光景には、ほとんどのモスクワ市民と同様、私も怒りを覚えていた。

プーチンは話しつづけた。〈先日の君の分析には感銘を受けた。君の経歴は知っている。君にその気さえあれば、今後、私の仕事に大いに貢献してくれるだろう。しかし、その前に一点だけ、はっきりさせておかなければならないことがある。ベレゾフスキーのことは尊敬しているが、彼に操られるつもりはない。ヴァディム・アレキセヴィッチ、君が私の申し出を受け入れるのなら、君は私のためにだけ働くことになる。公務員の給料は残念ながら今よりも少ないだろうが、それでも君にとって充分な額であるはずだ。私は、君がボリスや他の誰かからボーナスや利得を享受することは一切認めない。金に興味があるのなら民間で働きつづけるがよい。国家に仕える者は、自己を含めた私的な利益よりも公益を優先しなければならない。もし君がこの約束を守ると誓うのなら、私には君がこの約束を遵守しているかどうかを確認する手段があることは、今さら指摘するまでもないだろう〉

プーチンは、無駄なことは一切しなかった。私はテレビのプロデューサーになってまだ間もなかったが、甘く言い寄られることには慣れていた。それでも私は、ＦＳＢ長官の辛口の申し出を二つ返事で引き受けるべきだった。即答しあぐねたのは、彼が見事な分析を開陳したからだ。彼は、私が金にはあまり興味がなく、金よりも自身の計画に参加することに興味を示すはずだと見抜いていた。そこで彼は単刀直入に迫った。後日、これが皇帝の常套手段だとわかった。彼は誰よりも先に問題の核心を把握する。そして回りくどいことは一切しない。形式的な礼儀正しさとは、ほぼ無縁な人物だ。

〈君の言っていた縦軸という概念について考えてみた。面白い概念だが、権威は赤い風船のように宙に浮いたままではいけない。地に固定して具体性を持たせなければいけない。わが国は混沌した状態にあり、信頼できる指導者が求められている。そうはいっても、あらゆる問題を一刀両断できると考えるのは幻想だろう。そこで、縦軸である垂直方向の力を具体的かつ即座に復元するための明確な舞台が必要になる。これが実現できなければ迷走して他の政治家と同じく無能扱いされるだけだ〉

〈ウラジーミル・ウラジーミロヴィチ、おっしゃる通りです。しかし、状況によっては不測の事態が発生するかもしれません〉

〈ヴァディム・アレキセヴィッチ、私を信じてくれ。想定外は無能の証だ。ところで、真の創造を成し遂げるには技術だけでなく意外性が必要だと説いたのは、君の好きな演出家スタニスラフスキーじゃないか〉

ＦＳＢの本部庁舎ルビャンカで会った際、プーチンの瞳に皮肉っぽい閃光が走ったと感じたが、今回はそれがより鮮明に現われた。私は彼の指摘に唖然とした。というのは、彼は先週までスタニスラフスキーのことなど名前しか知らなかったはずだからだ。

プーチンは話しつづけた。〈理想の舞台はわれわれの眼前にある。祖国は危機に瀕している。イスラム原理主義者はチェチェンに満足していない。彼らは、ダゲスタン、イングーシ、バジキリア、さらには国の中心部まで占領しようとしている。このまま傍観すれば、数年後にはロシア連邦は跡形もなくなってしまう〉。

〈ウラジーミル・ウラジーミロヴィチ、この騒動に関与する前に、じっくり考えさせてください。近年、チェチェン人は戦場の敵よりも多くのモスクワの政治家を殺害しました〉

〈殺害された政治家たちは、この問題に全力で立ち向かわなかったからだ。彼らはアメリカ型の人道的な戦争を行なおうとした。その結果、どうなったか。イスラム原理主義者は彼らを虐殺した。私が君に語るのは彼らのようなやり方ではない。私にとってノーベル平和賞など、どうでもよい。私の興味はロシア連邦の結束に脅威をもたらす分離主義者に打ち勝つことだ〉

〈ウラジーミル・ウラジーミロヴィチ、私は地政学のことは何もわかりません。しかし、地政学の話題を持ち出すのは政治的に自殺行為ではないですか〉

〈そこが間違っているのだよ、ヴァディム・アレキセヴィッチ。君は西側諸国の連中に洗脳されている。パワーポイントでつくられた資料をめぐり、立場の異なる二組の経済学者チームが論争するのが選挙戦だとでも思っているのか。ロシアにおける権力はそんなものではない〉

その日、プーチンが示唆することを明確には理解できなかった。しかし、昼食を終え、一つだけ確かなことがわかった。ベレゾフスキーは深刻な過ちを犯したということだ。昼食をともにした男は、誰かに指導され続けることに同意するような人物ではなかった。だが、並走することならできるかもしれない。私の意図は、並走を試みることであって、間違っても操ることではなかった。ボリスは一刻も早くそのことに気づくべきだった」

11

「国家権力を握っているのはクレムリンの住人だ。外界とは別世界の城塞内部では、時はスパスカヤ塔の荘厳な鐘の音と、衛兵交代式によってのみ刻まれる。何世紀もの間、イワン雷帝によって改築された巨大な石造りの城塞の主たちは、無限の権力を行使してきた。彼らは赤子の手をひねるように人々の運命を打ち砕いてきた。同心円状に広がっていくクレムリンの権力は、モスクワに永遠の脅威というオーラを付し、これがこの街の大きな魅力になっていた。ルビャンカ〔FSB本部庁舎〕の巨大で醜い建物、中央通りを囲む七つの塔、そして最近になって建てられた市内の高層ビル群や郊外の高級住宅街は、城塞の中枢から発せられるどす黒いエネルギーの反射に過ぎなかった。

しかし、一九九九年の夏、クレムリンの魔力が途絶えた。大統領官邸のホールでは、疲れ果てた太ったシベリア熊の酒臭い寝息しか聞こえてこなかった。周りにいるダイヤモンドを身にまとった取り巻きたちは、自分たちの打ち出の小槌だった男の衰弱を目の当たりにして慌てふためいていた。エリツィンがお荷物になったのだ。彼は自分たちを守ることができなくなったどころか、自分たちを奈落の底へ突き落すかもしれない存在になったのである。

街で暮らす野獣たちは、権力の締めつけの緩みを嗅ぎつけた。帝国の首都だったモスクワは、ボリショイ劇場の演し物の最中に携帯電話が鳴り、マフィア同士が自動小銃で仁義なき戦いを繰り広げる大都市になった。街の権力は、クレムリンでなく金になった。皇帝時代の貴族の馬車が群衆を蹴散らして疾走していたように、オリガルヒの防弾仕様のメルセデス・ベンツが道路中央に設けられた専用走行レーンを爆走していた。その一方で、モスクワの庶民は職場から疲れ果てて自宅に戻っても、暖房代さえ満足に支払えなかった。

八月上旬、老いた熊は、一般にはほとんど知られていない人物を新たな首相に任命した。多くの国民は、ウラジーミル・プーチンの起用に懐疑的な反応を示した。プーチンは、エリツィンが一年余りの間に就任させた五人目の首相だった。ロシア連邦議会の下院議長は、〈どうせ二か月もすれば交代するのだから、私がこの人事を追認する必要はない〉とそっけなかった。プーチンは自分には世論を動かすための時間が数週間しかないと心得ていた。時間を無駄にはできなかった。

われわれのオフィスはクレムリンでなく、ソヴィエト時代に建てられたベールイ・ドームにあった。「ホワイトハウス」とも呼ばれるモスクワ川のほとりにあるこの巨大な建物は、防虫剤のような形をしていたが、国を害虫から守ってくれなかった。もともとはソヴィエト帝国の最高議会が開かれていたが、今ではロシア連邦政府の庁舎になっている。この建物はかつて老いた熊が苛立って砲撃したために破損した。そこで、スイスの建設会社が数か月かけて補修したのだが、仕上がりは自国のスタンダードとはかけ離れたものだった。この建物の廊下には、灰色や茶色の服を着た地味な人々が行き来していた。年季の入った蠟《ろう》人形のような彼らは、定時になると帰宅するソヴィエト時代の残滓《ざんし》であり、私が暮らしていた金が飛び交う狂乱のテレビ業界の人々とは似ても似つかなかった。

首相官邸の階では、新しいスタッフのために二〇部屋ほどが確保された。プーチン、事務官、経済と軍事に関する顧問、広報官などが、これらの部屋に収まった。われわれは昼夜、精力的に働くことができた。一方、同じ階の数メートル離れたところにいる職員たちは、一日中、一九世紀の老婆の子守歌を聞きながらまどろんでいるような状態だった。後に気づいたのだが、これがお役所仕事の常だった。すなわち、狂ったように働くのはごく一部の集団であり、その他大勢はほとんど何もしない。両者の間に交流はほとんどない。激務をこなす者たちに尊敬の眼差しが向けられることもあるが、そこには往々にして皮肉が混じっている。その他大勢はこうした侵略をこれまで何度も経験しており、彼らにしてみれば、やり過ごしてしまえば、また別の草が生えてくると思っているのだろう。

彼らは、われわれのチームが長続きするとは考えていなかった。これまでの挑戦者たちと大して変わらないと見なしていたようだ。われわれは、テーラーメイドの背広を着てノートパソコンを持ち歩き、英語が堪能であり、どんな質問にも答えることのできるプロ集団だった。だが、彼らの目に、私は異なる存在と映ったようだ。廊下を歩いていると、私はよく彼らに呼び止められた。〈ヴァディム・アレキセヴィッチ、ちょっとお話がしたいのですが〉。

〈いいですよ。何の御用でしょうか〉

〈あなたのお父様と知り合いだったことをお伝えしたかったのです。お父様は偉大な方でした。よい時代だった。もうお父様のような方は現われないでしょう〉

こう話しかけてくるのはお世辞を述べる場合もあったが、たいていの場合、これらの影のような人々は、私と接触したいだけの様子だった。私と接触することで、われわれチームのなかにも昔の世界を知っている人間が存在することを確認し、安心したかったのだろう。一方、私も彼らと話して心が安らいだ。ゴーゴリの小説の登場人物のようなこれらの人々が私の父の名前を口にするたびに、毛皮のコート、公用車、グラノスコヴォ通りのピロシキやラムチョップなど、子供時代の思い出がよみがえり、胸が熱くなった。彼らは私と同じノスタルジーに浸っていた。私のことを自分の息子、あるいは私と似たような自分の息子と接したような気持ちになったのだろう。当時、この建物にあったソ連最高会議で働いていた彼らは、自分たちの仕事に誇りを持っていたはずだ。帰宅すると子供に〈今日は、同志グロムイコの姿を見た。カブールから帰国したばかりの同志は機嫌がよさそうだった。きっとアフガニスタン情勢は好転するぞ〉と話しかけていたに違いない。

少し前までは、彼らは過ぎ去ったあの時代をまだ信じていた。あるいは、少なくとも堂々と信じているふりをすることができた。だが今日、彼らは信じているふりをする権利まで奪われた。彼らに残されたのは、職場での自尊心と新入りを昔の視線で眺めることだけだった。私は彼らと交流することで、父に歩み寄った気がした。このとき初めて父に起きたことが理解できた。自分にも終業時間を待ち焦がれながら新聞の束に目を通すといった勤務に順応できる遺伝子が組み込まれているとわかり、ある種の驚きを覚えた。

たしかに、私は一日一八時間働いていた。連日連夜、首相とともにさまざまな会議に出席し、歴史的な決断をくだしてきた。しかし、人を治める型通りの仕事に没頭すればするほど、世の中は誤解に満ちていると思えてきた。無駄な説明を強いられ、時間を無駄にするだけではないのか。砂漠に水を撒くような仕事に一生をかけて通り組んでも、自分たちの痕跡は何も残らないだろう。平穏に暮らす無関心な国民に働きかけることなど、できるわけがなかった。

ちょうどそのとき、予期せぬことが起きた。ある秋の日の真夜中過ぎ、モスクワの善良な市民は毛布にくるまって寝入り、街をマフィアとスーパーモデルに明け渡したとき、モスクワの闇夜に大爆音が轟いた。数百キログラムの爆薬がモスクワ郊外のグリヤノーヴァ通りにある九階建ての建物を、文字通り真っ二つに切り裂いたのだ。真夜中の爆風は数十世帯を飲み込んだ。その四日後の午前五時、二度目の爆発があった。このときもモスクワ郊外の建物が破壊され、一〇〇人以上の犠牲者が出た。

しばらくすると、爆弾を仕掛けたのはプーチンの息のかかった秘密諜報員だという噂が流れた。噂の真偽について、私は知らない。仮に、これが秘密裡に行なわれていたとしたら、この秘密を誰も私に打ち明けなかったことに、私は感謝しなければならないだろう。とはいえ、私の経験から言えるのは、一般的に物事は見かけよりも単純だということだ。政治の世界では、予防より治療のほうが得点を稼ぐことができる。テロ事件を未然に防いだとしても誰も気づかない。一方、反撃に転じて犯人を捕まえれば快挙と見なされる。そうはいっても、爆弾を仕掛けたのはチェチェン人テロリストでなくＦＳＢの秘密諜報員だと主張するのは、論理の飛躍だろう。

いずれにせよ、この連続爆破事件は、二年ほど早く起きたロシア版「９・１１テロ事件」だった。この事件をきっかけに状況は一変した。それまで一般国民にとって、チェチェン紛争は縁遠い問題だった。関心を持つのは、現地で従軍する息子を持つ家族だけであり、彼らは国民のごく少数派だった。ところが、真夜中にモスクワ市郊外の建物が吹き飛び、数百人の善良なロシア人の生命が奪われると、ロシア人はようやく自国で戦争が起こっていることに気づいた。

ロシア国民は勇敢であり、犠牲を払うこともいとわない。しかし、私は連続爆破事件後にあのようなパニックが起こるとは思いもしなかった。自宅で眠ることのできない人々が続出した。髭面《ひげづら》のよそ者が住宅地を歩いていたら、巡回する夜警団に殴り殺されたに違いない。

だが幸いなことに、国のトップには即答できる男がいた。皇帝は超能力者だと思われがちだが、権力者に不可欠な資質は、状況を把握する能力だけだ。肝要なのは、状況を操るのではなくしっかりと把握することだ。

プーチンは公でのスピーチを好まなかったが、国民は彼の肉声を聞きたがっていた。われわれが公務でカザフスタンに滞在したときのことだ。われわれは記者会見のためにクレムリンのような荘厳な場でなく前線基地のような場を設営した。記者会見は、復旧作業や捜査の進展状況に関する質問から始まった。首相は持ち前の冷静沈着な面持ちで、感情をほとんど表に出さずに答えた。

記者たちは首相の修行僧のような態度に慣れ始めた。次に、あるジャーナリストが少し突っ込んだ質問をした。〈今回の一連のテロ事件を受け、あなたはチェチェン共和国のグロズヌイ空港を爆撃するように命じました。こうした軍事行動は状況を悪化させるだけではないでしょうか〉。

このとき、いまだに説明しきれないことが起こった。プーチンはしばらく沈黙した。そして口を開くと、表情は変わっていなかったが、まったくの別人になっていた。そこにいたのは液体窒素タンクにどっぷりと浸かって這い出してきたかのような男だった。修行僧のような公務員は死神と化していた。私はこのとき初めてプーチンの変身術を見た。私は、ここまで凄まじい変身は演劇の舞台でも観たことがなかった。

質問したジャーナリストには目もくれず、吐き捨てるように言った。〈こんなくだらない質問に答えるのはうんざりだ。われわれはテロリストを叩き潰す。奴らが空港に隠れているのなら空港を破壊する。便所に潜んでいるのなら便器まで吹き飛ばす〉。

このような発言は月並みかつ下品に聞こえるかもしれないが、大衆は大いに感動した。これこそが指揮官の声だった。ロシア人は長い間、この声を聞いていなかったが、彼らにはすぐわかった。なぜなら、彼らの父親や祖父が慣れ親しんだ声だったからだ。震え上がっていたモスクワの大通りや郊外、そしてシベリアの広大な森と平原からは、〈秩序を回復することのできる男がついに現われた〉と安堵する大きなため息が聞こえてきた。

この日、プーチンは皇帝になった。一方、私は祖父と一緒に田舎の森を散歩していたときに教えてもらった教訓を思い出した。〈何が問題だかわかるか。人間の目は森のなかで生き残れるようにつくられている。だから動くものに反応するんだ。動くものであれば視界の隅であっても、目はそれを捉え、脳に情報を伝達する。反対に、人が見えないものは何だか知っているか〉。私は首を振った。〈動かないものだよ、ヴァディア。状況が一変する環境に置かれると、変わらないものを見定めることができない。これは大問題だ。というのも、最も重要なのは必ずと言ってよいほど、変わらないものだからだよ〉。

これは忘れることのできない教訓だ。これまで変わらないものを見定めることは、誰もやってこなかった。だからこそ、皇帝は政治を語る際、数字を決して用いないのだ。皇帝が話すのは、生者、死者、名誉、祖国の言葉だ。人々を統治する政府の仕事を、臆病者、金の亡者、ロックスターのような輩に任せておくわけにはいかない。政治を不動産管理業くらいにしか考えていない得点稼ぎだけの会計士のような連中が、政府の要職を担うべきではないのだ。

政治の目的は、人々の不安を解消することだけだ。だからこそ、国家が国民の不安を解消できなくなると、国家の存在は根幹から揺らぐ。一九九九年の秋、戦場がコーカサスからモスクワへと移り、九階建ての建物が砂上の楼閣のように崩れ始めたとき、すでに途方に暮れていたモスクワの善良な市民は、初めて内戦の脅威を目の当たりにした。無政府状態、社会の崩壊、迫りくる死。ソヴィエト連邦の崩壊時でさえ感じることのなかった原初的な恐怖が国民の意識に浸透し始めていた。では、どうしたらよいのか。

唯一の回答は垂直方向の力であり、この力だけが獰猛な世界に閉じ込められた人間の苦悩を鎮《しず》めることができる。だからこそ、連続爆破事件後、皇帝の優先事項は当然ながらこの力を復元することだった。このときから、統計資料の折れ線グラフを比較検討する官僚の討論会といった西側諸国のやり方を捨て、人間の根源的な欲求を満たすシステムを構築することがわれわれの使命になった。連日連夜、国の深部にまで達する政治の確立に専念することになったのだ」

12

「一九九九年一二月三一日の朝、西側諸国の新聞の紙面は、ミレニアム・バグによってコンピュータが故障し、飛行機が墜落する恐れがあるという馬鹿げた記事で埋め尽くされていた。その日、プーチンは私を執務室に呼んだ。〈ヴァディム、君は演劇学校でパラシュートの訓練を受けたか〉。隠された意図のある意地悪な質問に思えたので黙っていた。〈演劇学校なのだから、パラシュートで飛び降りるふりくらいは教えてもらっただろ〉皇帝の瞳には、例の皮肉っぽい閃光が走っていた。皇帝の傍らで立っていた秘書のセーチンは、この光景をサディスティックな笑いを浮かべて眺めていた。その表情は、じっと観察していた隣の庭の子猫をついに食べてしまったドーベルマンのようだった。相変わらず黙っていると、プーチンは事務的な口調で〈とにかく準備しろ。出発は午後だ〉と告げた。

数時間後、空軍基地に到着すると、ダゲスタン共和国の首都マハチカラ行きの軍用機が待機していた。マハチカラに着くと三機の軍用ヘリコプターに分乗し、チェチェン共和国の都市グデルメスへと向かった。機内にはすでに戦争の興奮と狂気が漂っていた。命があるだけでアドレナリンが湧き出てくるような感覚だ。私は、父の特権の名残で兵役を免除されていたので、民生用ヘリコプターには乗ったことがあったが軍用ヘリコプターは初めての経験だった。プーチンが将校たちと交わす冗談をうわの空で聞きながら戦地の熱い空気に触れてわかったのは、どんな薬物よりもこの興奮を好む人間が存在するということだ。民生用と異なり軍用ヘリコプターには扉が付いていない。コーカサスの暗闇に浮かぶ鋼板で覆われた軍用ヘリコプターの機内にいるというたったそれだけのことが、数分間のうちに見知らぬ者同士を兄弟に変えた。この結束力は恐怖心からというよりも、少しでも怯えている様子を周囲に見せてはいけないという思いからだった。ヘリコプターの羽が生み出す爆音にもかかわらず、誰もがおしゃべりしたがった。まずは、子供のころの正月の思い出話を互いに紹介した。カザンやノヴォシビルスクの寒村で育った者もいた。われわれ「兄弟」のなかで、皇帝と一緒に軍用ヘリコプターに乗って大晦日を過ごすことになると想像した者は誰もいなかったに違いない。最前列に陣取ったプーチンは、われわれと向き合うように座っていた。彼は感慨無量といった様子だった。それもそのはずだ。現在、彼は皇帝なのだ。

しばらくすると、誰かがもうすぐ深夜一二時になると気づいた。当時、フランスの高級ワインにはまだ馴染みがなかったセーチンが、モルドヴァ産のシャンパンボトルを持ち出した。われわれはまずロシア国民、次にこれから向かう部隊に乾杯を捧げた。しかし、ちょうどそのとき、パイロットが〈グデルメスには着陸できません〉とわれわれに告げた。着陸には視界が一五〇メートルは必要だが、一〇〇メートルしかないというような説明だった。新年を祝う雰囲気は一変した。皇帝はどうしてもグデルメスに着陸したかったようだが、着陸が無理だとわかると押し黙ってしまった。ヘリコプターの隊列は引き返し、誰もが今回のミッションは中止になったと思った。機内からは〈ダゲスタン共和国にも訪問すべき部隊があるのだから、グデルメスは次の機会にしよう〉というもっともな意見が聞こえてきた。

私はどんなことであっても提案する際には細心の注意を払ってきた。たとえ些細なことであっても、君主にあきらめるようにアドバイスするのは考えものだ。ヘリコプターの隊列が出発したマハチカラの滑走路に戻るや否や、われわれは、皇帝が新年を祝いたい場所がチェチェン共和国だったのなら、地雷を踏んだりクレヴァスに落ちたりしようが、そこに行くしかないと悟った。午前一時、われわれはジープに分乗し、峠へと向かった。ジープはコーカサスの渓谷を延々と走った。外の暗闇には風と寒さに打ちのめされた真っ黒な景色しか見えなかった。われわれを突き動かしたのは、人間の抗しがたい意志だった。四時間近くかけてなんとか夜明け前にグデルメスに到着した。われわれの到着は兵士の眠気を吹き飛ばした。彼らは皇帝が万難を排して自分たちに会いに来てくれたことが信じられない様子だった。ほとんどの兵士は入隊したばかりの少年であり、彼らは、これはおとぎ話なのではないかと目をこすっていた。

簡単な閲兵式を済ませると、われわれは三〇名ほどの将校とともに軍幕に入った。軍幕の中は、鉄器時代のように最低限のものしかなかった。権力者の戦地訪問が現場の兵士の士気を高めるのは事実だが、権力を勝ち取る場は戦地だ。死と隣り合わせだからこそ、戦地にはまどろっこしい礼儀作法はない。戦地の兵士は、敬意と皮肉が入り混じった目でプーチンを観察した。これこそがロシア人の権力に対する見方だ。彼らはプーチンのスピーチを待っていた。われわれに同行してきたカメラマンは撮影を開始した。物見遊山でない振る舞いをするのは大変だった。部隊長は、新年を祝う乾杯の音頭を皇帝に取ってもらおうと申し出た。全員の視線が皇帝に注がれた。しかし、プーチンはすでにグラスを手にしていたが、鋭い視線を出席者に向けて次のようなスピーチを行なった。

〈乾杯するのは日延べしようじゃないか。負傷者の回復を祈って乾杯し、ここにいる全員の健闘を祈りたいところだが、君たちもご存じの通り、問題が山積している。そして、われわれには重大な任務がある。敵の企みはわかっている。敵がどんな挑発行為をどこに仕掛けてくるのかはわかっている。弱音を吐くことは許されない。一秒たりともだ。警戒を緩めれば、戦死者が浮かばれない。今回はグラスをテーブルに戻そう。そしてもう少し経ったら一緒に飲もうじゃないか〉

このスピーチは、私が皇帝に提案したのではない。皇帝もあらかじめ準備して臨んだのではないはずだ。とにかく、このスピーチは出席者の頭に氷水をぶちまけたような効果をもたらした。この瞬間、皇帝と兵士は、困難に見舞われた家族のように愛と誇りによって固く結ばれた。そして、将校たちに囲まれた皇帝は、兵士に勲章とアーミーナイフを授与した後、訓示を述べた。

〈君たちは国の名誉と尊厳を守るためだけに戦っているのではない。君たちはここでロシアの崩壊を食い止めているのだ〉

その晩、ロシア国民はテレビのニュースで自国の兵士が目を潤ませ、決意を新たにする姿を見た。ロシア国民が自国の兵士の誇りに満ちた表情を見るのは実に久しぶりだった。すべてはトップの采配の成果だった。

このとき私は、プーチンはスタニスラフスキーが名優と呼ぶところの人種に属しているのではないかと思い始めた。名優は三つのタイプに分類できる。一つめは天性の才能の持ち主だ。調子がよいときは聴衆を魅了するが、調子が悪いと演技が大げさになり、邪魔な存在になる。作品全体をたった一人で台無しにしてしまうこともある。二つめは努力型の名優だ。呼吸法の訓練を欠かさず、演技と発声法の練習を夜な夜な繰り返す勉強熱心な俳優だ。天性の才能の持ち主とは異なり、このタイプの俳優は大きな感動を呼び起こすことはないが、期待を裏切ることもない。いつもやるべきことをきちんと行ない、どんな状況であっても安定した演技を披露する。プーチンはそのどちらでもない。彼が属するのは他の偉大な政治家と同様、三つめのタイプだ。自分自身で演出してしまう俳優だ。役柄に没頭するあまり、筋立てが自分の物語として身体の隅々にまで染み込んでいる。よって、演技する必要がない。このような場合、演出家はほとんど何もする必要がなく、ただ見守っていればよい。細かい指示など出さず、ときどき背中を少し押してやるだけで充分だ。今回の選挙戦は、まさにそうした感じだった。私とボリスは演出家、すなわち選挙戦の策略家になるはずだったが、実際はまったく違った。主導権を握ったのはプーチンだけだった。

ところが、ベレゾフスキーはまだ夢を見ていた。皇帝にしつこく電話をかけ、会って話がしたいと願い出た。チェチェンでの調停役、ヨーロッパでの大使、モスクワでの選挙対策本部長になりたいと迫った。政治ウィルスに感染することほど悲惨なものはない。とくに、抗体のない人間がこのウィルスに感染すると始末が悪い。ボリスはとても賢い男だったが、彼の知性をもってしても、このウィルスだけでなく自身の愚かさからも自分自身を守ることができなかった。

「ホワイトハウス」の皇帝の執務室でのことだ。数週間ぶりにプーチンに会ったベレゾフスキーは、いつも以上に興奮していた。〈ヴォロディア、消極的で暗すぎるのではないか。戦争、結構じゃないか。君は偉大な将軍であり、われわれを勝利に導いてくれる。そのことはよくわかった。お望みなら、君のために凱旋門をつくってやる。ところで、ユリウス・カエサルがガリア戦争から戻ってきたときに何をしたか知ってるか。カエサルはローマ軍に三週間の祝宴を催して借金まみれになった。パンと見世物《サーカス》だよ、ヴォロディア。わかるか。君の場合、借金する必要はない。なぜなら請求書はすべて私が払うからだ。いずれにせよ、哀れなロシア人どもに何か恵んでやらなければいけない。そうでないと奴らは投票せずに窓から身を投げてしまう〉。

実のところ、窓から身を投げる可能性が最も高かったのはベレゾフスキーであり、皇帝はそのことを見抜いていた。ベレゾフスキーは、自分は必要不可欠な存在だと確信したいのだが、逆に、自分の有用性が日増しに薄れていくのを感じていた。私がプーチンのために開発した「選挙キャンペーンを行なわない選挙キャンペーン」は、まったく金がかからなかった。だが、ボリスは何としても得点を稼ごうとした。彼は、われわれが彼のテレビ局や裏金を利用することによる、派手なテレビ広告、ポスターの大量配布、各地での演説会の実施といった選挙戦を考えていた。〈君はテレビの無料広告まで利用しないそうだな。ヴォロディア、そんなやり方を続けていると、君が候補者だということが忘れられてしまう。君はルシコフやプリマコフを応援しているのか〉。

このとき初めて、皇帝は厳しい口調でベレゾフスキーに接した。〈ボリス、馬鹿げたことを言うのはやめてくれ。われわれは政府だ。われわれの選挙キャンペーンは情報だ。われわれは歴史をつくり出しているのであり、歴史は自分たちで描き出すものだ。今では誰も広告など信じない。人々の関心を引く唯一の広告は事実だ〉。

ベレゾフスキーはサソリに噛まれたように退散した。瞬間、私はベレゾフスキーが間違った人物を担ぎ出してしまったという自身の過ちにようやく気づいたかと思った。だが、そうではなかった。彼はさらなる深みへと沈んでいった。勝負師として勝ち続け、無限の権力を手にしたことにより、屠畜場《とちくじょう》行きの丸々と太った子牛のようになっていたベレゾフスキーに、相手との力関係を見抜く眼力はもうなかった。彼には、眼前で展開する力学を客観的に分析するのでなく、個人的な人間関係によってすべてを判断する癖が身についていた。皇帝の昇進にベレゾフスキーの手助けが重要だったのは事実だ。付言しておくと、プーチンは権力を握ったからといって世話になった人に後ろ足で砂をかけるような恩知らずな人間ではない。この点において、ベレゾフスキーは正しかった。皇帝は感謝の気持ちを大切にしていた。

しかし、皇帝は権力者であり、権力に対する味覚と必然性を有していた。なぜボリスは、〈王座についても皇帝は臣下の一人と対等な関係を維持してくれる〉、さらには〈皇帝は王座を自分と

〈分かち合ってくれる〉という甘い幻想を抱いたのだろうか。そんなことなどありえないのは皇帝を少し観察すればわかることだった。ところが、この観察こそが問題の核心だった。ベレゾフスキーは一寸たりともプーチンを真剣に観察したことがなかった。ベレゾフスキーは寡黙な執行人としてのプーチンの横顔を知っていたが、プーチンの入り込む余地のない控えめな態度には、堅物の役人的な性質以外のものが隠されているとは思いもしなかった。

もちろん、人には得手不得手がある。しかし、私は鋭敏な知性と底抜けの愚かさを併せ持つベレゾフスキーのような人物をそれまで見たことがなかった。彼は魔法使いのように複雑なシステムを組み立てることによって無から巨大な富を生み出した。しかし、彼は自分に仕える下っ端でさえ当然わかるはずのことがわからなかった。ようするに、彼は自分自身のことばかり熟考するあまり、他人を観察する余裕がなかったのだろう。だが、その代償はとてつもなく高いものについた。

13

「選挙民は、ロシアの垂直方向の力を復元したとして皇帝を高く評価した。われわれは決選投票を経ずに第一回投票で勝利した。国の解体を目論む勢力との戦いは、まだ始まったばかりだった。というのは、最強の敵は自陣にいたからだ。プーチンの当選後、ベレゾフスキーは虎視眈々《こしたんたん》と状況を窺っていた。クレムリンに電話をかけても誰も出ないので、電話攻勢はあきらめた。あるジャーナリストは、大統領就任式が派手すぎると批判した。また、大統領の組閣人事を皮肉る声もあった。しかし、ボリスが狙っていたのはまったく別のことだった。すなわち、本当の指揮官は誰なのかを皇帝にわからせることだった。そして、そのチャンスがついにめぐってきた。

八月中旬、プーチンはモスクワを離れ、ソチで休暇を過ごした。当時の皇帝は、娯楽に関してきわめて控えめだった。ベルルスコーニとはまだ知り合いではなく、パテック・フィリップの限定版の腕時計や、全長一二〇メートルの豪華ヨットとはまだ無縁だった。先日まで公務員だったプーチンのささやかな贅沢は、ソヴィエト連邦共産党の幹部が利用していた老朽化した宿舎に泊まり、数日間、妻と娘たちと一緒に小舟に乗ったり、晴れた日に豚肉やチョウザメの串焼きバーベキューをしたりすることだった。

ところが、ソチに到着して数日後にロシア海軍の原子力潜水艦がバレンツ海での演習中に海底に沈んだため、皇帝のバカンスは台無しになった。この潜水艦の乗組員はおよそ一〇〇名であり、彼らの一部は即死したが、何名かは海底に沈んだ艦内に閉じ込められた。当初、ロシア政府はいつものように事件を隠蔽しようとしたが、なぜか情報は漏洩した。

ベレゾフスキーは川岸で待ち構えていた熊のように襲いかかってきた。テレビ局ＯＲＴは番組を変更してこの事件をしつこく報道した。潜水艦が沈んだ海域上空にヘリコプターを飛ばして現地の映像を流し、ロシア当局がなぜ西側諸国の救出支援の申し出を拒否するのかをヨーロッパ各地の専門家にインタビューして回った。また、乗組員の窒息死の可能性について専門家の見解を紹介し、心理学者に閉所恐怖症について事細かに解説させた。そして乗組員の親族を引っ張り出したのである。テレビ局のスタッフは、この惨事に見舞われた乗組員の親族を丹念に探し出した。母親は悲痛な物語を語り、婚約者は祖国を守るために全力を尽くしながらも海底に消えた英雄の写真を抱えて涙ぐんだ。親族全員が当局の対応に怒りを露わにした。というのも、情報を隠蔽し、沈没が明らかになってからも救出活動に乗り出さなかったからだ。

ベレゾフスキーのテレビを通じて聞こえてくるのは、〈このままでは若者たちが海底で窒息死してしまう〉というロシア国民の悲痛な大合唱だった。〈この惨事の最中、皇帝はどこにいるのか〉

〈黒海でバカンス中なのか。水上スキーだって。なんて無能で薄情な男なんだ〉。テレビのコメンテーターは攻撃を開始した。このとき初めて、皇帝の人気を支えていた冷淡さは、非人間的なマイナスの特徴として紹介された。

私はソチへと急行した。当初、私もプーチンがなぜ現場に駆けつけないのかと疑問に思った。プーチンは私に言った。

〈私にどうしろというのだ。全員が死んだのは明らかだ。もちろん、現時点では潜水艦を引き上げられないのだから、そう断言はできない。だが、全員が死んだことには間違いない。これはベレゾフスキーが仕立てた「サーカス」以外の何物でもない〉

まったくその通りだった。ボリスは大きなテントを設営し、そこに観客席を設置し、プーチンが舞台に現われるのを、手ぐすねを引いて待っていた。プーチンは、調教された野獣としてベレゾフスキーのサーカスに登場する気はなかった。プーチンは報道官に〈救出作業の邪魔をしたくないとコメントしておけ〉という指示を出した。われわれはマスコミの問い合わせに対し、このコメントを繰り返した。しかし、世論の大合唱は収まらなかった。理性的な対応だったが、プーチンはロシア国民のヒステリーに気づいていなかったのかもしれない。

惨事の発生から二日、三日後の晩、われわれはニュース番組を観ていた。皇帝はニュース番組を観ることを平時から心がけており、このような状況ではなおさらだった。無能な海軍、プーチンの不在、諸外国の反応、憔悴する乗組員の親族など、一連の報道の後、ニュース番組の司会者はカメラに向かって次のように呼びかけた。

〈政府当局は何もしてくれません。そこでORTは、乗組員の家族のために募金を開始します。ロシア国家に見捨てられた英雄の家族を支援しようではありませんか。募金はお電話でも受け付けます。電話番号は次の通りです〉

プーチンは激怒した。

〈ヴァディア、信じられるか。一〇年間にわたって国家を破壊し、国富を収奪し、軍人を路頭に迷わせた奴らが、犠牲者の家族のための募金活動だとほざいている。笑わせるんじゃない。募金活動は自分たちのサンモリッツの別荘を叩き売ってからにしろ。あのバカ野郎に電話しろ。携帯電話で呼び出せ〉

誰のことを言っているのかを確認する必要はなかった。ベレゾフスキーは皇帝の怒りをしばらく黙って聞いていた。プールサイドのデッキチェアーに寝そべり、ペルシャ猫のようにひときわ満足そうな表情を浮かべているベレゾフスキーの姿が目に浮かんだ。ベレゾフスキーは切り返してきた。

〈ところでヴォロディア、一つだけ教えてくれ。君はなぜ黒海のほとりにいるんだ。君は現場で指揮をとるべきじゃないのか。少なくともモスクワにいるべきだろ〉。

皇帝は怒りで我を忘れ、とっさに言い返した。

〈ボリス、じゃあ、なぜ君こそコート・ダジュールにいるんだ〉

〈ヴォロディア、だって僕は大統領じゃない。私がどこにいようが誰も気にしない〉

ベレゾフスキーの言う通りだった。しかし、皇帝とこのようなやり取りをしても彼の立場は改善しない。

〈ボリス、君のテレビ局は、金をもらった売春婦が乗組員の妻や姉妹の役を演じている姿を放映しているのだぞ。君たちは国営テレビを使って大統領を失墜させるつもりか。気でも狂ったのか〉

電話口の向こうでは、ベレゾフスキーも苛立ち始めた。

〈ヴォロディア、何を言ってるんだ。女優なんかじゃない、本物だよ。FSBの君の子分たちの言い分を聞くかわりに君の目で現場を見れば一目瞭然だ〉

会話はしばらくこの調子だったが、ボリスは最後に凄味《すごみ》を利かした。もしプーチンが乗組員の両親に会うために現場に向かうのなら、ORTは大統領を持ち上げてやると約束したのだ。

皇帝にとって、ベレゾフスキーの操り人形になるのは耐え難かった。しかし、他にどうしたらよいのかは思い浮かばなかった。皇帝自身も海底に沈んだ鉄棺に閉じ込められたような気分になった。そしてその鉄棺から自分を海面に引き上げることができるのはボリスしかいないと悟った。

電話を切ったときの皇帝の表情は蠟人形のようだった。

皇帝は小声で次のように述べた。〈モスクワに戻るぞ。そしてこのくだらない面会の準備をしよう。この騒動が片づいたら、君の友達を始末する〉」

14

「イサーク・バーベリの戦争小説の一つに『私の初めてのガチョウ』という作品がある。この作品は、一九二〇年の戦争時に赤軍に入隊した若いユダヤ人の物語だ。入隊した連隊の兵士は無学なコサック人たちだった。コサック人たちは眼鏡をかけたインテリの匂いのする彼をいじめる。彼らの一人は無言で立ち上がり、彼の旅行カバンを道路の真ん中に放り投げ、大声で彼を罵った。そのとき、この若いユダヤ人はどうしたと思うかな。彼は泣き言を漏らすのでも抗議するのでもなく、目の前を静かに移動するガチョウを見つけるや否や、素早く捕まえ、軍靴でガチョウの頭を踏み潰し、サーベルで串刺しにした。自分だけに夕食を出そうとしない料理係にこの串刺しを突きつけ、〈これを調理してくれ〉と凄んだ。この瞬間からコサック人たちは、彼を自分たちの仲間として迎え入れた。彼は眼鏡をかけた小柄なユダヤ人だったが、自分に敬意を払わせる術を心得た勇敢な男だった。

私の初めてのガチョウになったのはベレゾフスキーだった。演劇出身であり、父がインテリだった私も、自分はでくの坊でないことをコサック人たちにわからせる必要があった。小手試しは、ベレゾフスキーからテレビ局を取り上げることだった。ベレゾフスキーの所有する株式の割合は過半数に満たない四九パーセントであり、残りは国が所有していた。したがって、ＯＲＴの局長を呼び出し、〈今後はロゴヴァズ・ハウスのサロンでなくクレムリンの指示に従うように〉と指導するだけでよかった」

「かなり残酷な仕打ちですね」

「処刑人の情けは、正確に任務を遂行することだという。もちろん、ボリスは面白く思わなかった。ある日を境にテレビ局の幹部たちは、彼から電話がかかってきても応答しなくなった。彼のお気に入りのジャーナリストは即刻解雇された。ロゴヴァズ・ハウスの女中たちも姿を消した。ベレゾフスキーは発狂した。周囲の人々に八つ当たりするようになった。プーチンに電話をかけてもつながらないので、鬱憤を晴らすために私に電話をかけ、私がやってもいないことを含め、〈お前は悪事を働いている〉と言って私をさんざん罵った。

彼の立場なら、誰だって似たような行動に出ただろう。だが、ベレゾフスキーはただ者ではなかった。だからこそ、敗北を受け入れるのではなく、致命的な過ちを犯した。記者会見を開き、権力の濫用と、ロシアが権威主義に陥る恐れを声高に叫んだのだ。テレビカメラの前でソルジェニーツィンのように、報道の自由と侵害された権利について雄弁を振るったのだ。ところが、世間はベレゾフスキーのことを、皇帝の台頭によって既得権を失いつつある無神経な政商とみなすようになったのである。

ベレゾフスキーはとても優秀な男だったが、歴史に関しては無知だった。もし歴史を学んでいたのなら、権力の掟は自然科学の法則と違って変化すると肝に銘じていたはずだ。ソヴィエト連邦崩壊後の封建制度の休眠期に台頭したのがオリガルヒだ。ボリスをはじめとするオリガルヒは社会システムの柱となり、そうした社会システムにおいてクレムリンの権力者は、彼らの金、新聞、テレビに大きく依存した。プーチンが出馬したとき、オリガルヒは単に代表が変わるだけでシステムが変化するとは思っていなかった。彼らは皇帝の当選を凡庸な出来事と受け止めたが、それは新たな時代の始まりだった。オリガルヒの役割が見直される時代が訪れたのだ。

ロシアをよく知る者なら、この国の権力は周期的に地殻変動を起こすことを知っている。地殻変動が起こる前なら誘導も可能だが、いったん地殻変動が起きたら社会のすべてのエネルギーは暗黙かつ容赦のない論理に従い、再配分される。この地殻変動に抗うのは、太陽の周りを回る地球の動きを止めることに等しい。

民主主義の推進者を自負するベレゾフスキーをはじめとするオリガルヒは、国民が自分たちの見方をしてくれると思っていた。だが、彼らは自分たちの存在を過大評価していた。一方、事態はわれわれの読み筋通りに展開した。アリストテレスの著作を再読すると、権力を掌握した扇動政治家が最初に着手するのは、オリガルヒを追放することだという。国民はボリスと彼の仲間たちのことを、ハンマーを使ってソヴィエト連邦の莫大な国富を収奪した火事場泥棒とみなしていた。そして大金を手に入れると、防弾チョッキを脱ぎ捨て高級スーツに着替え、〈もうハンマーは使わない。これからは議会のフェアプレーに従う〉と宣言したのである。結局、彼らの多くがロンドンへと亡命したのも当然だろう。そしてようやく自身の大きな過ちに気づいたベレゾフスキーが向かった先もロンドンだった。

私はロンドンへと旅立つ直前のベレゾフスキーとロゴヴァズ・ハウスで会うことになった。それは〈君のことをまだ友人だと思っている〉という皇帝のメッセージを伝えるためだった。

〈政治からきっぱりと手を引くように納得させるんだ。もし政治に口出ししないのなら、モスクワに戻ってビジネスに専念することを黙認してやる。あるいは地球の裏側で暮らしても構わない。しかし、政治に関与するなら叩き潰す〉

打ち捨てられた権力の場ほど哀れなものはない。過去の亡霊は、そこでしぶとく暮らす生身の人間よりも強烈な存在だ。ロゴヴァズ・ハウスは閑散としていた。皇帝のメッセージを穏やかな言葉で伝えようと努力したが、ベレゾフスキーは憮然とした態度だった。最初のうちは我慢していたようだが、会話が進むにつれて、ここ数か月間にため込んだ怒りを爆発させ始めた。

〈ヴァディア、プーチンはチェキスト〔KGBの前身である政治警察の人間〕だ。奴らはきわめて残忍であり、酒もたばこもやらない。最悪なのは、奴らは隠された悪を育んでいることだ。プーチンはロシアを地獄へと突き落とす。ロシアを普通の国にしようとしてきた近年の努力は水の泡と帰す。ヴァディア、お前だっていずれ同じ運命に遭うぞ。お前の首にはすでにチェキストの首輪がはめられている。お前は奴らの小さなプードルだ。お前の親父と同様、お前たちには服従の血が流れている。貴族だとでも思ってるのか。いいか、お前たちは根っからの農奴だ〉

彼の言葉は岩肌を流れる渓流のように、私に何の痕跡も残さず流れていった。私は〈キュスティーヌもボリスの言い分に納得したはずだ。ボリスもキュスティーヌの著作を読んでおけばよかったのに〉とぼんやりと考えていた。そして彼は矛盾したことを言い始めた。

〈だがな、ヴァディア。お前たちの思うようにはいかない。ヨーロッパ人やアメリカ人がいる。ロシア国民は初めて民主主義を知った。内戦が勃発する……〉

内戦という言葉に、私はフランスの外交官だったキュスティーヌが語った〈他の戦争と違って内戦のよい点は、自宅に戻って昼食をとれることだ〉という一節を思い出し、笑いを押し殺した。

ボリスの言動はますます混乱した。〈でかしたな、ヴァディア。面白いじゃないか。お前たちはソヴィエト連邦よりもひどい政権をつくろうとしている。当時、KGBの獰猛な番犬どもは、少なくとも党員の管理下に置かれていた。現在、党はもう存在せず、チェキストが直接権力を振るっている。一体誰が奴らの傲慢、欲求、救いようもない愚かさに歯止めをかけることができるのか。君か、ヴァディア。あるいは君の演劇仲間か。共産党のないKGBは単なる悪党だ〉。

私はルビャンカでベレゾフスキーとともにプーチンに初めて会ったときのことを思い出した。ベレゾフスキーは自らの意思で、あの不吉な監獄にエリツィンの後継者を探しに意気揚々と乗り込んでいった。ベレゾフスキーに罵倒されても何とも思わなかったが、彼のむき出しの悪意には正直言ってうんざりし始めた。

〈幸いながら、メディアが存在する。自由を謳歌しているメディアが自由を見捨てるわけがない〉

〈そうかもしれませんね。しかしボリス、「ジャーナリストを買収するなんてわけがない」と言っていたのは、あなたですよ。「ジャーナリストは召使のようなもの。奴らは自分の書いた論説にちょっと目を通してもらうだけで満足する。ジャーナリストの仕事など老いた孔雀のように羽を広げて派手に見せてるだけ」。ボリス、そう語っていたのは、あなただったはずだが〉

そのようなことを言うべきでないことはわかっていた。しかし、我慢の限界だった。ボリスは突然、話すのをやめた。その表情は亡霊でも見たかのようだった。それは過去のベレゾフスキー家の亡霊だった。そのことは彼にもよくわかっていた。

今、彼は悲しげな表情で私を見つめていた。するといきなり老け込んだ。彼の季節は終わった。彼の季節が戻ってくることはもうないだろう。金持ちであり続けることは可能だろう。夕食の勘定を支払ってくれるという理由から彼の話を聞くふりをする連中はいるかもしれない。だが、彼の意見が世論に影響を与えることはもうないだろう。

〈でかしたな、ヴァディア。お前は奴らの仲間になったんだ。俺を嵌めるために録音した会話を皇帝に聞かせたのか。お前はセーチンみたいな奴だな。ここまでうまくやったとしても一つだけ問題がある。それはお前が奴らとは違うということだ。そしてお前は奴らのようには絶対になれない〉。ベレゾフスキーの声は、憎しみに満ちた喘ぎに変わっていた。〈ヴァディア、奴らは獰猛な野獣であり、斧を振り回してジャングルから抜け出してきたような輩だ。奴らは先祖の代から飢え、虐げられてきた。今がチャンスだと見てすべてを手に入れようとしている。君がそんな世界でやっていけるわけがないじゃないか。君のような人間にそんなチャンスは決して訪れない〉。〈ボリス、君の言う通りかもしれない。だが、ロシアという国はいつも斧を振り回すことによってつくられてきたんじゃないか〉

ベレゾフスキーはようやく薄笑いを浮かべた。演し物が終わったことを最初に気づいたのは彼だった。彼には、立ち上がってその場を去ることしか残されていなかった。立ち去ることを強いられた年老いた俳優には哀愁を帯びた威厳が漂っていた。ロゴヴァズ・ハウスを訪れるのはこれが最後だろう。いずれにせよ、それがその晩に私が思ったことだった」

15

「政治家というのは奇妙な職業だ。政治家としてのキャリアを築くには、地元で地盤を築く必要がある。たとえば、主婦、鉄道員、店主の思いをくみ取ることだ。そして国の頂点にまで達すると、今度は国際舞台に放り出される。突然、世界の大物政治家たちが相手になる。彼らは自分よりも先に国際舞台で活躍しているので、そこには友達の輪ができあがっている。彼らは知り合いをつくったり、作法を学んだりしてきたベテランだ。一方、あなたは驚きの人物として国際舞台に放り出された初心者に過ぎない。自国では尊敬あるいは畏怖の対象かもしれないが、国際舞台では単なる新参者だ。歩き方や挨拶の仕方から始まり、すべてをゼロから学び直さなければならない。主要国首脳会議（G８）、国連総会、ダボス会議など、国際舞台ごとにしきたりが異なる。新たな友人は愛想がよく、あなたを手助けしてくれると思うかもしれない。だが、幻想を抱くのは禁物だ。誰もがあなたを陥れようと企んでいる。

ベレゾフスキーがロンドン行きの飛行機に乗った一方で、われわれは逆方向へと向かった。東京、そしてニューヨークだ。ジョン・F・ケネディ国際空港では、ロシアの国連大使が飛行機の足元までやってきて、われわれを出迎えてくれた。そこにはパトカーに先導された黒塗りの公用車とSUVの隊列が待機していた。空港を出ると、われわれを乗せた隊列はのろのろと進んだ。赤信号になるたびに停止し、ぼんやりとしたドライバーの運転する一般車が隊列に割り込んでくるとサイレンが鳴った。権力至上主義のモスクワでは考えられない光景だ。ミッドタウンにある高級ホテルであるウォルドルフ＝アストリアに到着すると、ホテルにはわれわれ以外にも別の要人一行が宿泊予定だとわかった。クレムリンには二〇部屋ほど押さえてあったが、われわれの上の階にはサウジアラビアのために、贅沢にも最上階までの三つのフロアが用意されていた。

国連総会は、権力と同時に謙虚さを誇示する場だ。ニューヨークでは、何事もすぐに満足したがる人種は待つことの美徳を学び直す。ガードマンを乗せた車と防弾仕様の車からなる隊列は、二番街に大渋滞を引き起こす。ガラス張りの国連本部ビルのごった返した通路では、男性ホルモンを大量に分泌する代表団同士がぶつかり合う。金ぴかのサロンに慣れた政府要人たちは、仮設ブースに身を寄せ合って重要な交渉を行なう。そしてこのような状況においても、アメリカ人は自分たちの優位を誇示しようとする。われわれがホテルを出発し、CNNへ向かうときのことだ。われわれの代表団に配属されたシークレット・サービスのエージェントは、突然〈動くな〉と命じた。〈アメリカ大統領が移動するときは、誰もその場を動いてはいけない。全員がフリーズだ〉。私は、われわれの隊列が移動許可を得るのを歩道で待っていたときの皇帝の表情をまだ覚えている。そして

CNNのスタジオに到着すると、テレビ局にありがちな軽薄そうな連中がわれわれを迎えた。ピンクのシャツに黒いサスペンダー姿のラリー・キングに対し、皇帝は聖体拝領式に参加するようなスーツ姿だった。

番組中、キングは皇帝に〈スパイって、一体どんな仕事なんですか〉と尋ねた。

プーチンは次のように答えた。〈ジャーナリストみたいなものです。情報を収集し、統合する。そして意思決定する人にこれを提供する〉。

〈なるほど。では、あなたはその仕事が好きでしたか〉

〈ええ、好きでした。諜報機関での経験により、視野が広がり、人材管理などの能力が向上したと思います。また、優先順位の付け方についても学びました。諜報機関での経験はとても役立っています〉

〈素晴らしい。本日の『ラリー・キング・ライブ』は、プーチン大統領をお迎えしています。コマーシャルの後も番組は続きます。チャンネルはそのままで〉

当時、われわれは公務を真面目にこなしていたが、ニューヨークでは少し寛いだ。私はマンハッタンについて、プレーヤーが自分のレベルに応じて、地下鉄、黄色のタクシー、黒塗りのタウンカー〔フォードの高級車〕に乗り、マス目を行ったり来たりするボードゲームのような街というイメージを抱いていた。思慮に欠け、無限の繰り返しを強いられるが、エネルギーに満ちた街だ。われわれ一行は、モスクワでのような威厳はなかったが、それでも品格があった。われわれは、展覧会の開催日前の特別招待や「ガラの晩餐会」に参加した。どこに行ってもアメリカ人は両手を広げて迎えてくれるが、そこには彼らの尊大な態度が透けて見えた。

クリントンとの首脳会談もそうした感じだった。クリントン大統領は、われわれの宿泊先であるウォルドルフ＝アストリアまで会いに来てくれた。彼は先輩風を吹かせながら自己紹介し、大蛇が小動物を飲み込むように相手の手を自分の両手で包み込む、例の握手を披露した。夜になると暖炉の傍で、中西部の牧場主のようなしゃがれた声とはじける笑顔で、自分の人生を語ってくれた。しかし、われわれは彼の粗野な見た目の背後には、洗練された容赦のないメカニズムが隠されていることを知っていた。イエール大学とオックスフォード大学で優秀な成績を収め、史上最年少でアーカンソー州知事になったクリントンは、さまざまなスキャンダルをかいくぐり、政敵を必ず打ちのめしてきた政治屋だ。とくに、クリントンは、鉄拳を振るってソヴィエト帝国を解体し、ヨーロッパの半分を一切譲歩せずに取り戻した。さらには、ＮＡＴＯをわれわれの国境近くまで拡大し、ハゲタカのような連中にわが国の産業システムの残骸をついばませた。

しかしながら、クリントンは最初のやり取りからミスを犯した。皇帝に対し、クリントンの旧友であるボリス、すなわちエリツィンの近況を尋ねたのだ。エリツィンのことを話題にすることで、クリントンはロシア国民の脳裏に焼きついた屈辱の記憶を呼び覚ましたことに気づかなかったのである。すでに述べたように、ロシア人は犠牲を払うだけでなく敬意を抱く国民だ。われわれの歴史では、支配者は常に偉大な人物として崇められ、支配者を見下すことは決して許されない。ルーズベルトとスターリン、数十年後にニクソンとブレジネフ、そしてレーガンとゴルバチョフが会談した際、誰もがこの会談を二つの超大国の睨み合いと見なした。ベルリンの壁崩壊後、ロシア人にとってこうした見方を維持するのが難しくなった。そうはいっても、形だけでも敬意を示せばロシア人のプライドは保たれただろう。しかし、エリツィンはクリントンのおおらかさを装う罠に嵌った。エリツィンはロシア再建の手助けをしてくれる盟友を見つけたと思い込み、クリントンに気を許してしまった。握手から背中を叩く仲になり、ロシア人の脳裏に焼きついたあの屈辱の場面へと転落した。

場所は同じニューヨーク、ある秋の日だ。アメリカ大統領とロシアの大統領は、フランクリン・D・ルーズベルト図書館で二国間協定を締結し、屋外に出て記者会見に臨んだ。ネオクラシックな柱の前には、両国の国旗が飾られ、そのすぐ脇には二人の大統領衛兵が立っていた。演台の足元には、例によってアメリカ人が世界中に広めることに成功した野蛮なお祭りを祝うカボチャが二つ置いてあった。クリントンの短いスピーチの後、酔っぱらった様子のエリツィンの番になった。ロシア大統領が話し始めると、クリントンは爆笑した。珍しい光景だが、地上最強の男でも大笑いすることがあるということか。だが、問題はクリントンが笑い続けたことだ。老いた熊は滑稽にふらつき、文字通りクリントンを高笑いさせた。クリントンは目に涙を浮かべ、顔を真っ赤にし、笑いこけた。テレビを食い入るように観ていたロシア国民は、〈クリントン、笑うのはやめてくれ〉と心のなかで叫んだ。ロシア国民はエリツィンの人柄や弱点をよく知っていた。それでも、エリツィンは核を保有する超大国であるロシア連邦の大統領なのだ。クリントンも笑い転げてふらつき、少し照れ臭そうにしている酔っぱらったエリツィンの肩を大げさに叩いた。一億五〇〇〇万人のロシア人は、アメリカ大統領に大笑いされるという屈辱を味わった。

クリントンが老いたボリスの近況を尋ねたときに皇帝の頭に浮かび上がったのは、この光景だった。そこで皇帝は即座に〈私は彼とは違う。肩を叩いたり大笑いしたりするのはやめてくれ〉と凄んだ。クリントンは当然ながら落胆した。ロシアの大統領という職はアメリカ大企業の代理人として世界最大のガス田を管理するのが仕事だと思っていたからだ。クリントンら一行は、来たときの笑顔を曇らせて帰っていった。彼らは一体、ここに何をしに来たのだろうか。

皇帝は帰りの機内で呟いた。〈モスクワで野蛮な集団が政権を奪取したとしても、この集団がアメリカの権益に手をつけず、アメリカを親分として崇め続けるのなら、アメリカは即座にこの集団を合法的な政権と認めるだろう。問題は、アメリカが冷戦に勝利したと思っていることだ。だが、ソヴィエト連邦は冷戦に負けなかった。冷戦が終結したのは、ロシア国民が自分たちを抑圧する政権に終止符を打ったからだ。われわれは敗北したのではなく独裁から解き放たれたのだ。西側諸国も東欧の民主化に寄与したが、最大の功労者はロシアだ。ベルリンの壁を崩壊させたのはわれわれであり、実際に壁を壊した西側諸国ではない。ワルシャワ条約機構を解体したのはわれわれであり、われわれは降伏でなく平和のために西側諸国と和解したのだ。西側諸国はこのことをときどき思い出すべきだろう〉」

16

「アメリカから戻り、一晩だけ休みを取ることにした。皇帝のもとで働き始めてからの日々はきわめて多忙だったが、モスクワの芸術家の集まりには、まだときどき顔を出していた。大物芸術家を気取る彼らの態度には苛立ちを覚えたが、彼らの底抜けの明るさはクレムリンの同僚の猜疑《さいぎ》心から解放されるよい機会だった。そんな彼らのなかに文豪のあらゆる資質を満たす人物がいた。彼の名前はエドゥアルド・リモノフ。もっとも、文学作品を書くつもりなどなかったようだ。アメリカとパリで長い間過ごした後、過激なアイデアを抱いてモスクワに戻ってきた。西側諸国に対する彼の恨みは、アメリカやパリでの長い滞在中に味わった金銭崇拝主義によって深まった。一九九〇年代初頭、彼は国家ボリシェヴィキ党を創設した。これが政治活動なのか芸術的パフォーマンスなのかは不明だったが、党名から明らかなのは、世の中に大きな混乱をもたらそうとする彼の意思だ。はるか昔に堅気の道から逸脱したエドゥアルドはさまざまな快楽を手に入れ、これを中東の将官のように気前よく周囲の者たちと分かち合っていた。彼の周囲には彼が「わが革命の前衛部隊」と呼ぶ過激な連中がたむろしていた。

エドゥアルドは私に次のように繰り返し語っていた。〈ヴァディア、笑っても構わないよ。俺は軍隊をつくる。兵隊を見つけるのはわけがない。問題は人民委員会だ。プロパガンダをつくれる人間、つまり、大衆に語りかけることのできる扇動者をどうやって見つけるかだ。闘争のこの段階では、扇動者こそが戦略的な武器であり、イデオロギーの伝搬者であり、国家ボリシェヴィキ革命の増幅装置だ。だが、ヴァディア、心配しなくていいぞ。われわれが権力を握ってもクレムリンにお前のオフィスを残しておいてやる。正直者のお前はプロパガンダの専門家としてわれわれの役に立つからな……〉。

その晩、私はエドゥアルドと「ホワイトハウス」の近くにある「317」という酒場で待ち合わせた。アイリッシュ・パブを装うこの店は彼の活動拠点だった。店の前には何十台ものバイクが止めてあった。店内に入ると、そこはネオナチのバイク乗り、無政府主義者のインテリ、パンク野郎たちがたむろする映画『マッドマックス』のような雰囲気だった。女性の姿も少数だがあった。

店に入ると、エドゥアルド・リモノフはすでに隅のテーブルにいた。テーブルには半分ほど空になったウォッカの瓶が置いてあった。これからまだ飲むぞという雰囲気が伝わってきた。

演劇好きのエドゥアルドは、〈ヴァディア、終わりの始まりが何だったか知っているか〉と質問してきた。

〈知らないな、エドゥアルド。教えてくれよ〉

〈ヴァディア、リシュリューだ。『三銃士』の登場人物が実在したことは知ってるか〉

〈ああ、知ってるよ、エドゥアルド。今夜の君の話し相手は、能無しのスキンヘッドじゃないんだぜ〉

〈ああ、わかったよ。ようするに、決闘を禁止したのはリシュリューだってことだ。彼は二人の大人の男性が剣を交えることを禁止する法律をつくった。信じられるか。西洋の男はこのときから堕落し、男性の育児休暇へと転げ落ちた〉

リモノフは最近になって一部のヨーロッパ諸国で導入された男性の育児休暇を、男性の家畜化の象徴の極みとみなしていた。

〈テレビを観る、車に乗る、あまり疲れないがまったくもって退屈な仕事に数十年を費やす。ローンを組み、海辺でバカンスを過ごす。そして気づいときには人生が終わっている。これは一度きりの人生を無駄に使うという許されない罪だ〉

私はエドゥアルドの言い分を、著書、インタビュー、「革命の前衛部隊」のメンバーへのスピーチなどで何度も聞いてきた。ところがその晩、彼はいつもの演説を繰り返すのでなく、われわれのニューヨーク旅行について尋ねてきた。新聞記事を読んで興味を持ったようだ。

〈遠足は楽しかったかい〉

私はエドゥアルドと国際政治について議論したいとは思わなかったので、この話題を避けようとした。〈まあね。君ならあそこがどんなところかはよく知ってるだろ。いつ行ってもそこそこ楽しいって感じかな〉。

〈アメリカ人と接触しなければニューヨークは楽しいところだ〉

私は思わず笑ってしまったが、彼はいつものように真剣な面持ちだった。次から次へとパラドックスを語るが、冗談を決して言わないのがリモノフの特徴だった。

〈アメリカ人のディナーには参加したか。男どもはプリンストン大学かイェール大学、女どもはヴァサー大学かブラウン大学の卒業生だ。皆、同じ歳ごろの子供がいて、同じ学校に通っている。男どもはダウンタウンの銀行勤め、女どもは高級デパートのバーニーズで買い物をする。全員がハンプトンズに夏の別荘、パームビーチに冬の別荘を持つ。そんな連中と会食する羽目になったのなら合理的な選択肢は青酸カリしかない。若いときなら、金髪の人妻とトイレで一発やるくらいのことはできた。しかし今となっては、青酸カリを盛るしかない。幸いなことに、俺がそうしたディナーに招待されることはもうなくなった〉

〈一体、君はいい歳をして、どうしたいというんだ。ブルジョワには慎み深い魅力が必要だとでも言うのか。ブルジョワなんて世界中どこでも似たような人種だ〉

〈ヴァディア、違う。アメリカのブルジョワは崩壊したんだ〉

国家ボリシェヴィキ党の党首リモノフは、突然、深い悲しみの表情を浮かべ、アングロサクソンのブルジョワの消滅を嘆いた。

〈ブルジョワは少なくとも価値観を持っていた。彼らが信じるのは数字だけだった。面白いのは、彼らは互いに知り合いでなく、世代ごとに刷新されるくじ引きの産物だったことだ。勤勉と正確な情報を崇拝する知的な野心家であり、彼らは死んだネズミのように退屈な連中だ。問題はアメリカの帝国主義ではない。俺がアメリカに怒っている理由は、アジェンデ〔チリのマルクス主義の大統領〕などの馬鹿野郎たちとは違う。権力を暴力的に行使したとしても、それは帝国なのだからなにも珍しいことではない。冷静に考えると、アメリカはロシアを含め、過去の帝国と比べて最悪というわけではない。問題はアメリカ文化だ。全員に「ハッピーミール」を保証するために真の栄華を不可能にした文明の退化だ〉

エドゥアルドは注文したハンバーガーにかぶりつき、一息ついてから話し続けた。

〈面白いのは、君のような連中がアメリカ型モデルを真似しようとしていることだ。ところが、アメリカ人はゾンビだ。ヴァディア、人生を無駄に過ごすことほど罪深いものはない。アメリカ人は一瞬たりとも「人生の意義はできるだけ快適に生きること、あるいはできるだけ長生きすることではないはずだ」と考えたことがない。エリツィンがアメリカ路線を真似てロシアをアメリカ型ホスピスのロー・コスト店舗にしようとしたとき、俺は国家ボリシェヴィキ党の創設を決意した。俺がどうしてこの名前を選んだのか知ってるか。お前たちを激怒させるためだ。お前たちは人間を満ち足りたしがない消費者のような存在だとみなそうとしている。そうした消費者どもを脅かすには、この名前がピッタリだと思ったんだ。ようするに、お前たちが悪と考えるものを代表するのが国家ボリシェヴィキ党だ〉

〈情熱は人間を生き生きとさせるが、知恵は人間を長生きさせるだけ〉〔一八世紀のフランスのモラリスト、ニコラ・ド・シャンフォールの箴言〕

リモノフは私を睨んだ。彼は話の途中で割り込まれるのが嫌いであり、とくに過去の箴言によって自分の語る真実をありふれたかたちに焼き直されるのを毛嫌いしていた。

彼は続けた。〈その通りだ。国家ボリシェヴィキ党には、元スターリン主義者、元トロツキー主義者、ホモセクシャル、スキンヘッド、無政府主義者、パンク野郎、前衛芸術家、宗教原理主義者、仏教徒、ロシア正教徒などが集まった。初めて会合を開いたとき、奴らが喧嘩しないようにどいつをどこに座らせるのかで、ずいぶん頭を悩ませた。奴らをどうやって並べたのかは、もう忘れてしまったけれど……〉。

エドゥアルドは大笑いした。そしてグラス一杯のウォッカを一気に飲み干すと、真剣な面持ちに戻った。

〈ヴァディア、彼らを結束させたのはイデオロギーでなくライフスタイルだ。彼らは計画などには興味がない。若い彼らは平凡で退屈な日常にうんざりしている。勇敢に行動したがっているのだ。たとえば、第三のローマであるロシア帝国の再建や、スターリングラード攻防戦での勝利だ。ようするに、何か大きなことに訴えなければならない。生き生きと暮らしたいのなら、世界を救済し、他国を先導するのは自分たちだと信じる必要がある。西側諸国は、われわれの跪く姿を見たくてうずうずしている。奴らはゴルバチョフとエリツィンが大好きだった。ヴァディア、君たちも西側諸国の従僕のように振る舞えば奴らに慕ってもらえるぞ。そしてその間、奴らは自分たちに歯向かう残党を抹殺していく〉

リモノフの暴言は、われわれのニューヨークでの経験と部分的に重なった。その晩、私はリモノフにそのことを打ち明けないように気をつけた。正直なところ、彼の議論は少し気になった。私はエドゥアルドという男を、政治的なセンスにはまったく欠けるが鋭敏な社会病質者だとみなしていた。

彼は友人たちに揶揄されながらも、長年にわたって同じ主張を轟かせてきた。彼は自分の長広舌の目的が、ブルジョワをたまげさせること、世間の注目を集めること、自分たちのグループにいるかわい子ちゃんたちを驚かせることだと思っていた。ところが今、私は彼の叙情的な高揚に、納得したとまでは言わないが違った意味を見出した。初めて彼の主張の意味がわかった気がしたのだ。リモノフの主張は厳密な分析に基づく産物でなく滑稽な代物だとはいえ、一笑に付すことのできない直感であることは確かだった。一九八〇年代末にロシアが西側諸国を狂信的に模倣したのは間違いであり、われわれには別の道を歩む時期が訪れたのかもしれなかった」

17

「死者がこの世に戻ってくる真夜中にクレムリンの白く長い廊下を歩いていると、自分はロシア全土で唯一、闇に包まれていない場所にいるような感覚に陥る。プーチンの執務室のある上院宮殿からは、歴代の皇帝たちの宮殿から発せされる凍るような威光は感じられない。上院宮殿には無駄なサロンがない。よって、権力はサロンの鏡に反射して散らばることなく集中して作用する。だからこそ、レーニンはここに居を構えたのだ。レーニン以降、最大の国土を持つ国の運命は、この簡素な上院宮殿において定められてきた。大統領執務室の控室に到着すると、私はいつものように、壁に飾られた歴代の皇帝の肖像画と、プーチンが生身の衛兵に加えて並べた日本の侍の鎧に黙礼した。私設秘書はジェスチャーで執務室に入れと促した。大統領が私を待っていた。いつもなら互いにソファーに座って話すのだが、大統領は机に向かっていた。不吉な予感がした。ブロンズ製のシャンデリアの灯は消してあり、小さなテーブルランプだけが皇帝の机を照らし出していた。私が来るまで黙想していたのだろうか。私は、プーチンの机の正面に置いてある二脚の肘掛け椅子の一つに腰を下ろした。

皇帝は黙って資料に目を通していた。数分後、資料から目を離さずに私に問いかけた。〈ヴァディア、私の支持率はどのくらいだ〉。

〈大統領、およそ六〇パーセントです〉

〈そうか。ところで、私より支持率の高い人間を知っているか〉

〈大統領、誰もいません。大統領に次ぐ候補者の支持率は一二パーセントくらいです〉

〈ヴァディア、それは違う。ロシアのリーダーで私よりも支持率の高い人物がいる〉

一体、皇帝は何を言ってるのだろうか。

〈スターリンだよ。今日、国民の父スターリンは私よりも人気者だ。もし選挙で戦えば、スターリンは私を木っ端みじんにするだろう〉

皇帝の表情に例の硬質的な硬さが現われた。私は一切のコメントを差し控えた。

〈君たちインテリは、人々が過去を忘れたからだと思っている。つまり、粛清や虐殺を覚えていないからだと解釈する。だからこそ、君たちは一九三七年のスターリンの大粛清に関する記事や書籍を発表し続けるのだ。つまり、スターリンは虐殺にかかわらず人気があると解釈する。ところが、スターリンに人気があるのは虐殺を行なったからだ。少なくともスターリンは泥棒や裏切り者をどう扱うべきかを心得ていた〉

皇帝は一息ついた。

〈ソヴィエトで列車事故が続発したとき、スターリンがどう対応したかを知っているか〉

〈いいえ〉

〈鉄道局長のフォン・メックを逮捕させ、破壊工作の罪で銃殺刑に処した。鉄道局長を射殺しても、鉄道の問題は解決しないどころか、むしろ悪化する恐れさえある。しかし、人々の怒りのはけ口は確保された。こうして社会システムに問題が生じるたびに、同じことが繰り返された。食肉が不足すると、スターリンは農業人民委員長のチェルノフを逮捕させ、法廷に引きずり出した。驚いたことにチェルノフは、大量の牛や豚を密かに処分することによって政権に動揺を与え、反乱を起こそうとしたと自白した。次に、卵とバターが品不足になると、計画委員会のゼレンスキーが逮捕された。すぐにゼレンスキーは、在庫のバターに釘とガラスの破片を流し込み、トラック五〇台分の卵を破棄したと自供した。すべてが明らかになったという、怒りと安堵の入り混じった感情が国民の間に広がった。ヴァディア、非効率なシステムが原因だったと説明するよりも、破壊工作があったとしたほうが、はるかに説得力がある。犯人を見つけて処罰すればすべて片づく。重要な点は、誰かが犠牲になっても正義が遂行され、秩序が回復することだ〉

皇帝はまた一息ついた。状況が異なっていたら、私は皇帝の態度を芝居がかっていると感じたはずだ。今度は感情のない口調で話し始めた。〈私は君の友人ホドルコフスキーを明日未明に逮捕するように命じた。メディアに連絡するので、カメラが逮捕の瞬間を捉えるはずだ。ロシア国民に対し、誰も神聖な怒りに抗うことはできないことを知らしめる必要がある〉。

私は唖然とした。ここ数年間にミハイルはロシアで最も裕福な企業家になっていた。誠実な人物というわけではないが、最近では慈善事業にも従事し、シリコンバレーのパソコンオタクのような真剣な面持ちで理想に満ちた弁舌を振るっていた。新聞やテレビの寵児であるミハイルは、ロシアの新たな資本主義を象徴する人物としてもてはやされていた。そんな彼を犯罪者として刑務所にぶち込むというのは、常識では考えられないことだった。つまり、皇帝は常識の範囲を超えて熟考し、この決定をくだしたのだろう。

この決定を見直す気配はまったく感じられなかった。机の向こう側で私を凝視する男は、私に意見を求めたのでなく、ただ自身の決定を伝えただけだった。そして私の仕事はその後始末をすることだった。国内メディアであってもミハイルの逮捕を疑問視するだろう。法律に照らし合わせて逮捕したまでだと説明しても、世論の反応は大して変わらないだろう。それなら下手な理屈などこねないほうがましだ。ミハイルをロシア国民の怒りのはけ口にするには、彼を徹底的に辱《はずかし》める必要がある。そこで私は、今後メディアで流通するホドルコフスキーの写真を、金融界のスター、あるいは孤児や未亡人に微笑みかける慈善事業家としての姿でなく、獄中で囚人服を着た姿のものだけにするように仕向けた。これは〈皇帝に睨まれたら、雑誌『フォーブス』の一面から刑務所行きになるぞ〉というメッセージだった。ミハイルのロシア社会からの追放は、他のオリガルヒに対する警告であり、善良なロシア人の怒りを鎮める役割を果たすだろう。

私が昔の恋敵を辱めるために皇帝を焚きつけたと思われるかもしれないが、それはまったくの誤解だ。仇を討とうとする者は囚人であることを余儀なくされる。ところが、私はミハイルとクセニアのことには、とうの昔に興味を失っていた。彼らが結婚するというニュースにさえ興味を覚えなかった。過去を振り返るのは嫌なものだが、過去を否定したところで意味がない。決断することほど難しいものはないが、いったん決断したのなら、それを実行に移すことを除き、すべてを忘れる必要がある。

ホドルコフスキーは商用で訪れたシベリアの街の空港で逮捕された。早朝に彼のプライベートジェット機が空港に着陸するや否や、カメラの前で身柄を拘束された。特殊部隊の兵士に連行される手錠姿の富豪の姿は世界中に拡散した。この逮捕劇は、金があっても身を守ることができないことを思い知らせる効果があった。西側諸国では、大金持ちは法の目をかいくぐることができる。これはタブーとされているが事実だ。政治家ならいざしらず、大金持ちの逮捕は想像できない。というのは、西側社会は拝金主義だからだ。奇妙なのは、西側諸国がロシアの社会体制を「オリガルヒ」と呼んでいることだ。真のオリガルヒが存在するのは西側諸国だ。法律と一般国民を超越した存在である西側諸国の大金持ちは、自分たちに代わって統治する人間、そして法律をつくる人間を金で買う。たとえば、ビル・ゲイツ、ルパート・マードック、マーク・ザッカーバーグの手錠姿など想像できないではないか。西側諸国とは逆に、ロシアでは大金持ちは自由に金を使うことができる。だが、政治権力に影響をおよぼすことはできない。なぜなら、ロシア国民の意思、つまり、これを体現する皇帝の意思はあらゆる私的利益を凌駕するからだ。

大統領選の六週間前、ホドルコフスキーの逮捕は、皇帝の選挙活動を行なわない選挙戦のマニフェストになった。私はミハイルの転落劇に関するテレビドキュメンタリーの制作にだけ手を貸した。これは簡単な仕事だった。というのは時代を問わず、大衆は権力者の首が吹き飛ぶ光景を見たくて、うずうずしているからだ。大衆は社会的に重要な人物の死によって自身の凡庸さを慰める。ちなみに、私は大衆の尺度では大成功を収めた人間ではない。よって、絞首台に引っ張り出されることはないだろう。どの時代でも、公開処刑は人気の見世物だ。フランス革命時にギロチンが導入された当初、パリの大衆は処刑の様子がよく見えないと不満を述べ、〈投石機を復活させろ〉と叫んだという。だが、ギロチンが高性能であり、これが死刑囚にさらなる恐怖をもたらすと知ると、大衆はこの新たな技術を気に入った。はっきり言って、大衆ほど血に飢えた独裁者はいない。彼らの怒りを鎮めることができるのは、指導者の厳正かつ公正な手腕だけだ。

一二月上旬の大統領選は大勝利だった。選挙の翌日、テレビのインタビューで皇帝は〈昨夜は眠らなかった〉と述べた。余裕で勝利できる選挙だったのに徹夜した理由は、開票速報を追っていたからではなく、飼っているラブラドールのコニーの初出産に付き合ったからだった。一方、犬を飼っていない私は、投票日の夜は自宅で独りウォッカを飲みながら歴史書を読んで過ごしていた。皇帝との最後の会話以降、私は自分の役割を違った角度から捉えるようになった。一九三〇年代のスターリン裁判の記録を読み漁るうちに、ようするにあれはハリウッド風の大作映画であり、ソヴィエト流のショービジネスだったことに気づいた。検事と裁判官は何か月にもわたってシナリオをつくり、映画のプロデューサーはさまざまな圧力をかけて被告人に演技するように命じた。役者には、守るべき家族がいる者、隠さなければならない秘密を持つ者、脅しや肉体的な苦痛に弱い者がいた。最終的に各自の役割が決まり、いざ本番となったのである。

現実と虚構が入り混じった作品であるため、制作者は細部までつくり込む必要があった。裁判の傍聴を許された人々、そしてとくにラジオや共産党の機関紙『プラウダ』から情報を得る何百万世帯が、メトロ・ゴールドウィン・メイヤーの映画を鑑賞するときと同等の感動を味わえるように制作しなければならなかった。悪に対する不安、苦悩、恐怖が渦巻き、悪と対峙し、善が勝利して深い安らぎがもたらされるというのが筋書きだ。確固たる決断力を持ち、そして基本的なルールさえ守れば、創造力を駆使して物語をつくることができる。問題はどこまで真実を遵守するかでなく、どこまで虚構を尊重するかだ。念頭に置くべき最も重要な原動力はやはり怒りだ。西側諸国の保守的な識者は、怒りは経済成長やテクノロジーの発展によって鎮めることができると信じている。彼らによると、宅配便のサービスや観光旅行が人類の起源にまで根ざす大衆のどす黒い神聖な怒りを消し去るという。だが、それは違う。いつの時代にも、どの政権においても、絶望する者、不満を抱える者、敗者は存在する。スターリンは、大衆が激怒するのは当然と考えた。怒りのボルテージは時代によって変化するが、怒りそのものが消滅することはない。怒りは社会を統御する底流の一つだ。よって、課題は怒りと戦うのでなく怒りを制御することだ。怒りが寝床から逃げ出して周囲を破壊しないように、怒りのはけ口を常に確保しておかなければならない。怒りが社会システムを危機に陥れることなく自由に駆け巡ることができるようにする必要があるのだ。異分子を抑圧するのは野蛮な行為だ。一方、怒りが蓄積しないように怒りの流れを管理することはより複雑だが、はるかに効果的だ。結局のところ、これが長年にわたる私の仕事だった」

18

「ホドルコフスキーが逮捕され、プーチンが再選を果たすと、ロシア政府の体質に変化が生じた。権力闘争は収まるどころか激化した。しかし、権力闘争の場は、公の舞台から皇帝の控えの間へと移った。このときから、国家の命運を決めるのは再び宮廷になった。ニコライ一世の時代のように、君主の表情だけが、宮仕えする者たちの喜びと苦悩の源泉になった。

機会があれば動物園のライオンや猿を観察してみるがよい。動物たちが遊んでいるとき、上下関係は明確であり、リーダーが全体を管理している。逆に、動物たちが散らばっているとき、動物たちは怯えている。プーチンは垂直方向の力を再構築することによって宮仕えする者たちの舞踊会に規範を示した。舞踊会の掟の歴史は古く、舞踊会のリズムは参加者の昇格と降格によって決まる。宮仕えする者たちのなかには、皇帝の執務室の近くにオフィスを持つ者、皇帝から直接電話を受ける者、皇帝の外遊に同行する者、皇帝とソチでのバカンスをともにする者、政府内で閑職を得る者、国営企業のトップに居座る者がいる。祝宴での席順、大統領に謁見する際に控えの間で待たされる時間、身辺警護にあたる人数など、ちょっとしたことも見逃せない。というのは、権力は些細なことから構成されるからだ。宮仕えする者たちは、上下関係は細部に宿ることを知っている。よって、彼らはどんなことにもこだわる。そしてわずかな不備であっても建造物に亀裂を生じさせることがあると心得ている。これらの要素を無視したり軽視したりするのはアマチュアだ。プロなら些細なことであっても注視する。

クレムリンにはいくつも塔がある。それらは一定の振動で揺れ動いている。宮仕えに参加したい者は、モスクワ地球物理学研究所の地震計と同じ精度で揺れを計測する能力を持たなければならない。公的あるいは私的な場合であっても、人と会うたびに状況の脈を測り、力の均衡が保たれているかを確認する。宮仕えにはこのような継続的な訓練を必要とする根気のいる活動が欠かせない。宮廷は、証券取引所の壁に掲げてある株価ディスプレイとよく似ている。唯一の違いは、宮廷の場合、相場が掲示されるのはディスプレイでなく宮仕えする者の表情と唇だ。夕食や会話は、昇格や降格に関する相場レポートだ。少しでも真面目に宮仕えする者なら、クレムリンで奉公しても幸福になれないが、かといって他の場所ではもう幸福になれないことを知っている。

少なくとも三世紀にわたって滅私奉公してきた血筋を持つ私は、新たな体制に自然と馴染んだ。しかし、そのような遺伝子を持たないにもかかわらず、私よりもあっという間に昇格した者たちもいた。たとえば、プーチンの秘書セーチンだ。彼のことはすでに話した。彼は宮廷内の政治に長《た》けていた。彼のようなタイプの人間の原動力は、自分は過小評価されているという鬱積した思いだ。

小さな手提げカバンを持ち歩き、皇帝の前では伏し目がちなセーチンの姿を見た者なら、彼のことをタイピストとレストランの給仕を混ぜ合わせたような人物だと思うだろう。彼はクレムリンでの四年間で自信に満ちあふれ、権威を振りかざすようになった。宮仕えの模範生である。皇帝が不在のときは実に横柄に振る舞うが、皇帝が一瞥するだけで元の肝の小さい羊に戻る。

政府専用機内では誰もが上着を脱いでくつろぐが、セーチンだけは上着だけでなくネクタイも外さず、皇帝への敬意をアピールする。セーチンはプーチンと出会う前、モザンビークのKGBで働いていた。彼がそこで何をしていたのかは神のみぞ知るだ。彼はときどきモザンビークへ出張した。アフリカの滑走路に到着するアントノフ機から降り、特殊部隊の護衛を受け、現地の独裁者に皇帝のメッセージを届ける。アフリカ出張は彼にとって休暇に等しい遠出だった。日中は迫撃砲が時を刻み、夜はオーケストラが演奏する軽音楽を聴きながらプールサイドで夕食を取るといったところか。通常の人間なら休暇をカプリ島やサントロペなどで過ごすはずだ。

彼の人間に対する考え方はあまりにも単純であり、洗練された人間には理解しがたかった。周囲が〈物事はもっと複雑だ〉と説いても、セーチンは〈そんなわけがない〉と譲らなかった。だが事実を検証すると、ほとんどの場合、セーチンの言い分が正しかった。

ある日、私は彼が学生時代に文献学の学位を取得したと知り、彼と共通の興味があるのではないかという、あとから考えると実に馬鹿げた考えを抱いた。そこでオフィスにいる彼に好きな作家は誰かと尋ねた。〈学位を取ってから一冊も本を読んでいない。今読んでいるのはこれだけ〉とぶっきらぼうに答え、机の上に積んである公安当局が作成した資料の束を指さした。

どの手続きにおいても誰もやりたがらないが、どうしても必要な作業がある。それがセーチンの仕事だった。ホドルコフスキーの収監にともない、彼の会社ユコスをどうするかが問題になった。政府内の自由主義者たちはこの会社をセーチンに任せたかったが、皇帝の意図は単に個人を罰するだけでなく、システムを解体することにあった。ユコスはロシアを代表する優良企業であり、クレムリンの獰猛な獣の食欲をそそる戦利品だった。

セーチンはこれを手際よく料理した。裁判所に財産保全処分を行なわせ、参加者が一名だけの競売を実施し、ユコスはイーゴリ・セーチンが数か月前に社長に就任していた国営コングロマリットの手に渡った。西側諸国の新聞は、この一連の手続きを窃盗だと糾弾した。しかし、話はもう少し複雑だ。セーチンは治安当局出身の「シロヴィキ」だ。ロシアでは昔から軍人、スパイ、警察官などの「力のある人物」は必要不可欠な存在だった。セーチンはプーチンの側近だったおかげでシロヴィキの代表格になった。偽善で塗り固められた西側諸国の諸君なら、権力の行使など古臭いと考えるだろう。君たちは規則を信じ、顧問弁護士と認証メールをやり取りし、数百万ドルの報酬を支払い、解決策を見出す。君たちは、ダボス会議、ＯＥＣＤの研究調査、ロッテルダムや北京で超高層ビルを建てる建築界のスター、バリやツエルマットでしゃれたレストランを開くシェフが大好きだ。君たちの国では、ネクタイ姿は、ホテルのコンシエルジュやレンタカー会社の従業員など、下っ端のファッションになった。軍隊や警察の制服は博物館の遺物であり、せいぜい修学旅行生向けだ。

そうはいっても、私も君たちと同じ意見だった。カプチーノを飲みながら西側諸国の雑誌を読み過ぎたからだろうか。私もユコスの解体は乱暴であり、これではロシア人が捨て去ろうとした過去の悪癖を復活させることになると思った。私はホドルコフスキーのことをよく思わなかったが、彼の後任がチェキストになると思うとぞっとした。

ある晩、私は大統領執務室に呼び出された。逮捕劇の成否にかかわる重要な判断を迫られる日々であり、また首脳会談から戻ってきたばかりだったため、皇帝は興奮と疲労で座ることもできず、部屋の中をいらいらと歩き回っていた。〈西側諸国の連中は、またしても私をフィンランドの大統領と同格に扱った。いや、フィンランドよりもひどい待遇だった。奴らにとって、フィンランドは文明国だが、われわれロシア人は玄関先をうろつく酔っぱらった野蛮な浮浪者だ。もしかしたら、奴らの言う通りかもしれない。というのは、われわれは乞食のように笑顔を振りまき、托鉢の中身まで見せたのだから〉。

皇帝はしばらく沈黙した後、さらに低い声で話し始めた。

〈私が子供だった頃、レニングラードに浮浪者がいた。地区の悪ガキどもは浮浪者を見つけると蹴りを入れた。浮浪者が叫び声を上げると、悪ガキどもは面白がってさらなる暴力を振るった。だが、浮浪者のなかで一人だけ悪ガキどもが手を出さない奴がいた。その浮浪者は大柄でなく腕っぷしも強そうでなかった。彼の名前はステパンだったと思う。彼と他の浮浪者との違いは何だったと思うかね。その答えは、彼が何をしでかすかまったく予想できない気の狂った奴だったということだ。たとえば、挨拶しただけなのに、いきなり空き瓶で頭を殴ってくる。ステパンに関しては、この世から人間を消し去る能力を持つなど、不思議な話がたくさんあった。われわれは遠くにいる彼が笑いだすと、怒って叫んでいるときよりも恐怖を感じて一目散に逃げ出した。地区の腕っぷしの強い男たちでさえ狂ったステパンに遭遇しないように通り道を変更していた。弱者が威厳を保つ唯一の武器は、相手に恐怖心を植えつけることだ〉

〈大統領、問題はわれわれの敵を怖がらせると、市場も怖がる恐れがあることです。市場を怖がらせるのは得策ではありません〉

プーチンは震えていた。私は初めて彼の瞳に憎しみの光を見た。

〈今から言うことを君の頭に叩き込んでおけ。ヴァディア、商人はロシアの指導者になれない。なぜだかわかるか。商人ではロシア国民が国家に求めることを確約できないからだ。すなわち、国内秩序の確立と外国に対する武力行使だ。商人がわが国を統治したのは二度だけであり、それも短い期間だった。一九一七年の革命からボリシェヴィキ登場までの数か月間と、ベルリンの壁崩壊からエリツィン時代までの数年間だ。商人が統治した結果、社会は大混乱に陥った。街には暴力が横行し、社会はジャングル状態になった。森に潜んでいた狼どもが街に出没し、無防備な人々を貪り食った〉

皇帝の凍りついた口調により、皇帝の描く地獄絵がさらに恐ろしく感じられた。

〈君の友人ホドルコフスキーはカリフォルニアの企業家のように振る舞っているが、奴は草原の狼だ。発明や創造とは無縁の男だ。奴が行なったのは国富の一部を収奪しただけだ。国富を管理すべき者たちの弱さや腐敗につけ込んだのだ。奴は一九九五年に石油の利権を三億ドルで取得した。その二年後、この利権の市場価値はなんと九〇億ドルだった。商才に長けたとんでもない企業家だ。他のオリガルヒも同様だ。そして今度は、法律を遵守しろとわれわれに説教しだした。われわれが彼らの言うことをあまり聞かないとみると、奴らはわれわれの対抗馬に資金援助した。しばらくすると、ハーバード大卒の操り人形が私の後任になるかもしれない。そしてこの操り人形はダボス会議で奴らを持ち上げる。君はこれをどう思うかな〉

もちろん、私は何も言わなかった。

皇帝は鬱憤を晴らすと落ち着きを取り戻した。ようやく机に向かって腰をおろすと、正面の椅子に座るようにと合図した。

〈主権を取り戻さなければならない。ヴァディア、唯一の方法は、持てる資源を総動員することだ。ロシアのGDPはフィンランド並みかもしれない。しかし、ロシアはフィンランドではない。ロシアは面積最大の国であり、最も豊かな国でもある。ところが、われわれは犯罪者集団がロシア国民に帰属する国富を収奪するのを許してしまった。近年、ロシアは国外に貴族を生み出した。彼らはロシアの資源を占有する一方で、心と財布はロシア国外に置いている。ヴァディア、われわれはわが国の富の源泉を再び掌握する。天然ガス、石油、森林、鉱物などだ。そしてこれらの富を、コスタ・デ・ソルに別荘を持つならず者たちでなく、ロシア国民の利益と繁栄のために役立てるのだ。

問題は経済だけでなく軍隊もだ。エリツィンは軍隊をどう扱えばよいのかわからなかった。彼は軍隊を少しばかり恐れ、少しばかり軽視した。だからこそ、軍隊と関わることを避けたのだ。軍隊は店舗や高層ビルといった新生ロシアの舞台から遠ざけられた。軍隊は腐ってしまい、将軍はギャングになるか、あるいは政界入りした。飢えた兵士は一箱のたばこ代のために身売りした。

南アメリカのどこかの国のようになったのだ。今、われわれは軍隊と公安組織を垂直方向の力に組み戻しているところだ。ロシア国家の中枢には常に武力があり、武力こそがロシア国家の存在意義だった。われわれの責務は、垂直方向の力の復元だけでなく、ロシアの独立を守るためならどんな犠牲も厭わない、祖国を愛する新たなエリートを育成することだ〉

当時、私は皇帝の演説を文字通りに受け止めていた。だが、その背後にはどす黒い復讐心が隠されており、その虚しさは決して満たされることがないだろうとは考えもしなかった。だがあの晩、私は、オリガルヒ狩りは始まったばかりだと悟った。悪の手に落ちた企業の経営権を取り戻せば済むという話ではなく、ロシアの資源と力を総動員して国際舞台でのロシアの地位を取り戻す必要があった。目的は主権民主主義の確立だった。主権民主主義の実現には、国の防衛と攻撃を十全に指揮できる鋼鉄の男が必要だった。こうしたエリート集団はすでに存在していた。シロヴィキと呼ばれる治安機関に勤める者たちだ。プーチンはシロヴィキの一人だ。プーチンは彼らのなかでも最大の権力を握り、最も思慮深く、最も厳しかった。それでもプーチンはシロヴィキの一人だ。プーチンは他の誰よりも彼らを信頼していた。よって、彼らは指揮官に抜擢された。こうしてシロヴィキは国の要職はもちろん、一九九〇年代に登場した政商たちがトップを務めていた民間企業のトップの座にも就いた。エネルギー、一次産品、運輸、コミュニケーションなど、あらゆる分野において、オリガルヒに代わり、力のある男たちが指揮官になった。こうしてロシアでは再び国家がすべての源泉になった。

西側諸国のメディアは、大臣が企業のトップを兼ねるという腐敗したシステムが誕生したと騒ぎ立てた。三〇〇ドルのジーンズをはいたモスクワのブロガーもこの騒ぎに便乗し、われわれの別荘、ヨット、プライベートジェット機を非難した。しかしながら、ウィンストン・チャーチルが海軍大臣だったとき、彼は「妖婦号」という海軍のヨットを利用して大金持ちの友人たちをもてなすことにより、スイスやコート・ダジュールで受けた歓待の返礼をした。第一次世界大戦中、ウエストミンスター公爵はチャーチルにロールス・ロイスを貸出した。そしてアメリカに旅行したとき、彼は産業界の友人たちが手配した列車の専用車両を利用した。カリフォルニアでは、新聞王ウイリアム・ランドルフ・ハーストがサンシメオンという街の丘のうえに建てた大豪邸や、誰が支払ったのかはわからないがビルトモア・ホテルのスイートに泊まっていた。これらの恩恵を受けたことにより、チャーチルが二〇世紀最大の政治家の一人になることが妨げられたと思うか。もちろん、そんなことはない。むしろ逆だ。なぜ、政治家が郵便局員のような暮らしを送らなければならないのか。

公人は清貧な暮らしを送るべきだという考えは根本的に不道徳だ。国家はその地位にふさわしく振る舞うべきだ。国家に仕える者たちが、私生活で施しを求めるような敗者であってはならない。ロシアは、権力と富を最大限に集中させた新たなエリート集団をつくり上げた。ロシアのエリートは、西側諸国のくたびれた政治家や無能なビジネスマンなどものともしない。彼らは、現実に影響をおよぼすためのあらゆる手段、すなわち、権力、金、必要であれば暴力さえも使いこなすことができる逸材だ。西側諸国の似非指導者たちが、古代ローマの栄光の時代から現われたようなロシアのエリートと対等にやり合おうとしても、それは無理な話だ。

権力が人間を腐敗させるとは限らない。権力をうまく管理することができれば、人間は豊かになれる。リーダーは必ず忠誠心を求めるが、多くのリーダーは凡人や弱者に忠誠心を求めるという深刻な過ちを犯す。というのは、彼らは最初に裏切る連中だからだ。弱者には、誠実さや忠誠心を持つ余裕がない。皇帝は、忠誠心とは自分自身で養うものであり、忠誠心を育む自信を持つ者が強者だと承知している。とはいえ他の地域と比べると、ロシアの権力闘争はまだ混沌とした段階であり、いつ何が起こるかわからない状態だ。残忍な勝負であるため、残忍な規律を用いる必要がある」

19

「ある秋の朝、私はニースに降り立った。潮と松脂《まつやに》の香りが漂っていた。滑走路にはプラダを着た二人の用心棒が出迎え、私をガループ城まで送ってくれた。城といっても、実際は二〇世紀初頭にイギリスのある男爵が建てた醜悪な別荘だ。その後、この建物は所有者が代わるたびに醜くなった。この城があるアンティーブ周辺は、もともと楽園のような場所だったが、次第に四つ星ホテルが立ち並ぶようになった。岬の別荘群はさらに高級感があったが、これらの別荘もベレゾフスキーのような成金が持ち主として現われると醜く改装される運命にあった。

ボリスは隣地を数百万ドルで買い漁り、一筆の広大な土地を手に入れていた。中庭で出迎えてくれた彼は元気そうだった。ジャージのズボンにストライプのシャツというバカンス中の金融業者のような恰好だった。彼の容姿からは、興奮しすぎた後の憂鬱さが伝わってきた。私を案内しながら〈この海岸では、ピカソが砂の上に絵を描いていた。この部屋では、アメリカの作曲家コール・ポーターが『ラブ・フォー・セール』をつくった〉と一九二〇年代の文化を持ち出してセールスに精を出す不動産屋のように語った。

二階の書斎に落ち着いたところで、私は今回の訪問の目的を説明した。われわれは諜報機関からベレゾフスキーがウクライナの野党を支援しているという情報を得た。皇帝はこの情報に大きな懸念を抱いた。何世紀にもわたってロシアの領土だった地域の支配権を失うことなど想像もできなかった。皇帝は文字通り怒り狂った。〈あの馬鹿野郎に会いに行け。自分のやっていることがわかっているのかと叱りつけてこい〉。

これが私の任務だったが、またしてもボリスを説得することはできなかった。ボリスの話はいつも循環して出発点に戻るという特徴があった。

〈ヴァディア、何が問題なのかわかるか〉

〈もちろん、わかってるよ、ボリス。問題はプーチンがスパイだってことだろ〉

〈ヴァディア、違うんだ。聞いてくれ。彼はスパイじゃない。君の親分は反スパイ活動をしてきた。両者はまったく別物だ。違いは何だかわかるか。スパイの仕事は正確な情報を探し出すことだ。一方、反スパイ活動の仕事は妄想することだ。陰謀や裏切り者を血眼になって探し、必要であれば、それらをつくり出す。反スパイ活動に従事する者はそのように訓練されている。彼らの職務には妄想が欠かせない。皇帝の妄想は単なる思い付きではない。「メディアは常に操作されている。デモや大衆の怒りも同様だ。背後にはいつも糸を引く操り人形師がいて、この人形師が自身の意図を追求している」。これが潜水艦事故のときの皇帝の妄想だ。あのとき、ジャーナリストは自分たちの職務を遂行しただけであり、大衆が当局の対応に怒ったのは当然だった。そして今、皇帝はウクライナに関しても妄想を抱いている。貧しいウクライナ人たちが自分たちを牛耳《ぎゅうじ》る悪党どもに反逆してはいけないとでもいうのか〉

〈たしかに、ウクライナ人が怒る理由はあるかもしれない。だがボリス、あなたは彼らに三〇〇〇万ドルを支援した〉

〈それがどうした。ヴァディア、これこそが政治だ。そしてこれが民主主義というものだ。君はこの言葉が意味することを忘れてしまったのか〉

窓の外に見えるリヴィエラのお馴染みの風景が、ベレゾフスキーの辛辣な言葉を和らげていた。

〈ボリス、あなたはウクライナの反ロシア勢力のおもな支援者が誰だかご存じか。ざっと並べてみようか。ＣＩＡ、アメリカ国務省、ジョージ・ソロスのオープン・ソサエティ財団をはじめとするアメリカの大きな財団、そしてロシアを混乱から救い出すためにわれわれとともに戦い、クレムリンの権威を取り戻さなければならないと力説していたあなただ〉

〈それがどうした。私をロシアから追い出したのは君たちじゃないか。私はここにいたくているんじゃない。ヴァディア、私は亡命暮らしだ。なぜなら、ロシアに一歩でも足を踏み入れたら最後、私は君の友達ホドルコフスキーのように刑務所にぶち込まれるだろうからだ。ヴァディア、君たちは私からすべてを奪った。君は私が君たちに感謝しているとでも思っているのか〉

私は、マホガニーのテーブル、ルイ一五世の肖像画、ブロンズ製のシャンデリア、アカンサスの葉、大理石の胸像を眺めていた。すべてがこの邸宅と微妙に調和していないが、この邸宅が海辺の家であることには変わりがなかった。いずれにせよ、ベレゾフスキーはミニマリストのスタイルの愛好者ではなかった。彼は私の視線を追った。

〈ヴァディア、すべて私のものだ。汗水たらして稼いだ金で買ったんだ。君たちが奪おうとしても、ここでは何もできないぞ〉

〈冷静に話し合おうじゃないか、ボリス。皇帝は今のところ、あなたとの衝突にかかわらず、あなたを友人だと思っている。だからこそ、あなたはロシアで所有していた会社の株式を売却することができた。一三億ドルくらいにはなったはずだ〉

〈実際の価値よりもはるかに安かった〉

〈とにかく、あなたとあなたの相続人が快適に暮らすには充分な金額じゃないか〉

〈ヴァディア、快適な暮らしがしたかったのなら、大学に残って数学を教えていたよ〉

突然、シェットランド・セーターとコーデュロイのズボン姿のベレゾフスキーの幽霊がわれわれの間に潜り込んできた。

〈ボリス、私が言おうとしたのは、あなたは自分が持っているものを過小評価すべきではないということだ。私だったら、それで満足する〉

〈私が満足しないとしたら、どうするというのだ。殺し屋でも送ってよこすのか。周りを見てみろ、ヴァディア。私にも用心棒がいる。私の用心棒たちは君たちのよりも優秀だ。一〇倍の報酬を支払っているからな〉

〈ボリス、失礼なことは言わないでくれよ。私がここまで来たのは、あなたを恫喝するのではなく、あなたの愛国心に訴えようと思ったからだ。恨む気持ちはわかる。だが、あなたが自分の祖国を敵に回すほど無分別だとは思わなかったよ〉

〈ヴァディア、プーチンのロシアは私の祖国ではない。今のロシアに祖国の面影はない。さまざまな欠陥はあっても、ロシア史上初めて、人々が思うままに発言、行動できる自由な国をつくることができた。二一世紀の歴史において初めてのことだった。ヴァディア、わかるか。そして数年後に君たちはすべてを台無しにした。ロシアをこれまでと同様の巨大な刑務所に変えてしまった〉

〈ロシア人はそれほど不満を述べていないよ、ボリス。テレビは一二〇ものチャンネルがあるし〉

〈だがヴァディア、どのチャンネルでも似たようなことしか言わない。これではブレジネフの時代と変わらない〉

答えようとしたところに、白い服を着た執事が現われ、昼食の準備が整ったと告げた。会話は中断された。われわれは階段を降り、サロンに集まっている小さなグループに合流した。

〈皆さん、ヴァディム・バラノフを紹介します。彼はロシア皇帝であり私の友人ウラジーミル・プーチンの頭脳と呼ばれる人物だ〉

ベレゾフスキーはどんなときでも誇張した表現を使いたがった。ゲストたちの視線がほどよく私に向けられた。それはガルーブ城のようなサロンに出入りしている人々の疲れた目線だった。

上品な年配の女性、カフスボタンをはずして自分の上着がオーダーメイドであることを見せびらかす五〇歳台の不動産屋風の男、自分たちだけでおしゃべりしている着飾った二人の若い女性。また、効率的に仕事をこなしそうな雰囲気の北欧人は、この海辺の雰囲気に明らかに違和感を覚えている様子だった。

この先、死ぬほど退屈な会食が始まる予感がした。私は前菜の皿に身を投げようかとぼんやりと考えていた。ところがそのとき、ダイニングルームから強力なエネルギーを感じた。振り向くと、その発生源がわかった。大きく開かれたガラス扉の向こう側で、その人物は輝きを放っていた。少し日焼けした彼女は、膝上丈の白い麻のチュニックを着ていた。彼女の鮫のような灰色の目が何の感情もなく私を見つめていた。クセニアだった。彼女の輝きは失われるどころか時の流れによって増したように感じられた。私の知る気まぐれな子供っぽさに代わり、戦士のような風格が漂っていた。ベレゾフスキーのダイニングルームでクセニアは戦闘態勢に入った軍隊のような美しさを醸し出していた。われわれは微笑むことなく挨拶した。過去、そして現在も、われわれは敵として振る舞わなければならなかった。しかしながら、彼女からは敵意を感じなかったし、私も敵意を抱くことはなかった。それどころか、長い間忘れていた魔力を再発見したような感覚だった。時を経ても彼女の魔力はまったく衰えていなかった。

会食中、私は彼女を見ないようにした。会話はきわめて退屈だった。日焼けした五〇歳台の男は、やはりロンドンのやり手の不動産屋だった。この男はニースとカンヌの飛行場の利点を比較した。若い女性の一人は、モンテカルロのアート・ギャラリーで行なわれたパーティーに参加したことを語った。「岬ホテル」でクレジットカードが導入されたことに難癖をつける者がいた。私は出されたオマール海老に神経を集中させた。だが、オマール海老は食べやすいように殻が充分に外されていた。

　するとベレゾフスキーはロシア人なら誰でも好きな話題を持ち出した。つまり、ロシア、ロシア人、ロシア人特有の気質とパラドックスだ。ベレゾフスキーは、かつてロゴヴァズ・ハウスに出入りしていた人々に接していたときと同じ口調で会食者に話しかけた。

〈あなた方は、ロシア人と同じ人種ではありません。もちろん、われわれの肌の色は白く、両者の間には他にも共通点があります。しかし精神性に関し、ロシア人と西側諸国の人々との間には、地球人と火星人ほどの違いがある。男爵夫人、二〇世紀初頭のある人物にまつわる話をさせてくださいい。この人物はおそらくヴァディアの祖先でしょう〉

　会食者の視線は、一瞬私に注がれた後、再び幹事に向けられた。

〈セルゲイという男は貴族であり、十月革命が勃発すると、ボリシェヴィキと戦うためにロシア北部へと出陣しました。生き残った抵抗勢力が赤軍によって一掃されると、セルゲイはベルリン、そしてパリへと亡命しました。パリでは、白軍社会の精神的な支柱になりました。高貴な人物が馬泥棒やナイトクラブの用心棒になったコサックらと酒を飲み交わしていたのです。この小さな社会の人々は、いずれボリシェヴィキは追い払われ、宮殿や田園は本来の所有者の手に戻ると信じ、身の丈をはるかに超えた生活を送っていました。「来年はサンクトペテルブルクで乾杯だ」と気勢を上げて杯を交わし、自分たちの時代はすでに終わったことを認めようとしませんでした〉

　このとき、安い日当で週末に招かれたり理事になったりしている男爵夫人は、うんざりした表情を見せた。それでもベレゾフスキーは話を続けた。

〈セルゲイはいつも祝宴の発起人であり、祝宴が終わるまで参加者を歓待しました。つまり、ロシア人が最も尊敬する人物だったのです。しかし、しばらくすると彼の懐具合は厳しくなった。ある晩のレストランでのことです。友人の一人がセルゲイを捕まえ、次のように説得しました。「君に残された金では、タクシーのライセンスを買うのがやっとだ。将来のことを考えたらどうだ。さもないとアルマ橋の下で暮らす羽目になるぞ」。皆さんのような良識と教養のある西側諸国の人間なら、このときどうしたでしょうか〉

こう述べたところで、ボリスは会食者たちの表情を大げさに見回した。

〈あなた方なら、軍靴を脱ぎ、タクシー運転手のベレー帽を被り、凱旋門とリヨン駅の間をさ迷う人生を甘受したのではないでしょうか。もちろん、それが論理的な判断です。では、セルゲイはどうしたのでしょうか。彼はしばらく考えてから、友人の肩を抱きしめ、立ち上がると給仕長のところに向かった。そしてロシア北西部の都市アルハンゲリスクでボリシェヴィキと戦う自身の連隊に最後の攻撃を命じたときと同じ口調で、「全員にシャンパンを」と告げたのです。皆さん、これがロシア人です。タクシーのライセンスを購入できる金で、その場にいる全員に最後のシャンパンを奢《おご》る〉

この家の主人ベレゾフスキーはこの話を男爵夫人のために語ったようなので、男爵夫人は仕方なくといった表情で上品に微笑んだ。私は、この逸話の信憑性を疑わしく思った。というのは、フランスの小説家ジョセフ・ケッセルが似たような話を語っていた記憶があったからだ。そしてベレゾフスキーは、私を意識してこの話を披露したのではないかと感じた。つまり、〈俺は本物のロシア人だ。タクシーのライセンスのために自分の夢をあきらめることはしない〉と言いたかったのだろう。

ここで初めてクセニアが発言した。〈ボリス、ロシア人だからって自慢できることなどないと思うわ。モスクワ中心街では、黒いメルセデス・ベンツとそれを護衛するＳＵＶがわがもの顔で走り回っている。違法なフラッシュライトを点滅させ、携帯電話の盗聴を阻止するアンテナを立てて。彼らはロシア版『ミッション・インポッシブル』の主人公になったつもりなのかしら〉

ベレゾフスキーは〈どこの国でも似たようなものじゃないか〉と混ぜ返した。

〈しかし、ここまでひどいのはロシアだけだと思うわ〉

ここで不動産屋が会話に割り込んできた。〈ロシアの状況は存じ上げませんが、たとえばアフリカでは現実的な側面がある。警察官は高級車を買う財力があるなら自分の上司を買収できるはずだと考える。こうしてメルセデス・ベンツ６００の違反は見逃される〉。

クセニアは不動産屋を自分の靴についた泥のように睨んだ。〈ロシアはアフリカとは違う。横着なメルセデス・ベンツがたくさん走り回っていたけど、警察官は来てくれたわ〉。

会食の場は静まり、気まずい空気が流れた。今度は、誰も私のほうを見ないようにしていた。私は、言葉による攻撃で最も重要なのは表情を変えず、反撃の準備をしながら平然としていることだと経験上知っていた。そこで私は牽制してみた。

〈ボリス、あなたが思っているのと違って、ロシアはバナナ共和国ではない〉

私は権力者の代弁者だった。よって、とくにこのような会食の席で、自分に反論する勇気を持つ者はいないだろうことはわかっていた。家の主人ベレゾフスキーでさえ反論しようとしなかった。それは彼の弱さの表われだった。ベレゾフスキーはそれまでの苦い経験を通じて自身の弱さを痛感していた。この短い居心地の悪さの後、会話は再び当たり障りのない内容になった。一瞬、クセニアの瞳に炎があがった気配を感じたが、すぐに消えたようだった」

20

「コート・ダジュールから戻ってから数日後、ウクライナ情勢が悪化した。アメリカの支援を受けた野党とその支持者たちは、大統領選の結果の受け入れを拒否し、オレンジ色のリボンをかざし、西側諸国の掲げるスローガンを叫びながらキエフの中心部を占拠した。突如、国際選挙監視委員会、アメリカ議会の代表団、ＥＵの外交使節団が現われ、親ロシア派の候補が勝利した選挙結果は違法だと決めつけた。その少し前にアフガニスタンやイラクで行なわれた選挙では、街のあちこちで爆弾が爆発し、アメリカ軍が投票所を監視する状態だったが、選挙結果は西側諸国の期待通りだった。しかし、ウクライナの場合は異なった。選挙結果に不満を持った西側諸国は、選挙をやり直す必要があると主張した。こうしてウクライナ政府は大統領選を新たに実施せざるを得なくなり、再選挙ではウクライナのＮＡＴＯ加盟を訴える候補者が勝利した。フルシチョフとブレジネフの祖国であり、ロシア海軍の本拠地のあるウクライナがＮＡＴＯ加盟を目指すというのだ。

彼らはこれをオレンジ革命と呼んだ。革命である。これは弱体化したロシアに対するとどめの急襲だった。その前年はグルジアだった。グルジアでも、美少女と崇高な理念からなるバラ革命により、ＣＩＡのスパイが政権を握った。次の一手を占うのに水晶玉は不要だった。ロシアの大統領選だ。モスクワで色鮮やかな革命が起こり、イェール大学の修士号を持つ新たな大統領が誕生し、アメリカが完全勝利を収めるという筋書きだ。ジョージ・Ｗ・ブッシュは、今度は艦上でなく赤の広場で「任務完了」と大はしゃぎするに違いない。

ロシアの「力のある男たち」はすぐに任務に就いた。彼らの仕事は、西側諸国の侵入者を追い出し、扇動者を排除し、言論統制を強めるという、従来の対策を講じることだった。これらの対策が役に立つのは確かだが、個人的にはその効果を疑っていた。このような場合、武力行使は怠慢の証であり、想像力欠如の産物だ。これまで武力行使によって問題が持続的に解決されたためしがないからだ。

私のアプローチは異なっていた。かつてエドゥアルド・リモノフと会っていたとき、一、二度会ったことのある奇妙な人物を思い出したのだ。アレクサンドル・ザルドスタノフだ。彼は身長二メートル近くある大男であり、いつも黒い皮の服を身に着け、髪は肩まで伸びていた。見た目は、エドゥアルドの取り巻きのごろつきと変わらない暴走族だった。私がこの男に興味を抱いたのは、リモノフと彼の「人民委員会」と夕食をともにしたとき、他の連中は豚の腿肉のフライにかぶりついていたが、彼は蒸した海老、そしてインゲン豆とザクロのサラダを食べていたからだ。彼は私にこう挨拶した。〈私の両親はキロヴォフラードで医師だった。そして私もモスクワ第三医科大学を卒業し、美容整形外科だった〉。

この男は、顎を整形するよりも打ち砕くほうが面白いと、はたと気づいたに違いない。しかし、彼は暴走族らしからぬ繊細な男だった。一九八〇年代末、彼はヘルズ・エンジェルスをモデルにするソヴィエト連邦初のバイカーギャング集団、「夜の狼たち」を結成した。当初、彼らはソ連製の古いバイクを乗り、あちこちで暴れ回ったり、窓ガラスを割ったりして、警察と鬼ごっこをしていた。ようするに、この時代の西側諸国の都市部郊外にもいた素朴な反社会的な集団だ。ソ連崩壊後に質的な変化を遂げた彼らは、ゆすりや各種密売を生業《なりわい》とする犯罪集団になった。ザルドスタノフはかつて私に次のように語った。〈SF映画の世界で暮らしているような感覚だった。われわれは文明が崩壊した世界を受け継いだのだ〉。スラブ人、チェチェン人、ウズベク人、ダゲスタン人、シベリア人といった面子を結びつけたのは、大型バイクへの愛だけでなく冒険心だった。ほとんどのメンバーの体には、肩白鷲《カタシロワシ》、キリスト王、スターリンの肖像画など、大きな入れ墨が施されていた。入れ墨のデザインが首尾一貫していなくても、そんなことは重要でなかった。「夜の狼たち」にとって、唯一大切なのは偉大な国ロシアを象徴することだった。だからこそ、彼らはリモノフのもとに集まったのだ。

私は、インテリのエドゥアルドは愚か者ではなかったので利用価値がないと睨んだ。しかし、アレクサンドルは違った。ザルドスタノフは本物の愛国者であり、行動力があり、集団のリーダーだった。私は、彼と彼を取り巻く勇敢な男たちの怒りを爆発させるときが訪れたと推考した。ちなみに、彼ら全員、体重が一一〇キログラム以上の巨漢だった。

私は彼と私の事務所で会う約束をした。無精ひげのザルドスタノフは革《かわ》のベスト姿で現われた。

何事にも無関心であるといった雰囲気を漂わせていた。しかし、馬鹿ではないので自分の置かれた状況に無関心ではいられない様子だった。自分がクレムリンを訪問することなど生涯ないと思っていたに違いない。彼の仕草や視線の動きからは、この招致を信じられないという戸惑いが伝わってきた。

私はこれまで何度か、獰猛な反逆者ほど権力の威光に敏感であることを目の当たりにしてきた。彼らは、外では渋い顔をして不満ばかり述べているのに、敷居をまたぐとにっこりと微笑む。ところが、名士の場合は逆だ。彼らは優雅な身のこなしの裏に混沌とした欲動を隠し持っていることがある。一方、反逆者は車のヘッドライトの前に突然現われた野生動物のように呆然自失になる。

ザルドスタノフは平静を装っていたが、彼の心境は手に取るようにわかった。最初の数分間、国民ボリシェヴィキ党の活躍について回想した。その際、エドゥアルドの話題になった。彼は二年間の刑務所暮らしを終えて出所したばかりだった。本筋でない話題で時間を無駄にしたくなかったので、私はここでとどめの一撃を放った。

〈あなたと会うことを大統領に報告したところ、大統領はあなたによろしく伝えてほしいと言ってました〉

この文句を聞いた体重一四〇キログラムのバイク乗りは、一瞬、椅子から浮揚したかのように見えた。ザルドスタノフは人生の頂点を迎えていた。

〈ここ数年来、私はあなたの活動を注意深く観察してきた。アレクサンドル、あなたの活動に感銘を受けた。若者を引率し、彼らに家庭と規律を与える。放浪する若者を兵士に変え、正しく

行動する人間に鍛え上げる。あなたは、バーの経営、コンサートの企画、広告宣伝などのビジネスも立ち上げた〉

バイク乗りのならず者はぶっきらぼうに答えた。〈若者たちは兄弟愛と力を求め、われわれのところにやってきた〉。

〈その通りだ。兄弟愛と力こそが本日のテーマだ。私が思うに、あなたたちは単なる暴走族ではない。ロシアを愛する本物の愛国者だ〉

ザルドスタノフは同意した。〈ヴァディム・アレキセヴィッチ、祖国と信念だ。われわれの歩む方向は通常とは逆であり、サタンから神だ。俺たちはいつでも殴り合う準備ができている。だが、それは一キログラムのコカインのためではない。われわれには別の価値観がある〉。

〈アレクサンドル、あなたの言う通りだ。「夜の狼たち」は捕食者であるだけでなく森の番人だ〉

バイク乗りは少し戸惑ったような顔をして私を見た。少し誇張しすぎたかもしれない。本題に入ることにした。〈あなたはウクライナで起こったことをどう思ったか〉。

〈ああ、革命のことだろ〉

〈アレクサンドル、それはちょっと違う。社会の下部から湧き上がり、大衆に力を与えるのが革命だ。ウクライナで起こったのはクーデターだ。このクーデターにより、誰が権力を握ったのかをご存じか〉

ザルドスタノフは集中した様子で私の話を聞いていた。〈アレクサンドル、アメリカだよ。オレンジ革命はキエフの独立広場でなくヴァージニア州のラングレー〔ＣＩＡ本部の所在地〕で誕生した。

しかし、これまでと違い、アメリカはＣＩＡを使って手際よくやってのけた。かつては、現地の将軍たちを買収することによってタイミングよく軍事クーデターを起こし、一丁上がりだった。アメリカはこのやり方で長年にわたってうまくやってきた。だが今日、インターネット、携帯電話、カメラが出回り、話は昔よりも複雑になった。そこでアメリカは従来のやり方を変えた。上部でなく下部から切り崩すのだ。アメリカはその国の反勢力と結託することによってその国を崩壊させる。アメリカは、その国のゲリラ、平和主義者、青年運動などを研究し、敵の構造を理解した〉。

少なくともそれが皇帝の考えだった。

〈アレクサンドル、ウクライナがその最たる例だ。アメリカは、ウクライナで若者の組織をつくり、独立広場でコンサートを企画し、選挙を監視する非政府組織を立ち上げた。アメリカが独立系メディアと呼ぶのは、反ロシアの急先鋒であるオリガルヒが支配している報道機関だ。オレンジのリボンも同様だ。アメリカはリボンの色を決めるのに世論調査を行なったに違いない。新たな洗剤を発売するときのように、すべては計算ずくだ。いや、洗剤というよりも若者向けの炭酸飲料のマーケティングと言ったほうが適当だろう。なぜなら、主成分は若者の不満と世間を変えたいという強い欲求だからだ。アメリカはこのメカニズムを理解し、利用している。

基本的に、エドゥアルドの言う通りだったんだ。すべての基盤には、「自分は何をすべきか」「自分らしく生きるにはどうしたらよいのか」という、若者なら誰もが抱く実存的な問いがある。これは政治的な問いではない。しかし、この問いに満足のいく答えを肝心なときに提供できないと、社会システムは一掃されることがある。若者のなかでもとくに積極的な人物は、何かを成し遂げたいと願い、大義を探し求める。そして自分たちの敵をつくり出そうとする。われわれがなすべきは、若者たちが自分たちで探し出す前に、彼らに大義と敵を提供することだ。

ところが、それができるのはわれわれではない。アレクサンドル、ご覧のようにこの建物には、スーツ姿の官僚、政治家、党員しかいない。エドゥアルドがいつも話題にする映画に、「自分は将来何をすればよいのでしょうか」と尋ねる若い卒業生に対し、「何にでもなれる」と答える人物がいる。国家権力を代表するわれわれは、この登場人物にそっくりだ。われわれは大人であり、彼らの敵だ〉

〈では、私は何だというのか……〉

〈アレクサンドル、もちろん、あなたも大人だ。だが、あなたはわれわれとは違う道を妥協せずに歩んできた。あなたは、自由と冒険を体現し、生命力に溢れている。それはあなたを一目見ればすぐにわかる。若者はあなたからエネルギーを感じている。あなたは彼らを理解している。彼らの欲求を把握している。彼らに対し、どう話せばよいのか、そして何を語ればよいのかをわかっている。彼らがアメリカの罠に嵌ることがないように、彼らの指導者になってほしい。あなたなら彼らを本物の価値へと導くことができる。祖国と信念だ〉

〈しかし、たった一人では何もできない……〉

〈アレクサンドル、あなたは一人ではない。皇帝があなたの背後で守ってくれる。皇帝は、クレムリンで働くスーツ姿の官僚であるわれわれとは違う。征服者である皇帝はあなたたちのリーダー、つまり、この国の本物の愛国者のリーダーだ。ロシアを立ち上がらせたのは皇帝だ。アメリカはなぜ皇帝を追い払いたいのか。その理由は、アメリカはロシアが跪いていないと気が済まないからだ。

自分たちの覇権に異議を唱える人物は許せないのだ。そして、あなたもそうした気概の持ち主だ。皇帝は、スポーツ競技の愛好者であり、柔道や狩猟を行なう。スピード狂でもある……〉

〈皇帝は私たちの集会に来てくれると思うか〉

〈もちろん、皇帝は喜んで参加するだろう。あなたが皇帝の支持者であり、ナポレオンやヒトラーの襲撃を常に撃退してきた、わが祖国ロシアの栄華のためにあなたが皇帝とともに戦う覚悟があるとわかれば、私が皇帝を説得する必要はない〉

ザルドスタノフはもう私の話を聞いていなかった。勇ましい姿でバイクにまたがり、髪を風になびかせ、皇帝の乗るバイクと並走している光景をすでに思い描いていた。

〈俺たちはもっとやる。われわれもキエフのような集会を企画する。それはわが国の若き愛国者の集いであり、互いに触れ合うことができる場だ。そして真の敵である西側諸国の退廃と、分裂と不満を生み出す西側諸国の間違った価値観に対する戦いを開始する〉

〈その通りだ。ロシアも独立広場で盛大な集会を開こうじゃないか……〉

ザルドスタノフは舞い上がり始めた。彼は、私の計画によって自分が二〇歳台だったころの夢と、四〇歳台になった現在の金銭的な野心を両立させることができると気づいたようだった。

〈コンサートやサマーキャンプなどの集会も企画しよう。そして次世代の愛国者を育成するためのウェブサイトや職業訓練学校も立ち上げよう。無味乾燥な日常生活に活を入れるのだ。アレクサンドル、ロシアの若者に西側諸国の物質主義に代わる本物の選択肢を提供しようじゃないか。世界に対して怒りを爆発させ、皇帝の忠実な下僕でありつづける場がロシアだ。両者は矛盾しない

どころか両立可能だ〉
〈ようするに、革命を起こさせないようにしたいのだろ〉
バイク乗りは舞い上がっていたが、私の当初の見立て通り、卓見の持ち主だった。
〈アレクサンドル、革命を起こす必要をなくそうということだ。革命がシステムに組み込まれたのなら、革命を起こす必要はないだろう〉

21

「面会時には一滴のウォッカも出していないのに、ザルドスタノフは酩酊状態でクレムリンを後にした。彼との面会の後、複数の人物と会う約束があったが、彼にはそのことを伏せておいた。会った人物を列挙すると、勢いのある共産主義青年同盟のリーダー、ロシア正教の復興運動を企てる広報担当者、モスクワのサッカー・クラブチーム「FCスパルタク・モスクワ」の過激なサポーターのリーダー、それにオルタナティブ・ミュージックで最も人気のあるグループの代表者といった面々だ。このような面会を重ね、暴走族、フーリガン、無政府主義者、スキンヘッド、共産主義者、宗教原理主義者、極右、極左などを皇帝の応援団に引き入れた。全員が、ロシアの若者が問う人生の意義について刺激的な回答をもたらす者たちだった。ウクライナで起きた革命を考慮すると、私は彼らの怒りの力を利用すべきだと確信した。強靭な社会システムを構築するには、権力だけでなく破壊力も独占しなければならない。こうした過程においても、現実を素材として高次元の遊び感覚をつくり上げる必要があった。私の仕事は、世間の逆説と矛盾に対する許容度を推し量ることだった。私が演出する政治劇は完成に近づいていた。

全員が与えられた役割を快く演じてくれた。彼らのなかには抜群の演技力を持つ者もいた。私が採用しなかったのは、大学教授、一九九〇年代の社会混乱の責任者であるテクノクラート、ポリティカル・コレクトネスの旗振り役、トランスジェンダー・トイレの普及を提唱する進歩主義者だけだ。そうした連中は、われわれの反対派で居続けてほしかった。むしろ、反対派は彼らのような面子で構成される必要があった。ある意味、彼らは私の政治劇では最も優秀な俳優であると同時に、出演してもらうために雇う必要もなかった。われわれの支持基盤は、市内からモスクワ三号環状道路を越えた瞬間に異国の地に来たと感じるモスクワの小市民や、椅子一つ動かせないような人々だった。博士号を持つ尊大な経済学者、一九九〇年代の生き残りであるオリガルヒ、プロの人権活動家、狂信的なフェミニスト、エコロジスト、ヴィーガン、ゲイ活動家などの反対派は、われわれにとって天の恵みだった。たとえば、フェミニストのロック集団〔プッシー・ライオット〕が救世主ハリストス大聖堂で無許可演奏を行ない、プーチンと総大主教に対して卑猥な言葉を叫ぶと、皇帝の支持率は五パーセント上昇した。

自ら野党を立ち上げたチェスの元世界チャンピオンのガルリ・カスパロフも同様だ。彼とは一度だけ、モスクワで行なわれた雑多な人種を集めたパーティーで会ったことがある。私はこうしたパーティーにはほとんど顔を出さなかったが、あのときは社交界の大物アナスタシア・チェーホフの強引な誘いを断れなかった。偉大な作家の子孫という文化的なオーラと、銀行家の夫がもたらす財力を持つチェーホフは、長年にわたってモスクワ社交界で君臨していた。彼女はある穀物商人が二〇世紀初頭に建てた小さな邸宅で暮らしていた。この商人はこの邸宅にほとんど住む機会がなかったという。

ターコイズブルーの絨毯が敷かれた玄関を過ぎ、鳥の形に削り出された真鍮の取っ手で飾られたマホガニーの扉を開くと、狂乱の二〇年代を思わせる装飾を施したサロンへと至る。サロンには、コンソールテーブル、ソファー、背の低いテーブルが整然と並んでいる。背の低いテーブルには、この女性主人の古い翡翠《ひすい》のコレクションが飾ってある。磨き上げられたこれらの家具と周囲を花で飾られた鏡の間からは、ゼルダ・セイヤー・フィッツジェラルド、あるいは「モンパルナスのキキ〔アリス・プラン〕」が現われるのではないかと思わせる。だがほとんどの場合、現われるのはお洒落な美容師か、せいぜい『ニューヨーク・タイムズ』の特派員だった。

この邸宅のパーティーは楽しむにはあまりにも堅苦しかったが、参加者は自身の社会的重要性を確認したいがために集まっていた。参加者たちの表情からは、ちょっとしたコネを得て他者よりも先に情報を摑み、時代を少しでも先取りしたいという強欲が感じられた。彼らはこのパーティーに参加することにより、金、権力、名声を得られると考えているようだった。

パーティーを軍事作戦のように計画する威圧的なこの女主人は、吹き荒ぶ冷たい風のようにモスクワ全体を見渡していた。目的が社交であっても、この目的を達成するには、さまざまな人材を招待する必要があった。ビジネスマンが主体となり、貴族が華やかさを演出する。しかし、パーティーを成功させるには奇抜な人物を呼ぶ必要があった。たとえば、天才的な才能、国際的な名声、ちょっとした反社会性だ。これら三つの要素を併せ持った人物がガルリ・カスパロフだった。世界的に著名なチェス・プレーヤーだったカスパロフは政界入りし、首都モスクワを練り歩く「反体制派の行進」を行なっていた。サロンの人気者になった彼はロシア版チェ・ゲバラになり、宝石を身に着けた過激で粋な年配のご婦人たちのお気に入りになっていた。

その晩、サロンに入ると、周囲の人々を魅了し、明らかに社交界の華やかさに酔いしれているカスパロフの姿が目に留まった。彼がご機嫌だったのは、誰かが私の存在を彼に伝えたからかもしれない。

カスパロフは私をぞんざいに呼び止めた。〈ああ、君がバラノフか。クレムリンの魔術師とか、プーチンのラスプーチンとか呼ばれている男だな。世間は、君の唱える「主権民主主義」を何と言っているか知っているか。「あれを民主主義と呼ぶなら、電気椅子だって立派な椅子だ」〉。

私は思わず吹き出してしまった。〈カスパロフ、それは面白い。ロシア人は少なくともユーモアのセンスを失っていないようだ。ところで、あなたは主権民主主義の意味をわかっているのか〉

〈私は政治学者ではない。チェスのプレーヤーだ。私に言わせれば、君の主権民主主義は多かれ少なかれチェスと正反対の代物だ。チェスでは、ルールは不変だが、勝者は常に変化する。君の主権民主主義では、ルールは変化するが、勝者はいつも同じだ〉

チェスの元チャンピオンの答えが当意即妙だったことは認めよう。われわれの周りにいた人々は、コンサートの楽屋に潜り込んだ熱心なファンのように、はしゃいでいた。

〈あなたの言う通りかもしれない。カスパロフ、あなたの専門が政治学でないことは知っている。

しかし、第二次世界大戦後、ドイツではキリスト教民主同盟（ＣＤＵ）が二〇年間、そして日本では自民党が四〇年間にわたって政権を握った。あなたたちリベラリストは、ロシアの政治文化は無知から生じた古臭い産物であり、ロシアの習慣や伝統を、進歩の妨げと見なしている。西側諸国の猿真似をしたいのだろうが、あなたたちにはきわめて重要な認識が欠落している〉

カスパロフは敵意に満ちた目で私を観察し始めた。

〈甘さを味わいたいのなら、包み紙でなくキャンディーを食べるべきだ。自由を勝ち取りたいのなら、形式でなくその中身を吸収すべきだ。あなたたちは、ワシントンやベルリンで耳にしたスローガンを連呼し、ロシアの路上にキャンディーの包み紙をまき散らした。まるでブルボン家のように、何も忘れず、何も学ばずだ。チャンスがあったのにロシアを切り刻んだ。権力を失って以降、あなたたちは自分たちの目標達成のために権力奪還を夢見ている。一方、われわれは疑問点を検討し、西側諸国の教訓を学び、それをロシアの現実に適応させた。主権民主主義はロシアの政治文化の基盤だ。だからこそ、ロシア国民はわれわれを支持するのだ。これをまだ理解していないのは、あなたたち学者だけだ〉

〈私は学者ではない〉

〈もちろん、学者ではない。あなたはチェスのチャンピオンだ〉

カスパロフはこの皮肉に少し腹を立てたようだった。コーカサス人の息子であるカスパロフは口元をぎゅっと引き締め、威嚇的な表情になった。

〈君は、チェスほど暴力的なゲームはないということを知っているか〉

私は彼に軽く微笑んだ。

〈教授、あなたは自分が何を語っているのかをわかっていないようだ。世の中で政治ほど暴力的なものはない〉

〈だが、政治はゲームではない〉

〈アマチュアにとって、政治はゲームではない。だがプロにとって、政治は真剣にプレーする価値のある唯一のゲームだ〉

カスパロフは狂人を見るような目つきで私を見た。彼は身震いするのを抑えているようにも見えた」

22

「私は昔から高級ホテルのバーが好きだった。気取ったレストランの場合、予約が必要であり、有名シェフの気まぐれにうんざりさせられることもあるが、バーなら格式ばったところも含め、いつでも気軽に立ち寄ることができる。客層も、上機嫌の観光客、疲れたビジネスマン、怪しげな女性など、雑多な人種だ。ロンドン、リスボン、シンガポール、モスクワなど、世界中の高級ホテルのバーには似たような空気が漂っている。店内の照明、暗い鏡、偽物の木工品、流れる音楽、給仕、メニューなど、どこも同じような雰囲気だ。バーの魅力は居心地のよさと周囲の無関心という組み合わせだ。世界中のどの都市にいても、高級ホテルのバーに足を運べばくつろぐことができる。ただし、ブティックホテルなどの流行りの店の類は避けるべきだろう。

当時、モスクワではホテルのバーが私のオアシスだった。バーでくつろぐ数時間、私は自分がどっぷり浸かる残酷な現実を、観光客や出張中のビジネスマンの視点から観察することができた。

彼らのソファーでくつろぐ姿を見るだけで、落ち着いた気分になれた。バーに至るホテルの回転ドアには街の暗黒物質を除去する作用があり、小さなスイスをつくり出しているかのようだった。

　モスクワのホテル・メトロポールのバーで、ウイスキーをちびりちびりと飲むだけで優雅で無害なレマン湖の畔《ほとり》にいる気分に浸れた。しかし、今夜はいつもと違い、全神経を今に集中させていた。私の正面に座ったクセニアは水を注文した。何度も誘ってようやく会う約束を取りつけたが、会っている間、彼女が快く私に接してくれるとは限らなかった。彼女は、矛盾に陥ることなくイエスと頷きながらノーと言い、罵りながら微笑み、身を委ねると同時に拒むという、女性的な態度を芸術の域にまで高めていた。彼女と接する男は、勝利の感覚を味わうと同時に、勝利が不可能であることを悟る。この二つは解きほぐせない関係にあり、これが欲望、さらには愛の本質の一部でさえあるのだろう。

　当時、そのことを漠然と意識していた。私はまだ何かを探し求めていた。それが何であるかを気づいたのは、しばらく経ってからだった。その晩、〈これまで何をしてきたのか〉と彼女に尋ねた。彼女は〈何もしてなかった〉と答えた。それは本当だった。今、思い出したが、クセニアは自分自身以外の何かのために努力するという行為を信じていなかった。オリガルヒの妻たちは、現代アートのギャラリーを開いたり、ロシアの孤児や北極のアザラシを救うための基金を設立したりしていたが、彼女は何もしていなかった。彼女のまったく妥協のない怠惰は一つの知恵だった。クセニアは自身の存在に何らかの活動を加える必要を感じなかったのだろう。それが彼女の他者に対する優越感になっていた。彼女の魅力はどんな場所でも発揮する美しさだけでなく優雅な身のこなしにあった。彼女は自分自身で教義を組み立てた。それは大学受験の抽象的な教材とは別物の、本当に取り組む価値のある生や死に関する疑問を扱う哲学だった。男性は、自分たちとは異なる人生に対する抗いがたいノスタルジーを彼女に感じ、それを彼女に伝えたいと願った。彼女が関心を持ってくれるのならどんなことでもよかった。彼女の存在が奇跡を可能にする、あるいはそう思わせてくれた。

その晩、彼女と話したとき、自分は長い間誰ともしゃべっていなかった、あるいは自分を理解してくれる人とはしゃべったことがないという感覚に陥った。それは、クセニアがつくり上げた視覚的な効果、すなわち蜃気楼のようなものだった。そうとわかっていても、私は充分に満足した。私は彼女に次のような話をした。数日前にクレムリンのエレベーターに駆け込み、エレベーター内でふと鏡に映った自分の姿を見た。すると、それは私でなく父の姿だった。突然現われた父は、今では私のもとを離れない。毎朝の髭剃りのときに必ず父の姿を見るようになった。父は驚きと皮肉の目で私を眺めていた。父の姿を見ないように努力しても父の表情が浮かんできた。そして父の背後には、やつれた骸骨のような私の顔が映っていた。その表情は自由な身になる時期を切望していた。私は彼女に自分は疲れていると漏らした。クセニアと話すことによって、私は初めて自分は疲れていると自覚した。私はあまりにも長い間、突っ走ってきた。四〇歳になり、自分は引退の準備ができたオリンピック選手になったような心境だった。

この最初のデートの後、クセニアとはホテル・メトロポールのバーで会うようになった。彼女は、初回は水、二回目はシャブリ、その次からは私の勧めに応じてウォッカ・マティーニを注文するようになった。実際は、私の前に足を組んで座り、小さな胸を突き出し、少しずつ支配力を取り戻していた。微笑んだかと思うと真剣な目つきになった。われわれが別れていた間も彼女の知性には磨きがかかっていた。彼女はさまざまなことを糧にし、自身を純化して私のもとに戻ってきた。クセニアは私と付き合っていたころと異なり、穏やかになっていた。ここ数年の混沌とした出来事の渦中で、動揺する心の解毒剤を見つけたのだろうか。人生と人間に対して抱いていた疑念は確信となり、こうした疑念を理解し、制御する能力を持つようになったようだ。彼女と話していると、あまりにも長かった亡命生活に終止符を打ったような気分になった。われわれは天気のよい午後の子供たちのように語り合った。しかしある日、われわれはそれまで避けてきた領域にうっかり足を踏み入れてしまった。

夜も更けたころ、私は酔いも手伝ってスペインのイエズス会の話を始めた。暗い時代に生きた彼らは、粘り強く逞しい魂を持てば自身の歩む道を見つけることができると説いた。彼らの書物には、親切心、寛容さ、忠誠心を失った人であっても、その人の心の奥底にこれらを再び見出すことは可能だという指摘があった。

クセニアは口を尖らせた。

〈あなたたち男性は、栄光や情熱だの、いつもロマンチックなことばかり語る。われわれ女性にそうした余裕はない。女性には世界を存続させるという責任がある〉

私が答える番になり、彼女に微笑んだ。私は自分の意見が根深い偏見と見なされるのが好きだった。

ロシア人女性の魅力の一つは、彼女たちの獰猛な性格だ。そして私が出会ったロシア人女性のなかで最も獰猛なのはクセニアだった。彼女は私を睨みつけた。

〈何もわかっていない人たちばかりだわ。ヴァディア、あなたも彼らと同じだなんて言わないで〉

私は何もわかっていないのだろう。だが、わかっているふりをするのは気が引けた。クセニアは続けた。

〈あなたたち男性は立派な演説をするけど、すべてを混ぜ合わせる。男性は、いつも傍らにいて自分の偉業を称賛してくれる聴衆を確保することが結婚だと考えている〉

それは私に向けた発言だったのかはわからなかった。

〈ヴァディア、もちろん、あなたは違う。あなたは詩人よ。狼の群れに迷い込んだ詩人。あなたにとって愛が神聖であることは確かよ。私はあなたが教えてくれた詩を今も覚えている。「私たちが震えながら歩く森の奥を見てごらん。城に灯りがともされた。夜が迫っている」〉

〈リルケのその詩は忘れていた〉

〈すばらしい詩だわ。あなたさえ出て行かなければ、私たちはまだガシェカ通りのアパートのソファーで手をつないでいたはずよ〉

〈僕の記憶ではソファーで手をつないでいただけではなかった気がするけど〉

一瞬、クセニアの表情は和らいだが、すぐに厳しい表情に戻った。

〈結婚は愛とは正反対。税金のように他者のために行なうもの〉

〈ああ、社会主義の未来を築くために〉

なぜ、彼女がこうした議論を持ち出したのかはわからなかった。あるいは、私が持ち出したのだろうか。いずれにせよ、こうした議論は避けたかった。だが、議論を始めた彼女を止められる者は誰もいなかった。

〈あらゆる社会において結婚は基盤となる掟よ。あなたの皇帝はロシア正教の友人たちと一緒のとき、いつもそのように語ってるじゃない。だからこそ、軽い気持ちで結婚を考えるなんて馬鹿げているわ〉

〈しかし、軽い気持ちで乾杯することならできるんじゃないか〉

黒いビロードのソファーに冷ややかな表情で座るクセニアは、私が掲げたグラスを無視した。

〈世界中で何世紀もの間、男と女は愛とは無関係の理由で結婚してきた。彼らは、契約に幸福を見つけ出そうという馬鹿げた期待を抱くことなどなかった。結婚に家族を築くための安定を見出していたのよ。結婚した後、男女はさまざまな方法で別々に楽しんでいた。一八世紀のフランスでは、夫と妻が夕食に一緒に招待されることはなかったそうよ〉

〈われわれが付き合っていたという痕跡が君に残っていたということかな〉

私は話題を早く変えてほしかったが、どうにもならなかった。

〈現代から見ると奇妙に思えるのは、夫婦が恋に落ちることがあったということ。当時、夫婦が恋に落ちるのはちょっと気まずいことだったらしいけど、実際にあったらしいわ〉

〈そりゃあ、いい話だ……〉

〈でも、ほとんどの場合、恋に落ちることはなかった。しかし、結婚は強固な基盤だったので

機能していた。そして愛は互いに家庭の外で見つけていた〉

〈とくに、夫の場合は……〉

〈進んだ社会なら妻も同じよ。ソヴィエト連邦の時代、夫婦関係がどう機能していたかは、あなたも知っているでしょ。夫と妻は別々の時期にバカンスを楽しんでいた。そのために夫と妻のそれぞれ専用の休暇施設があった。こうして全員がバカンスを満喫できた……。愛によって結婚するという奇抜な考えが登場したのは、一九世紀の小説やハリウッド映画の仕業よ。結婚してから、愛は儚《はかな》い、愛は存在しない、もっと大きな愛は身近に存在すると気づくのかもしれないけど〉

私はクセニアの率直なシニカルさにいつも魅了されていたが、今回のテーマはちょっと重かった。

〈あなたが私を捨てたとき、あなたはもう私を愛していなかった。ヴァディア、私はどうすればよかったというの。あなたは甘やかされた若者で、アーティストを演じて仮面を被っていた。ヴァディア、あなたは私の出自を知ってるでしょ。ボヘミアンよ。でも、すでにやめていた。あのような暮らしには耐えられなかった。ボヘミアンの暮らしに自由はなく、あるのは終わりなき逃亡だけ。自分のことを反逆者だと思っていた母は自由になろうとしたけど、歳をとるにつれてお前を守ってやると請け合う負け犬に頼るようになった。あのとき、私は真の自由を生み出すのは順応主義だと気づいたの。体裁が整ってこそ、やりたいことができる。私には安定が必要だった。もちろん、経済的な安定よ。でも、それだけではなかった。私はミーシャをコントロールできていた〉

〈少なくとも彼を失うまでは〉

〈それは私たちが不条理な国で暮らしているからよ〉

〈君の言う通りかもしれない。しかし、普通の国だったら、ミーシャはせいぜい闇の賭け屋になるのが関の山だろ〉

〈そうは思わないわ。彼ならどこの国にいても成功したはずよ。しかし、彼はここではロシアのルールでプレーしなければならなかった〉

〈ところが、彼はそのルールを理解していなかった。わずかな自己資金に借金をして何かを買っても、それは自分のものではなく、いつでも没収される恐れがある。君のミーシャは自分のことをスティーブ・ジョブズだと思い込んでいたが、実は空気で膨らませた人形に過ぎなかった〉

〈あなたたちは彼にあんなひどい仕打ちをしておいて、あなたはまだ彼に怒ってるの。もっとひどい目に遭わせてやりたいと思ってるの〉

〈いや、それは違うよ〉

クセニアは不思議そうな目で私を見た。一瞬、彼女は立ち去るのかと思った。ところが、彼女の表情に彼女だけが持つ不穏なやさしさが現われた。彼女の瞳は四歳児のように輝いていた。

〈あなたは私のことがそんなに好きだったの〉

〈クセニア、僕は君のことが好きだった〉

〈今、この瞬間も〉

一息置いてから答えた。

〈今もだ〉

このとき、クセニアはもう子供でなかった。彼女は自身の可能性の頂点に上り詰めた女性であり、四〇歳の自信に満ちた深みのある微笑を私に向けた。私の知っていた好奇心旺盛で残酷な美女は、その魅力を失うことなく成長していた。私は周囲を見回した。ピアニストは演奏を止め、もういなかった。観光客はホテルの部屋に戻って寝てしまったようだ。バーにいるのは少し困り顔の二人の給仕だけだった。クセニアと私は、初めて塹壕に入った兵士のように互いに理解できないことを目の当たりにした。自分たちを待ち受けることに対して何の準備もできていなかったのだ。数年前から始まっていた何かが、まったく予期せぬ形で、しかも静かに起ころうとしていた。私は、テレビのニュースに取り上げられたり、世間で話題になったりする出来事には慣れていたが、こうしたすべてを変える機微な出来事には、なんの準備もできていなかった。

このとき、言葉は無用であることを思い出した。言葉が必要なくなったと思うと、急に心が軽くなった。われわれはホテルを後にし、歩き始めた。夜のモスクワの想像力を独占した気分だった。頭上には深く澄んだ夜空が広がっていた。トヴェルスカヤ通りから入った小径へと駆け込むと、雪を踏みしめる足音が言葉の代わりになった。古い邸宅と分厚い雪を被った低木の枝が、われわれを静かにエスコートした。この静寂な雰囲気が警戒心を和らげてくれた。われわれはときどき見つめ合い、互いの瞳に確認の証を探し求めた」

23

「ラブラドールを利用するというのは私の発案ではなかった。しかし、これは皇帝のこれまでの思い付きと同様、ちょっと残酷だが見事なアイデアだった。通常の会談だと思っていたドイツ首相は、男仕立ての婦人用の黒のスーツにスーパーマーケットで購入したブーツという、いつもの出で立ちで手ぶらで現われた。首相チームの作成した詳細な資料、各省庁のレターヘッドの入った文書、ドイツ連邦共和国の情報機関が選別したメモ書きなどは、すべて頭に叩き込んでいた。日頃からドイツ首相はデータを丹念に検証し、科学アカデミー時代に行なっていた実験と同じ正確さで地政学的なシナリオを描いていた。だからこそ、ドイツ首相は国民と産業界の支援を取り付け、新鮮味と自信にあふれた態度で活躍していたのだ。しかし、この日の会談では予想外のことがドイツ首相を待ち受けていた。それは皇帝の巨大な黒のラブラドール、コニーだった。

ドイツ首相は犬恐怖症だった。彼女は長年にわたって国際政治の舞台において、サーカスの猛獣使いたちよりも多くの獰猛な獣を調教してきた。しかし、どんな子犬であっても犬は例外だった。犬に接すると、八歳だったときに驚愕する父親の目の前で、近所のロットワイラーにずたずたに食いちぎられそうになったときの記憶が蘇るのだった。

その日のクレムリンでの光景を想像してみてほしい。といっても、そのときの写真はインターネット上に出回っているので想像するまでもないだろう。ドイツ首相はつくり笑いを浮かべ、光沢のある毛並みのコニーはドイツ首相の周りをうろつく。椅子に座って硬直するドイツ首相に、コニーが近づいてきて戯れる。コニーは新しい友達の匂いを嗅ぐためにドイツ首相の膝に鼻を突っ込み、ドイツ首相は失神寸前になる。傍らに座る皇帝は両足を広げて余裕の笑みを浮かべる。〈メルケル様、犬がいても構いませんか。追い出してもよいのですが、とても大人しい子です。私としては、追い出すのが忍びないのです〉。

ラブラドールだ。あのとき、皇帝は少年時代にレニングラードで学んだ戦術を遂行した。サッカーの試合なら、ボールに触れる時間も与えずに相手の股間に蹴りを入れるような荒業だ。その場を仕切られたくないのなら、自分は狂っていると示唆する。高度な政治とはそういうものだ。きらびやかなサロン、衛兵、交通規制した道路を通過する要人の隊列など、結局のところ、これらは校庭で悪童が自分の掟を押しつけたり、暴力で相手を従わせたりするのと同じ理屈だ。

国際舞台に登場した最初の数年間、皇帝は控えめな姿勢を維持した。それまでのロシアの指導者と同様、資料を持たずに現われ、自分たちよりも文明の高い国の指導者たちの判断に従うという態度を示した。一般的に、辺境の野蛮民族ロシア人は、五〇〇年間にわたる虐殺の償いをしなければならないという永遠のコンプレックスを抱いていた。このコンプレックスは社会主義の終焉によって最高潮に達していた。当時のモスクワには有能な外国人が大勢いた。彼らは遠いどこかの属州の秩序を回復するためにローマ帝国から派遣された執政官のように、ロシアの大企業や省庁、さらにはクレムリンにも首を突っ込み、そしてロシアの銀行、財団、新聞社などの経営にもあたった。彼らのアドバイスや判断は、両親の愛情や努力にもかかわらず堕落していくわが子を諭《さと》すような口調だった。

彼らはいつも〈他に方法はない。こうしなさい〉と説いて回った。しかし、彼らの判断に従っても、事態は好転しなかった。どういうわけか、ロシアの国際的な影響力は強まるどころか弱まり、西側諸国に受け入れてもらおうとすればするほど、相手にしてもらえなくなった。すると、やり方が手ぬるいからだと言われ、従順なロシアは厳しく罰せられた。彼らによると、バルト諸国のNATO加盟、中央アジアでのアメリカ軍基地の設立、ロシアの金融機関の監督だけでは不充分であり、要職に就くロシア人をお払い箱にして、CIAやIMFの職員が彼らの代わりを務めるという。手始めにグルジア、次に失われたロシア帝国の中枢ウクライナが餌食になった。

皇帝は、ジョージ・ソロス、アメリカ議会、EUから資金援助を受けた暴徒が、トビリシ〔グルジアの首都〕、キエフ、ビシュケク〔キルギスの首都〕を占拠し、暴力を行使して選挙結果を無効にしたのを目撃し、真の目的が自分の首であることを理解した。オレンジ革命による国家転覆を傍観すれば、その影響はロシアにまで広がり、今度は自分が権力の座を追われ、西側諸国の操り人形が代わりに現われる。

冷戦の勝者たちがロシアを小学生扱いしながら教える行儀作法は何の役にも立たなかった。それはただ次に赴任してくる執政官に〈遠慮する必要などまったくない〉と確信させるだけだった。ナポレオンもヒトラーも成し遂げられなかったモスクワ陥落まであともう一息だった。

そこで、皇帝はラブラドールを出動させた。この戦術は皇帝の完全なオリジナルというわけでなく、過去にはローマ皇帝カリグラも似たような奇策を用いた。ただし、カリグラは自分の馬を元老院議員に任命しただけだったが、皇帝はラブラドールを外務大臣に昇格させた。われわれの戦術のほうがローマ人よりも優れていたと言えるだろう。

このときから、事態は大幅に改善した。西側諸国のロシアを見る目は変わり、ロシアは国際舞台で失った尊厳を少しずつ取り戻した。コニーの指揮のもと、ロシアは大国の地位を奪回した。ヨーロッパや中東でのロシアの存在感は回復した。

このラブラドールは由緒正しい犬だった。雌というだけで男性の同僚職員が一目置くこの犬は、ブレジネフの愛犬の直系だった。そしてコニーという名前は、アメリカの元国務長官コンドリーザ・ライスに由来するという。つまり、この犬には政治の血が流れていたのだ。それにしても、この犬の有能さには舌を巻く。人間の同僚たちが綿密な分析に基づく慎重な戦術を立てながらも、逡巡して結局はなんの結論も出せないのに対し、コニーはその場の空気を嗅ぎ取り、指示を仰ぐことなく率先して行動する。コニーの指導のもと、われわれはカオスを受け入れ、それを利用すべきと悟った。壮大な戦術を想起してはいけない。権力の本質はマキャヴェッリズムだと思うかもしれない。だが実際は先ほど述べたように、根拠のない意地悪が飛び交い、正義だけでなく道理さえも引っ込む校庭のような場を支配する不合理と情熱だ。それは霊長類のなかでも最も大きな頭脳を持つ人間が、ゴリラよりもでかいペニスを持つことと何らかの関係があるに違いない。

旧ソ連の指導者たちは優秀だったが、常に不確実性よりも安定性を選択した。彼らは予測可能な整然とした物事を好んだ。だからこそ、彼らは最終的にアメリカの食い物になったのだ。というのは、こうしたゲームは西側諸国の連中のほうが得意だからだ。西側諸国の世界観は不測の事態を避けたいという願望に基づいている。つまり、不確実性の領域をできる限り縮小して理性が支配することが理想なのだ。反対に、ロシアにとってカオスは友であり、もっと言えば唯一の可能性だった。西側諸国のアナリストが行なったように、ＫＧＢの幹部をコニーのような傭兵やハッカーと比較するのは馬鹿げている。前者は予測可能な公務員だった一方、後者は、われわれでさえ翌日には何をしでかすかわからない連中だ。しかし、ロシアは後者に命運を託した。ラブラドールが道筋を示したことにより、彼らは待ってましたとばかり、怒りを解き放った」

24

「私はサンクトペテルブルクに魅力を感じたことがない。私にとって、サンクトペテルブルクは均質的で長い歳月を経て化石になった都市だ。この街はモスクワのように刺激的で謎めいた驚きを絶え間なく起こす生命力に欠けている。この街にいると、登場人物に見捨てられた舞台装置のなかをさまよっているような気分になる。それはこの街が見通しの甘い歪な賭けに負けたからだ。その当然の結果として、この街は歴史の片隅へと追いやられた。一方、皇帝はこの街でしかくつろぐことができない。皇帝はこの街に足を踏み入れるや否や、モスクワでまとっていた頑強な自制心という鎧を脱ぎ捨て、感じのよい人物に変身する。友人と肩をたたき合って大笑いするということはないが、自邸ではくつろぎ、ビールやワインを飲むことさえあるという。とくに、皇帝にとってサンクトペテルブルクは旧友が住む街でもある。

私が皇帝に仕えていたころ、サンクトペテルブルクへお供することがあった。私は皇帝と親密な仲ではなかった。最も緊密な関係だったときでさえ、私と皇帝はあくまで仕事上の付き合いだった。普通なら友情が芽生えるところが、互いの性格に関して、そしておそらく互いの出自に関して、友情を育むのを妨げる何かがあったのだろう。親しくなろうという気は互いになかったと思う。プーチンには、サンクトペテルブルクにクレムリンの頂点に辿り着くまでの日の当たらない時期をともに過ごした柔道家、スパイ、ビジネスマンなどの旧友がいた。一方、私には書物があり、そして今はクセニアがいた。心の安らぎを満たすのには充分だった。とはいえ、長年の付き合いである私と皇帝との間には共闘関係が育まれていたこともあり、皇帝は私とともに過ごすことが好きだったようだ。皇帝は私の意見に興味があるようで、事あるごとに私を同伴させた。私のものの見方が直截的かつ独創的だと思っていたのだろう。皇帝は私の自由な精神に触れ、私の意見を全面的に賛同することはないにしても、私に助言を求めるようになった。私にとっては、皇帝の傍にいることは特権だった。それは政界の猛獣やハゲタカが集まってくるという生々しい光景でなく、国際舞台で繰り広げられるイングランドの黄金期エリザベス朝の演劇をリアルタイムで眺められるという稀な体験のためだった。

主人公がプーチンであることは明白だが、ペテルブルクの旧友たちは『リチャード三世』にふさわしい脇役だった。数年間に彼らは、支払期限の過ぎた手形について銀行の支店長から催促されてあたふたする資金繰りの苦しい地方の商人から、湾岸諸国の首長並みの富を蓄えたロシア帝国の貴族になった。この急速な過程により、すべては一変した。この富の大洪水は皇帝の旧友たちの純粋な友情を飲み込み、彼らは別人に変身した。だが、プーチンとの暗黙の了解は、何事もなかったようにこれまで通り簡素に振る舞うことだった。というのは、皇帝が彼らに黄金を授けたのは、彼らが特別な才能の持ち主だったからではなく、過去の友情のためだったからだ。プーチンは自身の立身出世を正当化できる類まれな才能の持ち主だが、彼らの功績といえば、しかるべき時期に皇帝と知り合い、友情を育み、信頼を得たことだけだった。天の恵みが自分たちに降り注ぎつづけるようにするには、皇帝との良好な関係を維持することが絶対条件だった。だが、そのためには宮仕えの連中の単なる機嫌とりだけでは駄目だった。彼らは古くからの友人であり、プーチンは彼らに誠実さを求めていた。いや、求めているふりをした。もちろん、旧友たちは皇帝の抱くそうした考えに限界があることをわかっていた。実際には、旧友としての不愛想だが誠実な態度を見せながらも、皇帝を適当に褒めちぎっておけばよかったのだ。ペテルブルクで私が垣間見たのは次のような歪《いびつ》な光景だった。冗談やちょっとした無礼な発言を繰り返しながらも、重要な点では一切皇帝に逆らわず、誰が最初に皇帝を喜ばせるかを競うゲームだった。

こうしたゲームを眺めていて知り合ったのがエフゲニー・プリゴジンだった。われわれはインテリアに鏡とシャンデリアをふんだんに利用したレストランの個室で、四、五人の旧友とともに会った。プーチンが私にこのレストランの料理長だと紹介したプリゴジンは、禿頭で、控えめな笑みを浮かべる印象の薄い男だった。実際に食事中、彼は料理の説明をし、フランスの高級ワインを注ぐなど、皇帝のどんな要求にも対応しようと給仕していた。婚礼用のような銀色のネクタイを締め、われわれには愛想よく応対したが、レストランのスタッフには威圧的な態度だった。食事が終わると、プーチンはプリゴジンに対し、われわれのテーブルに着くようにと促した。会食者たちはヨーロッパ各国のエスコート会社の良し悪しを論じ合うという、中年男性の酔っ払いの会話に花を咲かせた。当然ながらそのようなサービスを利用しない皇帝はこの議論に加わらなかったが、薄ら笑いを浮かべて耳を傾けていた。酔っぱらっているといえども、会食者たちは皇帝の表情が少しでも曇れば、すぐに話題を変える準備ができていた。マフィアの執事のような雰囲気のプリゴジンは、旧友からなる幸せなグループ特有の、皇帝の顔色を窺いながらの陽気な会話に自然と溶け込んだ。彼はスペインのバレアレス諸島での夜遊びに関する武勇伝をいくつか紹介した後、自身の新規事業について語り出した。黒海に面する広大な農地を購入してルッコラを栽培するという。彼は半ば真剣、半ば冗談めかして〈知ってるか、ロシアではまともなルッコラが手に入らないってことを〉と、からかう仲間たちに繰り返し訴えた。すると突然、皇帝はプリゴジンを遮り、私に視線を向けた。

〈見ての通り、エフゲニーにはやる気がある。彼は国際問題にも強い関心を持っている。彼はわれわれが最近話し合っている問題にも手を貸してくれるはずだ。ゲニア、そうだよな〉

皇帝のこの言葉にレストランの料理長は目を輝かせた。プーチンは〈ヴァディア、エフゲニーと話し合ってくれ〉と命じた。

一つだけ確かなのは、皇帝は細かいことを決して言わないが、思いつきも決して言わないということだ。皇帝が、たとえば自分の政治顧問がサンクトペテルブルクのレストランの料理長と会い、その男とロシアの外交政策について話し合うようにと指示するのなら、たとえその政策がきわめて奇妙に思えても、真剣に検討して善処しなければならない。

その晩、さっそくプリゴジンは私を彼の自宅に招待した。会食時はマフィアの執事のような雰囲気だったが、翌朝、私が泊まるホテルに迎えに来たとき、私はすぐに彼が単なるレストランの料理長でないことに気づいた。ホテルを出て少し走ると港に着いた。サンクトペテルブルクの港には、パリのセーヌ川の船上レストランのような観光船があり、彼は私をそうした船に乗せるつもりなのだろうかと訝しく思った。プリゴジンはこの分野にも関心を持っていると聞いていたからだ。しかし、幸いにもわれわれが乗ったのはヘリコプターだった。〈私の家はここからさほど遠くないが、ヴァディム・アレキセヴィッチ、君は多忙だと聞いている。ヘリコプターを使えば、あっという間に着く〉。

その時間、上空から下を眺めると、運河沿いには妖精が住んでいるような宮殿、丸天井が放つ反射光、ネヴァ川に散らばる島々が見え、古都は大理石とダイヤモンドでできたデスマスクのように輝いていた。景色を眺めながら、プリゴジンは自身の皇帝とのつながりにまつわる自慢話を語り始めた。一九九〇年代初頭、プリゴジンと彼の仲間たちによるこの街初のカジノ開設を認可したのは、当時サンクトペテルブルク副市長のプーチンだったという。当時の社会状況とカジノというギャンブル施設としての性格を考えると、認可を得るのは難しかったはずだが、プリゴジンはプーチンの権力を利用して手際よくやってのけたらしい。このときから、皇帝の絶大な厚意を得たプリゴジンの快進撃が始まったようだ。

短時間の空の旅だったので疑問に思っていたことを熟考する時間がなかった。離陸してから五分後にはカーメンヌイ・オストロフへ着陸態勢に入った。〈皇帝の旧友たちがサンクトペテルブルク近郊の島を購入し、そこに漆喰と金で覆われた複数の宮殿を購入して帝政ロシア時代の貴族たちのように暮らしている。アレクサンドル三世の宮廷人に扮して舞踊会を開いている〉という噂は聞いていたが、誇張された話だと思っていた。百合と獰猛なライオンがデザインされた自身の紋章をつくらせた者もいると聞いた。丹念に修復された帝国の要人たちの別荘群、プール、フィットネス・ホール、巨大な車庫、島を取り巻く堀、警備員の詰め所、ＳＵＶとヘリコプターなどを上空から眺めると、ロシアではよくあることだが、現実はまたしてもフィクションを超えたと感じ入った。

〈ヴァディム・アレキセヴィッチ、私は君のようなインテリではないが、人生においていくつか重要なことを学んだ〉

プリゴジンはルイ一六世様式のアームつきサロンチェアにどっしりと腰をおろしていた。彼の周囲にあるスカンジナビアの家具、雄叫びを上げるライオンの像、ヴェネツィアの燭台が、白い大理石とネヴァ川を見下ろす大きな窓ガラスに映し出されていた。ウズベキスタンの職人による見事な仕事だった。

〈君はカジノをご存じかな。カジノは人間の不合理の象徴だ。もし人間が合理的な生き物なら、カジノは存在しないだろう。君は、自分にはまったく勝算がないのに金を賭ける者など存在するはずがないと思うかもしれない。ところが、ありがたいことに人間は合理的な生き物ではない。もし人間が合理的な生き物だったら、カジノを経営する私は一文無しだろう〉

プリゴジンは、バスキア風の絵画と白のスタインウェイのほうを漠然と指さした。

〈人間の愚かさに賭けることほど賢明なことはない。ヴァディム・アレキセヴィッチ、これは真理だ。どうしてカジノで破産する者がいるのか。なぜ無間地獄に陥ってしまうのか。もちろん、本人の性格もあるだろう。誰にでも起こることではないが、犠牲者は異常な人物ではない。彼らは自制心を失ったのであり、人間なら誰しも脳にそうした欠陥を持つ〉

プリゴジンは話を中断し、上着のポケットから財布を取り出すと、そこから五〇〇〇ルーブル〔日本円で一万円程度〕紙幣を抜き出した。

〈この紙幣を使って街角で実験してみると面白いことがわかる。被験者となる通りがかりの人物は、この紙幣をもらうこともできるが、五〇パーセントの確率の賭けに挑むこともできる。賭けに負けると何ももらえないが、勝てば二倍の金額を得られる。この人物は間違いなく賭けに挑むことはせず、五〇〇〇ルーブルをもらうほうを選ぶだろう。では、条件を逆にしてみよう。この人物は五〇〇〇ルーブルを支払わなければならない。これが嫌なら、コインを投げるという賭けに挑むこともできる。裏表の結果によって、二倍の一万ルーブル、あるいは何も支払わなくてよいという選択肢を提示する。この条件ならこの人物はどちらを選択するだろうか。五〇〇〇ルーブルを即座に支払うよりも、二倍の金額を支払うことになるリスクを取るはずだ。不条理な話だと思わないか。冷静に考えると、五〇〇〇ルーブルをもらう者はこれを失う者よりもリスクを取る余裕がある。しかしながら、人々はこれと正反対の行動をとる。五〇〇〇ルーブルをもらう勝者は慎重な選択を好み、これを失う敗者は大きな賭けに出る〉

プリゴジンの勝ち誇ったような表情を見て、彼がこの逸話から何を言いたいのかがわかってきた。

〈人間の脳にはこの手の欠陥がたくさんある。これらを熟知し、利用するのがカジノ経営者の務めだ。政治だって似たようなものだろう。安定した職業、すてきな家族、田舎の別荘、海辺でのバカンス、老後の確かな見通しなど、快適に過ごしているのなら、なんの不満もない。堅実な選択をしてリスクを取ろうとしないだろう。ところが、状況が一変し、失業し、家を失えば、将来の見通しが立たなくなる。そのようなとき、どうするか。相変わらず堅実な選択をするだろうか。まったく逆だ。狂ったように賭け始める。現状を維持するために得体のしれないリスクを選好する。このとき、すべてが根底から覆る。秩序よりもカオスが魅力的に映る。少なくともカオスからは新たなものが生じる可能性がある。どんでん返しというやつだ……。こうして物事は面白くなる。一九一七年のロシア革命やナチズムは、こうして誕生したのではないか。なぜなら、ほとんどの人々は、それまでのみじめな暮らしを続けるよりも未知の世界に身を投じることを望んだからに違いない〉

レストランの料理長は哲学的な領域に達していた。彼の話はなかなか興味深かった。

プリゴジンは話を続けた。〈私はインテリでも国際関係の専門家でもないが、われわれはまたしてもそうした状態にあると感じている。西側諸国の人々は、自分たちの子供は自分たちよりもひどい暮らしを送るだろうと考えている。彼らは、中国、インド、そしてわがロシアの飛躍を目の当たりにする一方で、自分たちの停滞を嘆いている。日が経つにつれ、彼らの力は弱まっている。彼らは世界情勢を制御できなくなった。未来は彼らのものでなくなった〉。

〈彼らが不条理な選択をする条件は整った。われわれの責務は、単に彼らを助けることだ〉

〈ヴァディム・アレキセヴィッチ、その通りだ。彼らを打ち負かしたり、強引に押さえつけたりするのでなく、彼らの国にすでに存在する動きに便乗すればよいのだ。皇帝はこのことについて深く理解している。私と同様、皇帝は柔道家であり、柔道の基本は敵の力を利用して勝つことだ〉

プリゴジンの推論は的を射ていた。あとは彼に実践の機会を与えるだけだった。この点に関し、私にはすでにちょっとしたアイデアがあった。

その数週間後、われわれはペテルブルク郊外にある何の変哲もない建物の前で再会した。あいにくの天気だった。雨が郊外の汚さを際立たせていたが、プリゴジンは上機嫌だった。

〈ヴァディム・アレキセヴィッチ、ここが君に話した場所だ。中を見てくれ……〉

エレベーターを降りると、そこは半分が新聞社の編集室、残りの半分が二流の投資銀行のトレーディング・ルームといった感じで、大量のパソコンが並ぶ大部屋だった。ただし、プリゴジンは壁に二台のスロット・マシーンを据えつけさせていた。彼によると、この場の精神を忘れないようにするためだという。そういえば、グーグルのオフィスの奥には卓球台が置いてあった記憶がある。

スポーツマン風の若者がわれわれを笑顔で迎えてくれた。ボタンダウンのシャツにコーデュロイのジャケット姿というこの若者は、ジョージタウン大学で博士課程のゼミの指導にあたっているという雰囲気の人物だった。

プリゴジンは自身の掘り出し物を自慢するように語った。〈アントンだ。編集は彼に任せようと思っている。モスクワ大学で国際関係の博士号を取得し、英語、フランス語、ドイツ語が堪能だ。ヨーロッパの政治に関してなら、彼はわが国のほとんどの下院議員よりも詳しい〉。

アントンは大人しく聞いていた。彼の表情からは傲慢さも偽りの謙虚さも感じられなかった。われわれはさまざまな話題について話し始めた。そして試しに一部のヨーロッパ諸国の内政状況について質問してみた。アントンは優秀であるだけでなく感じのよい男だった。彼には、過保護に育った彼の世代に見られる傲慢さはまったく感じられず、逆に真の知性の証である直截さが伝わってきた。彼の国際情勢を見る目は、狩猟用ナイフのように鋭かった。大局観を失うことなく、状況の細部にまで踏み込んで語っていた。

面接の様子を横でじっと眺めていたプリゴジンは、自分の秘蔵っ子の受け答えに得意満面だった。数分後、私はもう充分だと判断し、彼と握手をして面接が終わったことを示唆した。プリゴジンをアントンから離れたところに連れて行った。私は彼の馬鹿さ加減に唖然としていた。

〈エフゲニー、一体、あなたは何を考えているのか〉

料理長は暗い表情になった。

〈ヴァディム・アレキセヴィッチ、何か気に入らないことでもあったのか〉

〈エフゲニー、欧米で政治をやろうという話だったはずだ。彼らの議論に加わり、貢献を果たすという構想じゃないか。それであなたはあの青年を引っ張り出してきたのか〉

プリゴジンはアントンのほうを軽く指さした。

〈どうしてだ。彼はとても優秀だ。何でも知っている〉

〈エフゲニー、まさにそこが問題なんだ〉

プリゴジンは眉をひそめて驚いたという表情を浮かべたので、私は大笑いしてしまった。

〈エフゲニー、よく考えてみてくれ。西側諸国の人々は、政治にはもう興味がない。彼らの興味を引きたいのなら、われわれは政治以外のことを語るべきだ。ここにアントンの出番はない。われわれが必要とするのは、たとえば、美しさの秘訣を教える若い女の子、ゲームオタク、占星術師といった面々だ〉

〈だが、いつかはわれわれのメッセージを発信すべきときが来る。あなたたちは指令を出すことになるはずだが……〉

〈あなたはわれわれをコミンテルン〔共産主義インターナショナル：各国での共産主義の拡大を目指す組織〕だとでも思ってるのか。ソヴィエト連邦はもう存在しないし、労働者階級が楽園に至ることもない。あの時代は完全に終わった。エフゲニー、そうした道筋はもう存在せず、あるのは針金だけだ〉

プリゴジンは私の話の意味が分からず当惑した表情を浮かべた。私は構わず続けた。

〈針金を切断したいとき、どうするか。針金を一方向に捻じ曲げ、次に逆方向に捻じ曲げる。これこそがわれわれの行なうことだ。ネットワークを拡充していくにつれ、どんな人にも強い関心を引くテーマがあることに気づくはずだ。私にはそれが何であるのかはわからない。エフゲニー、そうしたことはインターネットを眺めればわかる。たとえば、ワクチン接種、狩猟、環境主義、黒人、白人に反対する者がいる。重要なのは対象でなく、誰にでも強い関心を持つ話題があり、腹の立つ奴がいるということだ。

エフゲニー、相手を折伏《しゃくぶく》する必要はない。相手が信じていることを見つけ出し、相手の信念を強化してやる。真偽など関係なくニュースを流す。こうして全員をさらに怒らせる。動物愛護原理主義者とハンター、急進的な黒人活動家と白人至上主義者、ゲイ活動家とネオナチを対決させる。エフゲニー、われわれはどちらの味方でもない。われわれの唯一の道筋は針金だ。われわれは一方向に捻じ曲げ、そして逆方向に捻じ曲げる。これを針金がちぎれるまで行なう〉

プリゴジンは黙って私を見ながら熟考していた。

〈ヴァディア、君の針金の道筋という話はよくわかった。しかし、われわれが仕掛けていることが発覚した場合、どうなるんだ。インターネット上ではすべてが追跡可能というじゃないか。われわれがプレーするのは奴らの戦域だ。奴らは遅かれ早かれわれわれの工作に気づくはずだ。そうなれば奴らは、われわれを地獄の底に引きずり込むのではないか〉

〈逆だよ。そのときこそ、われわれが勝利する瞬間だ〉

プリゴジンは沈黙したままだった。

〈わからないのか。矛盾の啓示こそ偉大な芸術家の究極の所作だ。われわれが自分たちの同調者や反米団体を支援することくらい、彼らも予想済みだろう。しかし、われわれが彼らの国の活動家も支援していることに気づいたのなら、彼らはどうするだろうか。たとえば、トイレにまで自動小銃を持ち込みたがるアメリカ憲法第二条の遵守を主張する愛国者、牛乳の代わりにドクニンジンを飲むヴィーガン、環境破壊から世界を守ろうと訴える若者などだ。彼らは、誰の言っていることを信じ、何を信じればよいのかわからなくなり、頭が混乱する。彼らが気づくのは、われわれは彼らの脳のなかに入り込み、あなたのスロットマシーンのように彼らの脳神経回路を操作しているということだけだ〉

プリゴジンの顔にようやく笑みがこぼれた。理解し始めたようだった。

〈エフゲニー、だからこそ、われわれの第一の使命は世界の耳目を集め、顰蹙を買うことにある。ここで一〇〇人くらいの若者が集まって何か工作したところで、歴史を変えることなどできやしない。エフゲニー、彼らがどんなに優秀であっても、結果は同じだ。彼らはカオスに便乗するだけであり、うまくいけばカオスをわずかに増幅させることができるかもしれない。だが、そうした工作のために彼らが利用する怒りはすでに存在し、怒りを司るアルゴリズムはロシア人でなくアメリカ人がつくり上げたものだ。よって、われわれが行なうのは、いらぬおせっかいを焼くことに過ぎない。しかし、われわれは現行犯で捕まる。こうしてヨーロッパでもアメリカでも、われわれは民主主義に陰謀を企てる輩だと非難される。われわれの力を神話に仕立てあげるのは西側諸国の人々だ。一方、われわれは極力怪しげに振る舞い、誰がどう考えても事実無根と思えることだけを否定していればよい。そうしているだけで、西側諸国の人々は「新たな世界の黒幕はロシアだ」という悪夢にうなされる。今度はこの悪夢がカオスを増幅する。こうしてわれわれの力は伝説から現実になる。エフゲニー、政治とはこうしたものだ。すなわち、力があると信じ込ませることができれば、さらなる力を得ることができるということだ〉」

25

「ロンドンの高級ホテル、クラリッジェスには絶滅寸前の恐竜たちが跋扈《ばっこ》していた。その一頭がベレゾフスキーだ。セリーヌのドレスを着た少し酔っぱらった雌のキリンが、ベレゾフスキーをしげしげと観察していた。通りすがりのアメリカ人でさえ、マホガニーとクリスタルの輝きのなかを闊歩するこの有史前の存在を奇妙に思ったようだ。だが、ベレゾフスキーに周囲の反応を気にしている様子はなかった。ボリスは、クラリッジェスのあるメイフェアー地区ではスキャンダルと扇動行為によってちょっとした有名人になっていた。私はロンドンに立ち寄るたびにベレゾフスキーと会っていた。かなり以前から彼に伝えるメッセージはもうなかった。よって、少なくとも私にとって彼と会うのは単に数時間を楽しく過ごすことだったので、気は楽だった。ベレゾフスキーは権力を失ってもインテリだったので、賢者とまでは言えないにしても分別のある人物になっていた。その晩、私は彼の完璧なイギリス訛りの英語にお世辞を言ったことを覚えている。

〈英語くらいしゃべれなくてどうする。フランス語が流暢だった君の祖先はパリに避難したんだろ。現代のロシア人は英語を話し、ロンドンで寛ぐのだ〉

彼は少し悲しげな笑みを浮かべた後、突然改まった態度になった。

〈イギリス人が愛想のよい奴ばかりだと思ってはいけない。先週、アブダビの首長の弟と契約を結ぶために銀行に行った。われわれがカバンから書類を出して契約を交す準備を始めたところ、驚いたことに銀行員が首長の弟に身分証明書の提示を求めた。首長の弟は家来に目配せした。首長の弟には財布を持つ習慣がないのだろう。私はその場をとりなそうとしたが、この銀行員はこのあたりでよく見かける融通の利かない間抜けだった。

私は首長の弟が怒り出し、不愉快だから契約するのをやめると言い出すのではないかと冷や冷やした。ところが、首長の弟の目配せを受けた家来は、財布から紙幣を取り出し、これを銀行員に手渡した。その紙幣を手にした銀行員は啞然とした。「一体、これは何のつもりですか。チップですか。あなたたちの国ではそういう習慣があるのかもしれませんが、ここはシティです」。首長の弟は平然と次のように述べた。「渡した紙幣をよく見てくれたまえ。私の顔が印刷してあるだろ。これで君の言う身分証明書の要件は満たしたはずだ」。その場にいた全員が大笑いだ。結局、この間抜けは引き下がった〉

ボリスの聴衆を楽しませると同時に、大物との付き合いを自慢する話術は健在だった。だが、残念ながら彼の強迫観念も相変わらずだった。

〈プーチンのゲームはどんな具合かな〉

〈オリンピックの準備は順調に進んでいる。大統領は私に開会式の企画を任せてくれた。開会式では壮大なショーを催す予定だ〉

〈なるほど、面白そうだな……。君たちのゴマすり競技や、ＧＲＵ〔ロシア連邦軍参謀本部情報総局〕内の暗殺競技にもメダルを用意しておいたらどうだ〉

〈ボリス、それはどうかな。肝心なのは、ロシアが国別のメダル獲得数でトップになることだ〉

〈それは問題ないだろ。君たちはいつものようにうまくやってのけるに違いない〉

ベレゾフスキーは一息置いてから話を続けた。〈彼は決してやめないだろう。彼のような人間はやめることができない。これが一つめの掟だ。執念深く続け、すでにうまくいっていることは修正しない。そしてとくに、過ちを認めることは絶対にしない。当初、私はこの掟に気づかなかった。だが、今は熟考する時間がある。また、過去の独裁者に関する書物を読み漁った。たとえば、モブツがコンゴ民主共和国で権力を握ったとき、彼は国名を「ザイール」に改称した。というのは、ザイールは植民地という負の遺産を断ち切る民族主義的な響きがするからだった。ところが、しばらくたってから、ザイールはポルトガル語だったことが判明した。そのとき、モブツはどうしたか。過ちを認めて国民に赦《ゆる》しを求めたのか。まったく逆だ。突き進んだのである。私の知るところでは、紙幣、たばこ、ガソリンスタンド、コンドームなど、ようするに、あらゆるものを「ザイール」と呼ばせた。君が仕える皇帝も独裁者であり、アフリカの部族の長と同じ輩だ〉。

〈ボリス、あなたの言う通りかもしれないが、そうした対応は野蛮なのではなくゲームのルールだ。権力に関する第一の鉄則は、過ちを犯しても執念深く続けることであり、権威という壁に入った亀裂は、たとえわずかなものであっても表沙汰にしないことだ。モブツは、酋長が落馬しただけで殺される土地の出身者であり、この鉄則を心得ていた。彼は病気になると圧殺された。酋長は部族を守るために強くなければならない。弱さを見せた瞬間、叩きのめされ、権力の座を追われる。こうした事情は世界中どこでも同じだ。ただし、引きずり降ろされた場所によっては、生きたまま串刺しにされる者もいれば、地球の裏側からお呼びがかかって一〇万ドルで講演会を引き受ける者もいる〉

ホテルのバーの暗い照明がベレゾフスキーの考え込む表情を照らし出した。

〈ヴァディア、君の言う通りだ。だが、政治にハッピーエンドはない。君の好きな太陽王〔ルイ一四世〕でさえ悲惨な晩年を送った〉

〈ボリス、あなたは私に何を言わせたいのか。人生はどのみち死に至る病だ〉

〈ヴァディア、その通りだ。だからこそ、引き際を知らなければならない。私は常々、政治家とマフィアの共通点の一つは、引退できないことだと思っている。両者は足を洗って何か別のことをするというわけにいかない。ところが、マフィアにはジョニー・トーリオのような男もいた。ヴァディア、この男のことを知っているか〉

私は首を横に振った。これまで何度もベレゾフスキーのたとえ話を聞かされてきたが、そのときは、これが最後になるとは思ってもいなかった。

〈第一次世界大戦終了直後、シカゴのマフィアのボスになったトーリオは、本物のリーダーとして皆から尊敬された。しかし、手下のなかに彼の地位を狙う者がいた。アル・カポネだ。そして一九二五年一月二四日午後五時ごろ、シカゴのマフィアのボスであるジョニー・トーリオは自宅の前で五発の銃弾を食らった。病院に搬送されたトーリオは警察の事情聴取に対し、「誰が撃ったかはわかっている。だが、私は密告者ではない」と語ったという。退院して元気になると、アル・カポネを呼んで自身のビジネスを譲渡し、イタリアに戻ると宣言した。結局、トーリオは平穏な隠居生活を送り、一九五七年にブルックリンの自宅で静かに息を引き取った。

ボリスはしばらく黙っていたが、ポケットから封筒を取り出した。

〈これは皇帝に宛てた手紙だ。心を込めて書いた。読んでみてくれ〉

綿のような手触りの手漉きの手紙の冒頭には、「あなたの慈愛の精神によって私を赦してもらえないでしょうか」と記してあった。次に、自分の死期が迫っていること、亡命生活という苦渋、君主の寛大な精神を信じていること、祖国で余生を過ごしたいという願い、自身の過ちを認める年老いた愚か者の反省などが綴られていた。ベレゾフスキーの皇帝への嘆願書はザミャーチンのものとは少し異なり、伝統に則る純粋な形式だった。もっとも、最後にはずうずうしく「ウラジーミル・ウラジーミロヴィチ、もし私のこれまでの経験がお役に立つのなら、あなたの相談役になりたい」と申し出ていた。

〈どうだ、うまくいくと思うか〉

老いた瞳は皮肉っぽい光を放っていたが、そこには底なしの絶望が見て取れた。私は〈皇帝はあなたの手紙にきっと感動する。あなたは皇帝とともに貴賓席に座ってオリンピックの開会式を鑑賞するだろう〉と言いたかったが、ベレゾフスキーは数日も経てばこの手紙を書いたことを忘れてしまい、これまでのようにさまざまな提案を投げかけ、出しゃばってくるような気もした。彼のエネルギーが懐かしかった。彼は聖人君子ではないが、行動には躍動感があった。彼のような人種がロシアから追放されて以降、モスクワに残ったのは力のある男たちの味気ない決意だけだった。しかし、皇帝はこうした状況を後悔するどころか満足していた。ボリスは私の表情から答えを読み取ったが、それを受け入れる準備はできていなかった。

〈この手紙は君に託した。私はうまくいくと思っている〉

その晩、われわれはロシア式の抱擁を交わして別れた。抱擁はクラリッジェスの雰囲気を乱すほど長かった。私は形容しがたい敗北感に襲われ、ホテルの部屋に戻った。最終的に、年老いたライオンはタクシー運転手のベレー帽を被ることを選択した。この夜のベレゾフスキーとの会話から、私はまたしても次のことを悟った。〈自分は強い人間だと思っていても、己の人間的な弱さは、茂みのなかの蛇のように待ち伏せしている。この弱さは、自分はこれまで誰にも服従せずに生きてきたという自負があっても、最後の最後になって現われることがある〉。

二日後、ベレゾフスキーの死体が、バークシャー州アスコットにある彼の自宅の浴室で発見された。お気に入りのカシミアのスカーフで首をつったのだ」

26

「〈問題は、人間が死せる存在であるだけでなく不意に死ぬことだ〉」

状況が異なれば、皇帝がわざわざ私のためにブルガーコフの箴言を語ったことを喜んだだろう。しかし、プーチンはその日の私が文学的な引用をありがたく聞く気になれないことに気づいていた。

〈君は、ベレゾフスキーが死んだのはわれわれのせいだと思うのか〉

皇帝の表情は花崗岩《かこうがん》でできた石板のようだった。私は周囲を見回した。私は偽りの親密さと本物の悪趣味が混在するノボオガリョヴォ公邸に漂う荒廃感が嫌いだった。ここの内装を手掛けたのはクレムリンの警備主任者かと疑いたくなるようなひどい代物だった。実際にそうだったのかもしれない。いつもならブロンズ製の燭台とダマスク〔西洋緞子〕で覆われた壁を見るだけで悲しい気持ちになるのだが、その日の朝はさらにひどい気分だった。新聞はボリスの死を大々的に取り上げていた。上着の内ポケットにしまってあるボリスの手紙は、弾丸のように私の体に突き刺さっていた。

〈大統領、そうは思いません〉

〈ヴァディア、その通りだ〉

皇帝は、自分の警告の真の意味が私の大脳皮質の壁を超えて脳の中枢に達するまでの時間を与えてくれた。そして少し冷めた調子で続けた。〈いずれにせよ、ベレゾフスキーはわれわれにとって非常に都合のよい人物だった。彼は口を開くたびに、自分はプーチンが倒れたら戻ってくると熱弁することによって、われわれを支援した。なぜなら、人々は彼の顔を見るだけで一九九〇年代のあの苦しみと大混乱を思い出すからだ〉。

私は相変わらず黙っていた。プーチンは続けた。〈もちろん、彼がウクライナ、ラトビア、グルジアなどでロシアの敵を支援していたのは事実だ。だが、彼の支援が効果的だったのかは疑問だ。ヴァディア、陰謀論者は自分たちのことをとても頭がよいと思っているが、実はとんでもなく単純な連中だ。彼らは、すべてには隠された意味があり、愚かさ、不注意、偶然が原因であっても、そのようには解釈しない。陰謀論はわれわれにとってありがたい話だ。というのは、陰謀論者は彼らの狙いとは正反対の効果を生み出し、われわれを強力に支援してくれるからだ。彼らは、権力者にも人間的な弱さがあると見なすのではなく、権力者をどんな陰謀であっても企むことのできる全知全能の存在だと吹聴してくれる。これは権力者に対する最大の賛辞ではないか。権力者を実際以上に偉大だと流布してくれるのだから〉

私は〈これらの謎はわれわれの手に負えないので、自分たちが仕組んだことにしよう〔ジャン・コクトーの寸言〕〉とフランス語で呟いた。

皇帝は私が会話で寸言を引用するのを嫌っていた。また、皇帝はフランス語を理解しなかったが、その日の朝は、皇帝に気を遣う気分にはなれなかった。皇帝は私を黙って見つめていた。私を無視することにしたようだった。

〈他の場合も同様だ。ヴァディア、君もよく知っているだろ。大佐、弁護士、例の有名なジャーナリストなど、やったのはわれわれではない。われわれは何もしなかった。ただ可能性の条件を整えただけだ〉

皇帝の言う通りだったのかもしれない。これまで皇帝が直接命令をくだすことはほとんどなかった。皇帝の指示は、許されることとそうでないことの境界線を定めるだけだった。そして、独自の論理に基づくゲームを極端な結果に至るまで遂行させてきた。これが皇帝の真実だった。これこそが数日前にベレゾフスキーと語り合ったことでもあった。皮肉な偶然の一致に、笑うどころか泣きたい気分だった。年老いた悪漢はジョニー・トーリオのような晩年を過ごしたいと願った。だが、私はこの願いを叶えてやることができず、思ってもいなかったほどの罪悪感に苛まれた。かわいそうなボーリャ。自業自得だった。

皇帝は、私の目の前でベレゾフスキーの手紙を読み、読み終わると早瀬の底から拾った石ころのようにその手紙を無造作に机の上に置いた。このとき、この点に関してもボリスが言っていたことが正しかったことに気づいた。プーチンは名優だと思っていたがそうではなく、あくまでも偉大なスパイだと悟った。スパイは俳優のような演技力を必要とし、精神分裂症でないと務まらない職務だ。本当の俳優は外向的であり、コミュニケーションに喜びを覚える。一方、スパイは感情を押し殺す術を心得ていなければならない。現実には、プーチンはこれら二つの才能を利用して、俳優のような共感力の持ち主を装い、手術室の外科医のような冷徹さを持たなければならない。しかし、プーチンが名優でないとすれば、私も優れた演出家でなく、せいぜい共犯者だった。

その日、皇帝はボリスの悲運についてあれこれ語ろうとしなかった。ソチオリンピックの準備で頭が一杯だったのだ。皇帝は競技施設も交通網もない亜熱帯の街での冬季オリンピックの開催を国際オリンピック委員会に承認させるために、今日のロシアの全精力を注ぐと同時に、ちょっとした奇抜で時代錯誤な工作を弄した。たとえば、国際オリンピック委員会がソチに視察に訪れたとき、暇な学生を雇って観光客に変装させ、彼らをソチ空港に送り込み、存在しない発着便が掲載されている電光掲示板を眺めさせた。ポチョムキンがまだ生きていたら、きっと満足しただろう。

開会式が近づくにつれ、皇帝はソチオリンピックのことしか話題にしなくなった。皇帝はこのオリンピックを自身の総決算とみなしていた。開会式のセレモニーの企画は、私にとって魅力的な仕事だった。演劇から出発した私は、紆余曲折の末、現実を演出することになった。私が構築に携わった現実をステージに投影するようにという要請だった。ただ、セレモニーが催される場は、前衛劇を上演する小さな舞台でなく、世界中の人々が観客となる巨大なアリーナだった。

私はこの機会を待っていた。不退転の決意だった。私がやりたかったのは、歴史を振り返り、世界の美とロシアの関係を再構築することだった。ロシア史の壮大な悲劇や、ロシアの文学や歌の悲痛な美しさを通じてロシアを演出するようにという要請に対し、私はこれを個人的な物語に仕立て上げ、私の家族のもつれた糸を解きほぐす機会にしようとした。これはすべてのロシア人家族のもつれた糸を解きほぐすことでもあった。

われわれの世代は、父親が屈辱を味わうのを目の当たりにした。真面目で道義心に篤く身を粉にして働いてきた人々が、近年では高速道路を横断しようとするオーストラリアの先住民のように途方に暮れていた。とくに、特権者階級の子弟だ。われわれは自分たちの両親を強い人間として尊敬してきた。ところが、彼らは自分たちの信じてきたものが崩壊するのを目の当たりにすると呆然自失となり、右往左往した。われわれは、単に己の責務を遂行しただけなのに嘲弄され馬鹿にされる彼らの姿を見た。実は、彼らを嘲弄したり馬鹿にしたりしたのは、われわれだった。私は、ロシア人全員がこうした光景に打ちのめされたと思っている。自分たちでやっておきながら打ちのめされたのだ。こうして誰もが後ろめたい思いをした。ロシアは永遠に再出発を余儀なくされる運命にあるのだから、われわれが嘲弄した父親世代のためにも、そしてその彼らが嘲弄したわれわれの祖父世代のためにも、父親世代を正当に評価すべきだった。

皇帝は栄光のロシア史に名を連ねようと長年にわたり辛抱強く努力してきた。アレクサンドル・ネフスキーのロシア、総大主教たちの提唱した第三のローマとしてのロシア、ピョートル大帝のロシア、スターリンのロシア、そして今日のロシアだ。この系譜にこそ、プーチンの栄耀《えいよう》がある。だが、ついでプーチンは、この権力の歴史のなかに、権謀術数の系譜を見てとりたいという誘惑に勝てなかった。権力にはつねに栄光も偉大さもない陰謀がつきもだ。たとえば、イワン雷帝の親衛隊オプリーチニキにはじまり、歴代皇帝たちの秘密警察、スターリンのチェカ、そしてセーチンやプリゴジンに至る者どもだ。

出自を考えると、皇帝にはそうするしか方法がなかったのかもしれない。しかし、力のある男たちは世界の美にはまったく寄与せず、彼らの物語は語られるのではなく黙秘されるためにつくられてきた。彼らの手中にあってはロシア史の悲劇と栄光は、暴虐と犠牲の間断なき連鎖として蒼白い閃光を放つ。ところが開会式のセレモニーでは、ロシア人は自分たちの歴史が世界の美にどう貢献したのかを答えなければならなかった。この問いに対し、セーチンやプリゴジンといった連中では、まったく答えを見出せなかった。プーチンも途方に暮れていたのではないかと思う。

一方、私はその答えを知っていると思っていた。というよりも、どこを探せば答えが見つかるのかを知っていた。たとえば、祖父の蔵書や狩猟の話、父が晩年に読み返していた小説、モスクワが激変する街になったときに若かったクセニアと私が接触した狂人や芸術家の複雑な系譜などだ。

私は当時の友人たちに声をかけたが、快く返事をくれる者はあまりいなかった。権力に加担するのは嫌だという返答があった。また、協力してもよいが、こんな大掛かりなものをつくるのは悪趣味の極みだと非難する者がいた。たしかに、世界中の大衆を相手にする企画なので表現手段には工夫が必要だった。彼らに理解してもらうには、すべてを単純化して曖昧さをなくすために通俗的にならざるをえなかった。しかし、通俗的になることが私の目的を逸脱させたり歪曲させたりするとは限らないはずだった。

われわれは作業に取りかかった。予算は無制限だった。世界に自身の威光を誇示するのに皇帝が出費を惜しむはずがなかった。われわれはどの場面においても最高の演出を考案した。衣装係は、伝統を踏まえるとともに日本人スタイリストのスケッチも取り入れて出演者の衣装を決めた。振付師は、社会主義リアリズムを推奨した当時の当局が忌み嫌った構成主義者の抽象芸術のアイデアを用いてスターリン時代を壮大に演出した。私はクレムリンの城壁を出てすぐそばのところに創作チームの大きな作業場を確保し、できるだけ顔を出すようにした。昔、自分がテレビのプロデューサーだったころを思い出した。作業場には、一五年前に一緒に仕事をした面々もいた。われわれに加わった若いスタッフもリラックスして働いていた。分厚いフレームの眼鏡をかけ、色あせたTシャツを着て、一九七〇年代のクォーツ腕時計をはめた若者たちのなかから、私は長年の経験から、才能のある人物を選び出すことができた。選ばれた若いスタッフ全員は、食前酒くらいしかつくれない大半の無能な若者たちと異なり、本物の才能の輝きを放っていた。もっとも、外見からでは彼らはモスクワ中心部のビストロにたむろし、皇帝の反対運動に興じる甘やかされて育った若者と区別がつかなかった。クレムリンのサロンの常連たちの間では、ぼさぼさの髪に紫色のビロードのジャケット姿の彼らは異質な存在だった。しばらくすると、開会式のセレモニーの責任者であり、ロシアの伝統文化の旗振り役である文化大臣は、怪訝そうな表情をするようになった。皇帝の取り巻き連中と同様、文化大臣は常に私を悪意に満ちた目で見張っていた。というのは、私の仕事が文化大臣の仕事と重なるときがあったからだ。両者の仕事内容はまったく異なるのだが、ほとんどの場合、私の仕事が採用されていた。文化大臣は私の選んだスタッフを反乱分子とみなしていた。〈このバラノフという男は彼らを操っているというが、彼も反乱分子の一味なのではないか〉と自問していたようだ。

私が皇帝と緊密な関係にあると見えたときは、私を腐す術はなかった。だが、地獄耳の宮仕えの連中は、私と皇帝との関係がぎくしゃくしてきたことを察知し、そろそろ私にお灸を据える時期が訪れたと考えていた。文化大臣は、われわれのスタッフがロシア赤軍合唱団にダフト・パンク〔フランスの電子音楽デュオ〕の曲を歌わせようとしていることを知り、セーチンに不満をぶつけた。私は皇帝の執務室に呼び出される羽目になった。

セーチンはいつものように机の向こう側で座っているプーチンの横で直立不動だった。彼は挨拶もなく、いきなり本題に入った。

〈ヴァディアは開会式のセレモニーを茶番に変えようとしています。モスクワの芸術家仲間を集め、われわれを馬鹿にして喜んでいます〉

いつものように、イーゴリ・セーチンはユーモアのないことを信頼性の証と考えていた。皇帝はセーチンに対し、無関心な調子で答えた。

〈イーゴリ、では、どうすればよいのか。ヴァディアは軽業師であり、銀行家のなかの芸術家、芸術家のなかの銀行家だ。ヴァディアを捕まえようとしても、いつもどこか別の場所にいる。決して捕まらない〉

セーチンは、これから激痛をともなう治療を施そうとする歯科医のように私を凝視した。〈ヴァディア、気をつけろよ。そのうち綱渡りに失敗して地面に叩きつけられるぞ〉

彼の忠告はもっともだったが、私はあきらめる気になれなかった。

〈イーゴリ、われわれはあなたが串刺しにしようとする売国奴じゃない。史上最大のショーをつくろうと、皆で頑張っているだけだ〉

セーチンはしばらく唖然とした表情で私を見つめた。長年にわたってこのような口調で彼に話しかける人物は、皇帝以外にいなかったからだ。セーチンは驚きのあまり怒ることもできなかった。皇帝は部下が対立するのをいつも面白がって見ていた。私は再び皇帝に話しかけた。

〈大統領、三〇億人の人々が開会式のセレモニーを観ます。彼らのほとんどは、わが国について何も知りません。彼らが知っているのは、ロシアにはかつては赤軍がいたが今日はもういないということだけです。幻想を抱いてはいけません。たったそれだけです。二時間でわれわれのロシアを視聴者に紹介しなければなりません。われわれがつくり上げたロシア、そしてわれわれが望むロシアを紹介するのです。世界を統合し、世界を映し出し、世界に影響を与え、そして世界の影響を受ける先進的な国ロシアを、視聴者にわかりやすく紹介する。開放的で自信に満ちたロシアは、その運命の偉大さによって感動を呼び起こすと同時に、人々を微笑ませるのです。なぜなら、今日の世界ではユーモアが理解を助けるからです。私の考えるこうしたやり方でなく、二時間にわたって民族衣装姿のダンサーの踊りとイーゴリの赤軍合唱団で視聴者を楽しませるという方法も、もちろん考えられます〉

プーチンにも欠点はあったが、彼は人を評価する眼力の持ち主であり、とくに自分の目的を達成するのに役立つ人材を見抜く能力を持っていた。開会式のセレモニー以外の事案なら、私よりも信頼でき、従順で効率的に働くセーチンを選んだだろう。しかし、世界を相手にする壮大なショーの企画については、皇帝は賢明にも私のアイデアを選択した。セーチンと対立してしまったので、私が活躍できるのはおそらくこれが最後になるだろう。しかし、今一番重要なのは、この仕事を最後までやり遂げることだった。

この間、私はずっと心苦しく思っていたことに関して皇帝から最終的な譲歩を取りつけた。ミハイルの恩赦だ。クセニアが私のもとに戻ってきたのは、ミハイルが収監されたからだという考えが私を苦しめていた。私は彼と対等の立場で戦う必要があった。今ならできると思った。私は、人生と向き合うのを避け、書物でつくられた塹壕に隠れる万年学生ではもうなかった。自分自身に嘘をつくのをやめ、社会の一員となり、「初めてのガチョウ」を殺し、その後、何羽も殺して最盛期にあった。クセニアは私の成長を知っていた。だからこそ、彼女は私のもとに戻り、私の傍らにいてくれたのだ。この苦しみに終止符を打つには、ミハイルが出所しなければならなかった。

世間では、ミハイルの釈放に賛成する声が多かった。一審の判決がくだった後、ミハイルはクラスノカメンスク地方の刑務所に収監された。そこはシベリアを超えて中国の国境近くにある赤い砂埃が舞う火星のような場所だった。刑務所では、ミハイルは勇敢に行動した。勇敢というよりも単に傲慢だっただけなのかもしれない。たとえば、一緒に服役していたＨＩＶ陽性の元協力者の治療を要求して、ハンガー・ストライキを決行した。一〇日後、検察はミハイルの要求を飲んだ。また、彼は刑務所の縫製工場で作業する囚人たちの労働条件を改善するように働きかけた。

現在、彼の母親は病床に伏していた。医師団によると、余命一年だという。人道的な配慮を求める声が上がった。皇帝はこの事情を考慮した。ロシア国民は冷徹な指導者を好むが、ときには寛容な態度も高く評価する。そして皇帝にとって、これは自信の問題だった。つまり、制限のない権力を何年もかけて強化した後、皇帝には尊敬に値する政敵に寛容の精神を示す器量があるのかという問いだった。

当然ながら、私は皇帝に対し、こうした言葉を用いてミハイルの恩赦を求めることはできなかったが、多かれ少なかれこのように考えてくれるようにプーチンを誘導した。何年も付き合っていたので、プーチンの思考回路に影響を与える方法がなんとなくわかっていた。いつもうまくいくとは限らなかったが、今回も首尾よく皇帝を動かすことができた。こうしてソチオリンピックが始まる数日前、カエサルがマルクス・クラウディウス・マルケッルスに行なったのと同様に、皇帝はホドルコフスキーを恩赦すると発表した。

クセニアはミハイルの出所に駆けつけた。ミハイルを飛行機に乗せ、彼の両親がいるベルリンにまで同行し、数日間、彼に寄り添い、彼が日常生活を再び送れるかを確認した。そして離婚したいと申し出た。

クセニアは、おそらく私と出会ってから初めて私の望んだ通りの行動をとった。彼女は一瞬の退屈をしのぐためなら、街全体に火を放つような女性だった。しかしながら、彼女がそばにいてくれると、大自然のなかでさえ見出すことのできない静寂さに包まれたような気分になれた。クセニアは私を選ぶ前に、大勢の人々に対してそうしてきたように、私を裏切り、傷つけた。彼女が武器を捨てることにしたのは、疲労や臆病からでなく、あまりにも多くの闘いに勝利したからだった。

人生においては、二人が認め合うだけでは充分でなく、そのタイミングが重要だ。それは両者が自分たちを結びつける静かな交わりを祝福する準備が整ったときでなければならない。われわれは一緒にいて幸せだったし、われわれを待ち受けるまったく未知の未来においても同様だった。あとは盛大に行なわれる開会式のセレモニーを楽しむだけだった」

27

「仮面を被った男たちが不意に現われた。彼らは暗闇に響く打楽器のリズムに合わせて練り歩いた。そしてアリーナの中央に松明《たいまつ》で鉤《かぎ》十字を描いたかと思うと、警察に向って石や火炎瓶を投げつけ始めた。警察は懸命に応戦するが、明らかに苦戦していた。ウクライナの国旗を掲げた装甲部隊が到着すると、仮面を被った男たちは一人残らず排除された。そのとき、聞き覚えのある声が拡声器から轟き始めた。〈ヨーロッパの永遠の従僕たち、そしてアメリカの精神的奴隷たちに告ぐ。お前たちは祖先の歴史に泥を塗り、祖先の墓を売った。アドルフ・ヒトラーの計画を遂行するためにウクライナに火を放ち、ウクライナを血の海へと突き落とした〉。

この演説と同時に、アメリカ国旗の色に塗られた二つの巨大な機械の手が、火だるまになったウクライナ国土の形をした模型を持ち上げた。〈お前たちにとって、異国の地アメリカは祖国よりも大切なのだ。だからこそ、お前たちは自分たちの主人アメリカにしか従わず、アメリカにひれ伏す。

しかし、ロシアはお前たちの思うようにはさせない〉。

そしてロシアの愛国者軍団がアリーナに乱入し、ナチスやウクライナ軍と戦い始めた。閃光、爆発、地面に倒れ落ちる死体。戦いの行方は不明だった。立ち込める煙と暗闇のため、誰が優勢なのかわからない。そのとき、ロシア国歌が流れるなか、爆音を発する大型バイクにまたがった「夜の狼たち」が現われた。彼らはロシア国旗を振り回していた。煙が消えると、ナチスたちは血の池に横たわり、皇帝の録音メッセージが拡声器から流れた。〈ナショナリスト、ネオナチ、ロシア嫌い、反ユダヤ主義者たちは、権力のためなら恐怖、殺人、暴動など手段を選ばない。われわれがウクライナ市民の救済を求める悲痛な叫び声を無視することはありえない。無視するなら、それは裏切りだ。なぜなら、ロシアとウクライナは隣国同士であるだけでなく、これまで何度も述べてきたように、われわれは一つの民族だからだ。キエフはロシア国家の母だ。キエフ大公国はわれわれの共通の源だ。われわれには互いの存在が必要なのだ。ロシアとウクライナは数多くのことをともに行なってきた。そして今後もともにやるべきことや、ともに挑戦すべきことがたくさんある。私は、ロシアとウクライナはどんな難局も乗り切ることができると確信している。なぜなら、ロシアとウクライナは一つだからだ。ロシア万歳〉。

このショーの最後には、炎が吹き上がり、煙が立ち込め、レーザー光線が闇を貫いた。耳をつんざくようなバイクのエンジン音は、アリーナの隅に設置された巨大なスピーカーから流れるヘビーメタルの音楽をかき消した。分離主義者たちが手にする旗と、「夜の狼たちのいるところにロシアあり」と記された巨大な横断幕が東の山々から吹く風になびいていた。熱狂した出演者の一人が空に向かってカラシニコフをぶっ放すと、観客たちは耳が突然聞こえなくなったかのような表情を浮かべ、この光景に呆然とした。

実を言えば、私も少し驚いた。この数か月前に行なわれたオリンピックの開会式のセレモニーは大成功だった。ロシア史の大まかな流れをアニメーションで表現し、観客は赤の広場にある聖ワシリイ大聖堂を模した風船に魅了された。『戦争と平和』の登場人物であるナターシャとアンドレイ公爵が宮廷で踊り、青い地球に乗って宙に浮く金髪の少女は、ついに共産主義を象徴する赤い風船を手放した。聖火の点火ではストラヴィンスキーの『火の鳥』が演奏され、赤軍合唱団はダフト・パンクの『ゲット・ラッキー』を熱唱した。その晩、私は達成感を味わいながらホテルに戻った。ほんの数時間だったが、魅惑的な世界を構築したのだ。

そして今、私はちょっと違ったショーを目の当たりにしていた。それはこの世の終わりを描く映画のセットのようだった。車の残骸が転がる月面のような景色を、ガス灯が断続的に照らし出していた。そこをメタリックな光沢を放つ怪物たちがゆっくりと動いていた。ステージの奥にはドンバス地方の最大都市ルハーンシクにある「夜の狼たち」の金網で覆われた本部が見えた。

〈ヴァディア、ショーを楽しんでくれたか〉

さきほどまでショーのハイライトで轟いていた野太い声の持ち主が私に話しかけてきた。ザルドスタノフは少し前にロシア東部のドンバス地方に移り住んでいた。ここはロシア愛国主義者による戦争の最前線だった。というのは、皇帝はロシア正規軍を主権国家であるウクライナに送り込むことができなかったからだ。よって、ロシアは外国人の傭兵や民兵を集めた。表向きは、これらの勇敢な人々は全員がボランティアであり、アフガニスタンやチェチェンでの戦争の退役軍人であり、彼らはマイダン革命〔二〇一四年にウクライナで起きた革命〕を起こしたナチスから親ロシア派のウクライナ人を保護するために休暇を取って参戦したことになっていた。もし、彼らがビーバーの皮でできたベレー帽と、体にきっちり合う黒いコートを着ていたのなら、一九世紀のコサックと見間違えただろう。

アレクサンドル・ザルドスタノフは、彼らのカリスマ的なリーダーとしての役割を担っていた。体は引き締まり、日焼けして、やる気満々の様子だった。私はそれほど驚かなかった。というのは、ロシアでは混乱期になると、冒険家、蛮族のリーダー、徒手空拳で現われて歴史の混乱に便乗する者など、必ずアレクサンドルのような人物が登場してきたからだ。アレクサンドルは、事件が起きるだけの、無秩序な世界を望んでいた。彼の信奉者たちは、彼を戦争の現人神《あらひとがみ》のように崇めていた。平時には手にすることができない武器を自由に使えるため、彼ら全員が陶酔感に浸っていた。彼らの出で立ちは、サングラス、ナンバープレートの外されたオフロード車、髭、入れ墨、大音量の音楽、半自動小銃などで構成されていた。

ザルドスタノフは、ウクライナ東部での間近に迫るロシアの勝利を祝うために演出したショーの舞台裏で、再び私に話しかけてきた。雷神の解釈が素晴らしかったと告げると、アレクサンドルは控えめに頷いた。彼が軽く合図すると、プラスチックの氷入れに入ったウォッカのボトルがニシンの燻製と厚切りの黒パンとともに出てきた。

〈親愛なるアレクサンドル。私は君に会ったときから、大いに期待していた。私の期待通り、君はローマの執政官になった……〉

〈ヴァディア、俺たちの間では「死刑に処される運命にある奴は溺れない」という言い回しがある〉

暴走族の親分は、ウォッカを一口飲んでから続けた。

〈ところで、君は父親になるんだってな。出産はもうすぐなのか〉

〈すべて順調なら数週間先だ。女の子だ〉

ザルドスタノフはモスクワで情報通の連中から教えてもらったのだろう。ロシア人は酒を飲む理由を見つけることに長けている。

〈ところで、ショーで振っていた旗を見たか。われわれはもうロシア連邦の旗を使わない。何か別のものを使おうと考えているところだ〉

たしかにショーの最中、暴走族たちは双頭の鷲をあしらった旧ロシア帝国の旗を使っていた。これはザルドスタノフのこだわりなのだろう。

〈ヴァディア、ロシアはもはや共和国でなく新たな帝国だ。新たな領土を征服するロシアの頂点には、すでに皇帝ウラジーミル・プーチンがいる〉

再度の乾杯後、〈ヴァディア、来てくれてありがとう。俺は君と話がしたかったんだ。今こそ次の一手を考えるときだと思うからだ〉

私は笑いをこらえた。ザルドスタノフが次の一手を考えるという。双頭の鷲が彼の脳みそをつついたのだろうか。

〈現状では、二つの可能性が考えられる。一つめは理想的な可能性だ。クリミアでやったように住民投票を行ない、ドンバスは大衆の支持を得て再び母なるロシアに編入される。皇帝は帝国の

再建、すなわち、さらなる征服に向けて新たな一歩を踏み出す……〉

〈では、もう一つの可能性を教えてくれ〉

〈二つめは理想的とまでは言えない可能性だ。しかし、他に方法がなければ、われわれはドンバス共和国の独立を宣言し、モスクワにいる君たちがこれを承認する。ベラルーシやトルクメニスタンなども承認するのではないか。われわれは自分たちの政府および議会をつくる。ようするに、息のかかった人間を上流から下流までのすべての行政機関に配置する〉

〈アレクサンドル、三つめの可能性を選ぶことになりそうだな〉

ザルドスタノフは理解できないといった表情を浮かべて私を凝視した。

〈失礼を承知で言わせてもらうが、君は少し舞い上がっているのではないか〉

〈なんだって。俺はここ戦場で奮闘している。勝利を確実にするためにわれわれがなすべきことを君に伝えたまでだ〉

〈アレクサンドル、まさに勝利が問題なんだ。この点について誤解があると思う〉

ザルドスタノフはわずかに敵意を露わにしながら私を観察した。

〈現地の民兵のリーダーたちは、戦闘に勝利すればすべてが片づくと考えている。しかし、君はそこまで愚かではないだろう。アレクサンドル、戦争は過程であり、その目的は軍事的な成功をはるかに超えたところにある。逆に、われわれは完全な成功を収めてはいけない。不完全に制圧するのだ。新たに二つの地域を征服したところで、ロシアに大きな利益がもたらされることはない。クリミアを併合したのは、あれはロシアのものだったからだが、ここでの目的は異なる。目的は征服でなくカオスだ。つまり、オレンジ革命が原因でウクライナは無政府状態になったと理解させることだ。西側諸国に身を委ねるという過ちを犯した国の末路を認知させる必要がある。すなわち、すぐに見捨てられ、荒廃した国を自分たちだけで再建しなければならないという現実だ〉

過ちを犯した国は蛮族どもの餌食になると付け加えてもよかったが、私はこの親切な主人の感情を害さないようにまだ配慮していた。

〈アレクサンドル、この戦争が行なわれているのは、現実でなく人々の頭のなかにおいてだ。君たちの戦場での活躍は、君たちが制圧した都市の数でなく征服した脳の数で評価される。征服すべき脳があるのはここではなく、モスクワ、キエフ、ベルリンだ。君たちのおかげで、ロシアの同胞は人生や善悪の闘いに関する勇壮な意義を見出すことができた。そして彼らはウクライナのナチスや西側諸国の衰退からロシアの価値観を守る人物として皇帝を崇拝するようになった。というのも、祖国に安定と偉大さをもたらしたのはプーチンだということを、一九九〇年代のカオスを知らないロシアの若者世代に知らしめる必要があったからだ。次に、君たちのおかげで、ウクライナ国民は自分たちが過ちを犯したことに気づいた。彼らはオレンジ革命によってヨーロッパの仲間入りを果たそうとしたが、実際には無政府状態と終わりなき暴力という中世の時代に引き戻されてしまった。そして君たちのおかげで、西側諸国は再びロシアを尊敬し、恐れるようになった。「歴史の終わり」を信じていた西側諸国は、自分たちの見込み違いを痛感している。一方、われわれは、人間であること、戦うこと、死ぬ覚悟があることの意味を忘れていなかった。われわれは自分たちの手を汚すことを恐れていない。生きるのと死なないようにするのとでは同じではない。西側諸国の連中は生きることを忘れたが、ロシア人はそうではない。アレクサンドル、われわれがここにいるのは、そのことを奴らに気づかせるためだ。

　これらすべては、ドンバスで戦っている君たち英雄のおかげだ。ただし、君たちはここで起こっていることをはるかに超えた、もっと大きなドラマの俳優であることを理解しなければいけない〉

〈それはいつまでだ〉

　ザルドスタノフは自説を正当化するためにしばしばレトリックを用いていたが、というよりも、それだからこそ彼にはレトリックが通用しなかった。

〈われわれの役に立たなくなるまで〉

　ザルドスタノフはしばらく沈黙した。〈ドラマだと。ドラマというよりも茶番劇だろ。ヴァディア、君は俺が何も知らないとでも思ってるのか。ここにいる俺たちの仲間は君のキエフ出張を話題にしている。われわれは、君が何をしようとしているのかを知っている。君はわれわれを恫喝の手段として利用している。君はドンバスを通じてウクライナ政府を恫喝したいがためにドンバスがウクライナの一部でありつづけることを望んでいる〉

　私は自分を抑えようとしたが、愚か者が自分に関係のないことに口を出してきたかと思うと我慢できなくなった。

〈ヴァディア、君の思うようにはいかないぜ。君たちでは制御できない。ここにいる俺の仲間は、キエフで君がちゃちな政治ゲームに興じるために武器を取ったのではない。われわれは祖国のために戦っている。われわれの望みはノヴォロシア〔新しいロシア〕だ。君がキエフのナチスと交渉するために

俺たちを材料として利用していることが発覚したら……〉

〈発覚したら、どうなるんだ、アレクサンドル。教えてくれ、とても興味がある〉

私は怒りを抑えることができなかった。ザルドスタノフは黙っていた。

〈これだけは言っておく。発覚したところで何も起こらない。君は自分が演出を手伝った劇をまさか本気に受け止めているのか。君に質問がある。この茶番劇の資金はどこから出ているのか教えてくれ。われわれはこのドラマを茶番劇と呼ぶことに決めたのだから、そう呼ばせてもらうよ、アレクサンドル〉

〈モスクワだ〉

〈では武器はどこから調達したのか〉

〈モスクワだ〉

〈君たちに必要だろうと思って、売春婦もモスクワから送り込んだ。アレクサンドル、二つに一つだ。他でもない私がもたらした幸運を享受し続けるか、それともそれは自分に似つかわしくないと判断し、人民解放のために戦ったノヴォロシアの殉教者アレクサンドル・ザルドスタノフになるかだ。よく考えてから決めてくれ。なぜなら、私にとってプラグを抜くのは一瞬の作業だが、私がプラグを抜けば、君はかなり大変な事態に陥るだろうからだ〉

われわれのいたあばら家は、バカラ部屋のような静けさになった。壁に貼ってあるスターリンの肖像画とオバマの風刺画がわれわれを関心なさそうに眺めていた。ザルドスタノフは子供っぽい不機嫌な表情を浮かべて逡巡し始めた。手持無沙汰だったのか、飾りとして置いてあった弾薬入れをときどき触っていた。私の発言を熟考していたのか、私を撃とうとしていたのか、あるいは単に酔っぱらっていただけだったのか。

彼はゆっくりと立ち上がった。

〈ヴァディア、ついて来いよ〉

暴走族はあばら家を出ると、無言で歩き出し、「夜の狼たち」が拠点としていた空き地に隣接する廃墟へと私を連れて行った。われわれは戦闘車の隊列の横を通り過ぎた。これらはオレンジ色のごみ収集車を改造したものだった。荷台のごみ入れが取り外され、そこに迫撃砲が据え付けてあった。廃墟を間近で見ても、もともとそこに何があったのかは判然としなかった。瓦礫には、壊れた冷蔵庫、ドアの取っ手、色とりどりの布などの生活用品が散在していた。ザルドスタノフは小さな丘のようになっている場所に登ると、大きなドクターマーチンのブーツで瓦礫の地面を掘り返した。何かを探している様子だった。

〈いつも一つくらいはあるんだ〉と言うと、しゃがんで瓦礫のなかからピンク色のプラスチックを拾い上げた。〈ほら、これだ。ヴァディア。これを君の娘に持って行けよ〉。

一瞬、彼が何を差し出したのかわからなかったが、手に取ってみると、それは人形だった。人形に片腕がなかったのは、爆発のためだろうか。それとも吹き飛ばされる前からなかったのだろうか。この汚れた壊れた人形は、小さな女の子が名前をつけて日がな一日遊んでいたものに違いない。

モスクワに戻る軍用機のなかでは一言もしゃべる気になれず、クレムリンに戻っても押し黙っていた。私は聞かれたことに答えるだけだった。論証する気になれなかった。私の論証はいつも的確だったが、自身の論証がこのような事態を招いたのだ。洗練された解決策をとる人間である私は、弾薬盒《ごう》を身に着けたコサックに対し、戦争の続行、すなわち病院と学校への爆撃は、気が進まなくても、理由が見出せなくても、続行せよと説明した。なぜなら、戦争の続行は私の鋭敏な精神が構想する巧みな計画だったからだ。

黙っているほうがよかった。さらには考えないほうがよかった。憶測を捨て去ると、ありのままの真実が見えてきた。皇帝の帝国は戦争から誕生した。よって、この帝国が最終的に戦争に至るのは道理だった。戦争はわれわれの権力の揺るぎない基盤であり、諸悪の根源だった。われわれは戦争と決別しようとしたことがあっただろうか。こうした事態は当然の帰結だった。私は最初からこうなるとわかっていて、プーチンに同行してこの道を歩んだ。それは自己の信念からでも利益を得たいという欲望からでもなく、単に興味があったからだった。自分を試してみたかったのだ。結局のところ、他にやることがなかったのだ。私は自身のこうした動機を、渇望、不満、復讐、狂信、同胞を支配したいという欲望など、ほとんどの人々を突き動かすこれらの動機よりもましだと自分に言い聞かせてきた。私は世界を変えることはできないだろうが、他の人々よりも世界に貢献できると思っていた。ところが、現実はまったくそうならなかった。

ウクライナ戦争も同様だった。それは私が望んだことではなく、それどころか私は強く反対した。しかしその後、皇帝がウクライナとの戦争を決断すると、私はこの戦争に勝つために、惰性と思い上がりから全力で支援した。この道に入ったときから、私には戦争を勝利に導く才能があった。モスクワでの高層アパート連続爆破事件、チェチェン戦争、ホドルコフスキーの逮捕、ベレゾフスキーの失墜など、これらは私が望んだ出来事ではなかった。しかし、私はこれらすべてのことに全力で対処してきた。負けるのは耐えがたかった。運よくほとんどすべての試練に勝つことができた。そして今、私はついにこれらの勝利を祝するトロフィーを手にした。それは泥と瓦礫で汚れ、名前を知る由もないあの人形だった」

28

「私のオフィスの扉の明り取り窓に四角張ったセーチンの顔が現われた。

〈ヴァディム・アレキセヴィッチ、少し時間をくれないか。話したいことがある〉

イーゴリが私にわざわざ会いにきたのは、悪い知らせがあるからに違いなかった。すぐに本題には入らず、私のドンバス地方への出張について尋ねてきた。もっとも、セーチンは少なくとも三つの異なる情報機関からこの出張に関する詳細な報告を受けているはずだった。そして眠そうな目で私を見つめた。〈ところでヴァディム・アレキセヴィッチ、アメリカ人のことは聞いているだろう〉。

〈アメリカ人が何ですって〉

〈奴らは自分たちの領土に足を踏み入れることを許さない人物のリストを作成した。君の名前もこのリストに載っている〉

セーチンは私の表情に落胆の色が現われるのではないかと注意深く観察していた。

〈君はしばらくの間、ニューヨークのことは忘れるようにしなければならない〉

〈ウクライナに関する制裁のことですね。彼らは制裁の時期を前倒しにしたのですか〉

〈次の月曜日からだ〉

チェキストは満足した様子だった。セーチンの朝は、このリストに私の名前が載っていることを確認して始まったというわけだ。

それはちょっと困ったことになった。ニューヨークだけでなく、カリフォルニア州、メイン州、コロラド州のボールダーにも行くことができなくなる。セーチンは、アメリカへの入国禁止が私を落胆させると確信していた。

〈そして別の話も耳にした〉

イーゴリはいつもの弛緩した表情を浮かべた。これは彼が物ごとに集中するときの表情だった。

彼は本格的に私を痛めつけようとしていた。

〈君の名前はヨーロッパ諸国への入国禁止リストにも載っている〉

このろくでなし野郎。だから彼はわざわざ直接知らせに来たのだ。ようするに、彼は私がヨーロッパに行けなくなったと知った瞬間の私の表情を見たかったのだ。結局のところ、この男は私を痛めつけることにしか関心がなかった。

巨大な岩の塊が降ってきた。私の胸を突き刺したこの岩の破片は、心の闇のなかへと落ちていき、奥底にまで辿り着くことがなかった。ヨーロッパを奪われたのだ。この苦しみがわかるだろうか。

私はセーチンにほんのわずかであってもサディスティックな喜びを与えないために最後の力を振り絞った。〈わかりました。仕方ありませんね。ちょうど新たな場所を開拓したいと思っていたところでした。ところでイーゴリ、あなたのイタリアのウンブリア地方の城はどうなるのですか〉。

この城は彼のお気に入りだった。

セーチンは突如、無表情のマスクを被った。これは彼が激しい感情に襲われたときの兆候だった。〈あんなもの古い石ころの塊だ。コーカサスにあれと同じ城をつくらせているところだ〉

チェキストは私のオフィスから退散した。彼は使命を達成した。私にはあまり選択肢がなかった。私は受話器を取り、西側諸国の制裁発表時に出す声明を報道官に告げた。〈これは私の政治キャリアにとって、「アカデミー賞」だと思っている。つまり、わが国に対する私の貢献が認められたということだ〉。

そして自宅に電話をかけた。クセニアは携帯電話を持っていなかったが、その日の朝は幸いにも外出していなかった。クセニアと空港で待ち合わせることにした。

数時間後、われわれはヨーロッパ最後の週末を過ごすために私の大好きな街に降り立った。空港からホテルに向かう途中、ストックホルムの大通り沿いに立ち並ぶ赤レンガ造りの荘厳な建物群が目に入った。ここの雪はモスクワのように黒い泥になることがなく、どういうわけか純白だ。社会問題を解決するのが得意のスウェーデン人は、雪が黒くならないようにする方法も見つけたのだろうか。人々はヨーロッパの他の都市と同様、急ぐのでも恐れるのでもなく歩道を闊歩していた。

夕方四時ごろになると、冬の午後の疲れた太陽はついに屈服し、氷の海を見下ろす建物のちょっと傲慢な威厳さは、次々と灯がともる部屋の窓のきらめく魔力によって急に和らいだ。建物の部屋の下方から照らす光が違いをつくり出しているのではないだろうか。ロシアでは、下方から照らす光はほとんど存在しない。モスクワやサンクトペテルブルクの景観地区の建物の部屋であっても、上方から容赦なく光を降り注ぐ天井灯ばかりだ。天井灯は実用的だ。灯りのスイッチを入れるだけで、部屋全体が均一で容赦ない明るさで照らし出される。この照明はテレビと相性がよく、画面に光が入り込まず、テレビの青みがかった光と見事に融合する。

一方、下方から照らす小さなライトはあまり便利ではない。これらのライトは一つ一つスイッチを入れなければならず、一つの天井灯と同じ明るさを得るには、少なくとも三つ、四つのライトが必要だ。しかしながら、家具や壁に映し出す影の戯れは、会話、読書、暖炉、室内楽にふさわしい雰囲気をつくり出す。これらは自宅においてさえ携帯電話の画面によって追いやられてしまうものばかりだ。少なくとも下方からの照明は、幻想を永続させてくれる。外部から見ると、部屋は和らげられた光に包まれた心地よい空間に見える。そしてこれらの部屋で暮らす人々は、おとぎ話を語り合うような暮らしを送っているのではないかと思えてくる。これはロシア人ではかなわない贅沢だ。

このような家で暮らすことを想像するのは私の倒錯した願いだった。二日後に制裁措置が発動されると、この幻想は不可能になる。母国への流刑は、私のような人間には最も厳しい罰だった。

このとき、私はベレゾフスキーのロンドンでの晩年を思い出した。彼はロシアを忘れることができなかった。彼はロシアでの暮らししか楽しめなかった。すなわち、天井灯の露骨な光に照らして現実をフィルターなしで直視する生活だ。一方、私ならロンドンなどヨーロッパの都市で暮らせたはずだ。たとえば、小さな錬鉄門があり、玄関前に二段の階段があるような郊外の住宅で暮らすのだ。家にはたくさんの本を置き、近所に居心地のよいカフェと、夜はウイスキーが飲めるバーを見つける。ほとんど毎日、お決まりのコースを散歩し、ときどき自身の子供を貪り食う健忘症の母親のようなロシアを思い出す。ロシアは私の祖父と父を貪り食った。ロシアから逃れることができれば、私は食われずに済んだはずだ。いや、私の場合はすでに手遅れだったかもしれないが、私の娘は救われただろう。ロシアが娘を貪り食うことは防げたはずだ。

しかし、物事は私の思うようには運ばず、現実を直視しなければならなかった。残酷な世界を隠す下方からの灯りに象徴されるヨーロッパのやさしさを断念するときが訪れたのだ。皇帝と初めて目が合ったときから、こうした瞬間が訪れるだろうことは覚悟していた。皇帝の眼差しにはヨーロッパ的なやさしさがまったくなく、あったのは邪魔を許さない確固たる決意だけだった。

翌朝、われわれはストックホルム中心部の島に建つ別荘風のホテルのスイートルームで目を覚ました。朝食は、薄暗い海に面した白塗りのウッドデッキでとった。遠くには、作業中の港のクレーンが喧騒に満ちた世界の存在を伝えていた。だが、聞こえてくるかすかな作業音は、私の悲しみとクセニアの退屈にかき消された。

私は素潜りをするときのように自分の人生について黙想していた。頭上には輝く水面が見えるのだが、息ができなかった。息ができなくなってから二〇年が経過していた。それらの歳月は消え去ったのではなく、私は無数の人生を生きてきたような感覚だった。しかし、私は一瞬たりとも呼吸ができず、無呼吸状態だった。今、遠くにうっすらと目的地が見えてきた。すべての選択は終わり、あとは形式を整えるだけという、岐路を選ぶ必要のない最終地点だ。

私は自身の悲運を憐れむためにその日を過ごそうと考えていた。しかし、私の傍らにはクセニアという獰猛な知性の持ち主がいることを考慮に入れていなかった。私のもとにいるとはいえ、彼女が脅威であることに変わりはなかった。というのは、彼女は私が自分自身に嘘をつくことを許さなかったからだ。

われわれはユールゴーデン島の岸辺を散歩した。一時間前にホテルを出て、しばらくおしゃべりをしながら並んで散歩したが、不意に沈黙が訪れ、沈黙はわれわれの一挙一動を包み込んだ。感じられるのは、われわれの息遣いと、雪に覆われた深い森の香りを運ぶ風だけになった。

物思いに沈んだ私は独りで歩き、少し後ろからクセニアがついてきた。前方の白樺の森のなかにオレンジ色の家が現われた。小さな寄棟屋根に巨大な灰色の煙突がついたこの家には魔法使いが住んでいるのだろうか。こんなすばらしい家に住もうとしないのは人生を棒に振るのも同然ではないか。

突然、背後で水しぶきがあがる音がした。白鳥が波間で戯れているのだろうと思い、振り返ると、そこには氷の海に浸かったクセニアが挑戦的な笑みを浮かべていた。彼女が急いで雪の上に脱ぎ捨てた衣服は、色とりどりの斑点のようになっていた。

われわれはしばらく見つめ合った。私は岸辺にいて衣服を着ていたが、彼女は海のなかで全裸だった。彼女の瞳は答えのない問いと同じように深淵だったが、口元には笑みが浮かんでいた。私も衣服を脱ぎ始めた。裏に毛皮のついたグレーの帽子、どこに行くときにも履いていたイギリス製の黒い靴、スーツに黒いタートルネック。クセニアは海に浮かびながら私を見つめていたが、私が海に飛び込もうとした瞬間、沖に向って泳ぎ出した。私はまたしても恐怖に襲われた。彼女はどこに行こうとしているのか。彼女の名を叫ぼうとした。妊娠していることを忘れてしまったのだろうか。

彼女には私の指示に従う気がないのは明らかだった。そうとわかれば、あとは彼女についていくしかなかった。海に飛び込んで大きなしぶきを上げると、クセニアのつくった海面の波紋はかき消された。私は氷水に浸かる禊《みそ》ぎなどやったことがなかったので、叫び声をあげたかもしれない。凍死しないように、そしてクセニアに追いつくために、とっさに泳ぎ始めた。彼女は岸辺から五〇メートルくらい離れたところで泳ぐのをやめ、私が来るのを待っていた。彼女は、捕まりそうになったところでまた逃げ出すのではないかと思ったが、私が追いつくのを待っていた。そして薄暗い海のなかで彼女の輝く肉体を抱きしめたとき、私は初めて彼女の瞳に芽生えた神秘的な威厳を読み取った。彼女の唯一の目標は制約のない獰猛な自由であり、彼女はこの自由を手に入れるために奴隷になることも厭わなかった。しかし現在、天体の定めた軌道から彼女を逸脱させるものは何もなく、彼女は以前にもまして残酷になったが、彼女のなかには新たなやさしさが宿っていた。

このやさしさは私にだけ向けられたものだと感じた。この瞬間、それ以外の感覚は熟した果実が木から自然と落ちるように消え去り、私の前で鼓動する未知の生命に対する畏敬の念だけが心の奥底に残った。そして周囲から氷が押し寄せ、潮の流れにさらわれそうになっても、実に久しぶりに呼吸できるようになった気がした」

29

「親交があると判断を誤る。クレムリンでは、スターリンは他の特権者階級と長年にわたって肩を寄せ合うようにして暮らしてきた。彼らは皇帝の役人たちが住んでいた大きなアパートで暮らしていた。スターリンは彼らを誘い、チェスに興じたり、夕食をともにしたりした。夕食の際、スターリンは上座でなくテーブルの隅に座り、食卓で何か必要なものがあると、席を立って台所まで取りに行っていた。彼らは小さな映画館も持っていた。子供たちは一緒に自転車に乗ったり、ボール遊びをしたりしながら兄弟のように育った。それでもスターリンは彼らを一人一人抹殺した。むしろ、親交があったため、この仕事はやりやすかった。というのは、あのコバ〔スターリンの俗称〕が自分たちを逮捕、拷問、殺害するなど、彼らは想像さえしていなかったからだ。彼らが見誤ったのはスターリンとの親交だ。すなわち、スターリンにはリーダーとしてなすべきことがあっても、自分たちは二〇年間にわたる彼との親交があるから大丈夫と考えたのだ。幻想だった。本能に従って行動するリーダーは、生き残りをかけた捕食者としての嗅覚を持つ。結局のところ、自身の生き残りを確約する手段は、自分の周りにいる者全員を抹殺することだった。

最初に抜けたのは私だった。私は親交に惑わされなかった。君主の寄せる信頼は、特権でなく刑罰だ。なぜなら、君主の秘密を知った者は君主の奴隷になり、君主は奴隷という存在に我慢ならないからだ。また、自身のありのままの姿を映し出す鏡を壊したいという思いもあるだろう。そして君主は小さな功績には報いることができるが、それが大きくなり過ぎて報いる方法がわからなくなると、その功績をもたらす原因自体を消し去りたいという誘惑に駆られる。

皇帝は情にほだされず、せいぜい人づきあいの習慣があるだけだった。ある時期から、皇帝は私と会う習慣を失った。ノボオガリョヴォ公邸では、皇帝は自分のダーチャの三キロメートル四方の森を伐採させた。皇帝の朝は遅く、モスクワ総主教キリル一世が自身の農場から送ってくる新鮮な卵を添えた朝食をとる。朝食後はジムでニュースを観ながら筋力トレーニングに勤しむ。急用がある場合、ジムで極秘メモに目を通し、指示を出す。ジムで汗を流した後はプールで一キロメートルほど泳ぐ。プールサイドでは、その日の最初の訪問者である大臣、顧問、大企業の経営者が、皇帝がプールからあがるのを辛抱強く待っている。昨夜、あるいはその日の朝に呼び出された彼らは、皇帝にバスタオルを手渡してから皇帝の指示を仰ぐ。

大統領一行がクレムリンに向かうのは午後の早い時間になってからだ。大統領一行が通過する三〇分前には交通規制が実施される。交差点ごとに待機する警備の車が大統領一行のスムーズな通交を確約する。ノボオガリョヴォ公邸からクレムリンまでの間、プーチンは完全に交通規制されたモスクワ市をほぼ横断して執務室に到着する。こうしてその日の実際の仕事が始まる。仕事が終わるのは明け方になることもある。皇帝の生活パターンは通常の人とかけ離れているため、皇帝と一緒に働かなければならない者にとっては相当なストレスだ。夜に眠らない男のおかげで、モスクワでは夜の三時か四時まで働く人材が育成された。皇帝の夜更かしの習慣を知っている大臣、官僚、軍の幹部たちは、眠らずに皇帝の電話を待つ。そして彼らの周りには補佐役や秘書がへばりついている。こうして省庁は不夜城になり、スターリン時代と同様、モスクワで権力を扱う人々は、またしても不眠に悩まされる。

宮廷で働く者の実質的な義務はその場にいることだけだ。君主の視線が自分に向けられる可能性が少しでもあるときは、必ずその場にいることが掟だ。私はノボオガリョヴォ公邸に自ら進んで行ったことがなかった。あの場の妙にスポーティな雰囲気が嫌いだったからだ。行く機会があるたびに、誰か代役を見つけていた。私の代わりに行きたがる連中はたくさんいた。ストックホルムから戻ってきてからは、ノボオガリョヴォ公邸にはほとんど足を運ばなくなった。さらに、夜になって眠くなると携帯電話の電源を切って寝てしまうようになった。一度か二度、皇帝の指示を受けた衛兵長が、私をベッドから引きずり出したことがあった。しかし、こうした状態が長続きしないことは明らかだった。皇帝の側近であることをありがたく思っていないという私の態度は、皇帝にとって耐え難かっただろう。

クレムリンでの会議では、私はいつも少数派だった。ある日のことだ。皇帝はまったく無関心な眼差しで私を見つめた。私などすでに存在しないかのような表情だった。

〈ヴァディア、君は自分が一番賢いと思っているのだろ。ところで、若さをあまりにも長く維持しようとすると、かえって老け込んでしまうぞ〉

皇帝の言う通りだった。四〇歳というのは、すべてが明らかになり、もう隠れることのできない容赦のない年齢だ。権力の頂点に近づいても、私は社会の周辺で生きる人間であり続けた。結局のところ、またしても原因は祖父の蔵書にあったと思う。祖父の蔵書に触れると、われわれは歴史の単なる一コマに過ぎないと思えてくる。つまり、われわれの時代がどんなに刺激的であっても、それはそれまでにあった演劇の焼き直しに過ぎず、そのちょっとしたヴァリエーションが何世紀にもわたって展開されてきたことがわかる。〈世間には、築いた富を誇示して「俺だ」と叫ぶ人物がときどき現われる。この男の栄華は夢が破れるまで続く。すでに彼の死は迫り、今度は死が「俺だ」と叫ぶ〉。

三世紀前、フランスのラ・ブリュイエールは足を踏み入れたこともないのに今日のクレムリンを、ロシアや西側諸国の優秀なジャーナリストよりも克明に描写した。ラ・ブリュイエールの著作を読んだことがなければ、私は自分の仕事を全うできず、いまだにクレムリンの表層に留まり、あえて言わせてもらえば、皇帝の大義への私の貢献は、効果が薄く決定的な影響をもたらすことがなかったはずだ。しかし、この著作は私に対する非難でもあった。この著作を読み、私は自分のそれまでの人生が、怠慢、不当な蛮行、制御不能な欲望という天使との終わりなき闘いだったことを悟った。二〇年間の闘いだった。二〇年といっても、それは二〇日、二〇分だろうと同じことだった。

私は皇帝の一味になることもできただろう。しかし、私は常によそ者だった。幼かったころ、祖父は明白な理由もなく群れから離れる狼の話をしてくれた。そうした狼は独りで旅立つ。新たな群れをつくる狼もいるが、独りであり続ける狼もいる。これらの狼は、森のなかに留まるときも草原を渡るときも独りだ。独りであることに苦しんでいる様子はない。群れの狼たちとは隔離された生活を送り、時間が経つにつれ、群れの狼とはまったく異なる独自の習性を身に着ける。ベテランの狩猟者なら、これらの一匹狼が群れの狼よりも、強く、賢く、狂暴であることを知っているという。

祖父は自分のことを「一匹狼」と見なしていたのだろう。これは隔世で現われる潜性遺伝子による形質かもしれない。「一匹狼」は孤立すること以外なら何でも許容する群れでは好まれない。私が去ると〈うぬぼれた野郎だ〉〈公金をちょろまかした〉、さらには〈皇帝の座を狙っている〉など、さまざまな誹謗中傷が語られた。世の中には、誹謗中傷でしか想像力を発揮できない人々がいる。

私は常に権力のために陰謀を企ててきた。権力に反する行動をとったことはなかった。これが私の本質であり、多くの人々が理解していないことの一つだ。権力者の周りには、その座を狙う者が常にいる。しかし、本当の助言者は、権力者とはまったく別の人種だ。彼らは怠け者なのだ。君主の耳元で囁くだけであり、自分自身で苦労して物事に取り組んだりはしない。助言者としての仕事が終われば、そそくさと図書館へと戻る。一方、猛獣たちは水面下でいがみ合っている。助言者の心のなかには氷の破片がある。周囲の者たちが熱くなればなるほど、助言者は冷める。こうした助言者の態度はしばしば自身に悪い結果をもたらす。というのは、権力者は精神的に自律した人間に耐えられないからだ。しかし、私が辞表を提出したとき、皇帝は別のことを考えていた。皇帝は私の辞職に安堵したのではないか。なぜなら、もう私は必要とされていなかったからだ。新たな秩序を考案するにはそれなりの想像力が必要だが、できあがった秩序を遵守させるには官吏たちの盲目的な献身があれば充分だったからだ。

私の後任者は誰もいなかった。ラブラドールだけがプーチンが全面的に信頼する助言者だった。一緒に散歩したり執務室でともに過ごしたりするラブラドールを除けば、皇帝は完全に独りだった。ラブラドール以外は、ときどき衛兵が現われたり、何らかの用事で呼び出された宮仕えの者や従僕が登場したりするだけだった。妻と子供たちの姿もなかった。友人に関しては、自身が到達した段階になると、友人を持つことは不可能だと気づいていた。皇帝が暮らす世界では、親友でさえ下僕や執拗な敵に変身し、ほとんどの場合、その両者が同時に存在することになる。

西側諸国の支配者は若者のようなものであり、彼らは独りでいることができず、常に注目を浴びたいと願っている。もし仲間のいない部屋で一日中過ごすことを強いられたのなら、彼らは生暖かい微風のように空気に溶けてしまうだろう。一方、われらの皇帝は孤独に生き、孤独を糧にする。皇帝は西側諸国の観察者が驚愕する力強さを黙想することによって培う。時の経過とともに、黙想は皇帝にとって空や風と似たようなものになった。西側諸国の人々は、現実に根ざした大人として生きるという意味を忘れてしまったようだ。彼らは、リーダーを進行役のようなものと考え、自分と似たようなリーダーを探し求める。つまり、自分と同程度の人間ということだ。距離感があると権威が保たれる神と同様、皇帝は熱狂の対象だろう。だが、皇帝自身は熱狂することがないので、皇帝は必然的に他者に対して無関心になる。その証拠に、彼の表情はすでに蒼白な大理石のようだった。

皇帝の段階になると、自身の葬儀はしめやかに行なってほしいという願いは叶わない。皇帝の望みはむしろ墓場だ。墓場では、自分の敵だけでなく、友人、両親、子供たち、犬のコニー、さらには生きとし生けるものが死に絶えた後、皇帝は独り、仁王立ちになり、自身を切り刻む。〈カリグラは、全員の首が一つの胴体に生えていればと願ったという。そうすれば一撃で全員を始末できるからだ〉。これこそが皇帝が手に入れた純然たる権力だ。あるいは皇帝はもともとそういう人間だったのかもしれない。いずれにせよ、皇帝に安らぎをもたらす王座は死だけだ」

30

「ロシアは西側諸国の悪夢だ。一九世紀末、西側諸国のインテリは革命を夢見た。だが、彼らは共産主義を語っただけであり、これを実現したのはロシアだった。そしてロシア人は七〇年間、共産主義社会で暮らしてきた。次に、資本主義の時代がやってきた。資本主義においてもロシアは西側諸国よりもはるかに先進的だった。一九九〇年代、ロシアほど規制を緩和し、民営化を断行し、起業家の活躍できる余地を確保した国はなかった。こうして規制と制限が撤廃されたロシアでは、無から世界最大の富が築かれた。そしてロシアは西側諸国から与えられた処方箋に大人しく従ったが、ロシア社会はよくならなかった。

現在、ロシアが西側諸国を先行するという構図が再び鮮明になった。西側諸国のシステムは、権力を行使できないために危機に瀕している。私は自分自身の体験から権力に好感を抱かなくなった。かつて祖父は、いずれ誰かが世界中に散らばる騎馬像を砂漠の真ん中に集め、これらを大量虐殺者の記念碑として陳列すべきだと語っていた。私には祖父の考えに同調する傾向があり、クレムリンに出入りするようになっても私の考えが変わることはなく、むしろ強固になった。

しかしながら今日、権力だけが解決策になった。なぜなら、権力の目的、すなわち権力を行使する際の目的は、不測の出来事をなくすことにあるからだ。キュスティーヌによると、〈儀式の最中に折悪しく飛ぶ蝿が皇帝を侮辱する〉という。すなわち、たとえ些細なことであっても、権力の支配を逃れる出来事は権力の死、あるいはその死の可能性を意味する。

人間は元来、不測の出来事を好む。恐れるふりをしながらも不測の出来事を待ち望み、渇望する。しかし、われわれに不測の出来事を楽しむ余裕などないことは明らかだ。なぜなら今日、蝿が飛び回るといった些細な出来事であっても、地獄の扉が開くことがあるからだ。新型コロナウィルス感染症はその予行演習であり、不測の出来事への対応は始まったばかりだ。今後、権力が不測の出来事と相対するようになる。不測の出来事は常に終末的な大惨事に至る恐れがある。よって、誰もが権力を選ばざるをえなくなる。それは悲劇のシナリオを演じるピエロの仮面を被った人物が行使する西側諸国の疑似権力ではなく、権力の原点である、力の純然たる行使という意味での権力だ。片方の手で保護し、もう一方の手で脅かす大理石像が振るう権力だ。

これまでの権力は常に不完全だった。なぜなら、権力は約束を果たすために人間という手段に頼らざるをえなかったからだ。そして人間は常に弱い存在だ。

どんな革命にも決定的な瞬間がある。すなわち、軍隊が体制に反旗を翻し、命令に逆らって撃つことを止める瞬間だ。過去の皇帝たちと同様、この瞬間こそプーチンの悪夢だ。軍隊が群衆に発砲する代わりに群衆と団結するのは、すべての権力にとって深刻な脅威だ。だからこそ、学生たちが天安門広場を占拠し始めたとき、老獪《ろうかい》な鄧小平は即座に反応しなかったのだ。鄧小平は自分が奈落の底に落ちる寸前だと察知した。彼は軍隊が、スローガンを叫び、歌を歌い、兵士に笑顔を振りまく暴徒の餌食になるリスクを避け、地方から駆けつける北京語を話さない兵士たちの到着を待ったのである。というのは、彼らならデモ隊と団結することがないからだ。鄧小平は、彼らが天安門広場に到着するまでには数日かかるが、彼らなら容赦なく暴徒を制圧すると踏んだ。

では、権力が人間の協力を必要としなくなるという状況を想像してみよう。これは権力の安全と頑強さが権力に反抗しない道具によって担保される状態だ。たとえば、センサー、ドローン、いつでも躊躇なく攻撃するロボットなどからなる軍隊の確立だ。これこそ究極の権力形態だろう。生身の人間の協力に基づく限り、強権を振るう権力者であっても人間の同意に頼らざるをえない。ところが、権力が機械に基盤を置き、秩序や規律が機械によって維持されるのなら、権力の歯止めはなくなる。機械に問題があるとすれば、それは人間に逆らうことでなく命令に厳密に従うことだ。

物事を観察する際は、常にその源泉を確かめるべきだ。近年になってわれわれの暮らしに登場したすべてのテクノロジーは軍事的な起源を持つ。たとえば、コンピュータは第二次世界大戦中の敵の暗号の解読、インターネットは核戦争時のコミュニケーション手段、ＧＰＳは戦闘部隊の位置の特定のために発明された。これらのテクノロジーは人々が自由になるためでなく人々を隷従させるために開発された。ＬＳＤで頭のおかしくなったカリフォルニアの連中だけが、軍隊の発明した手段を自己解放の道具に変えることを思いついた。そしてそう信じる者たちが急増した。

ところが今日、明白なことがある。それはわれわれを取り巻く軍事技術が総動員体制の条件をつくり出したということだ。今後、われわれはどこにいても居場所を突き止められ、命令を受け取り、場合によっては無力化される。孤立した個人、自由意志、民主主義という時代は終わった。データの増殖により、人類という集団は鳥や魚の群れのように危機を予測する神経システムになった。

われわれはまだ戦争状態ではないが、軍国主義化している。これはソ連が夢想していたことだ。常に動員のうえに成り立っていたソ連は、戦争という考えに基づいて建国された国家だった。すなわち、外国の侵略行為から祖国を守るという発想だ。こうして、あらゆる犠牲や自由に対する無数の侵害は、より大きな自由、つまり祖国の自由を守るという口実のために正当化された。一九五〇年代、ＫＧＢはソ連国民全員の人間関係を記録するシステムの構築を画策した。私の父が持っていたヴェルトゥーシュカはその象徴だった。ところが、フェイスブックはさらにその先を行った。カリフォルニアの連中は、旧ソ連の官僚たちの夢想を凌駕したのだ。彼らが確立した監視システムに限界はない。彼らのおかげで、われわれの生活のあらゆる瞬間が情報源になった。

ナチスは、ドイツにおいて私人でいられるのは寝ている者だけだと豪語したが、カリフォルニア人はナチスをも超えた。彼らは人間の睡眠を含む生理的な情報まで把握し、これらをデータ化して儲けている。これは人類がこれまで経験したことのない容赦なき管理体制だ。

これまでは出兵するかは任意であり、出兵する人々が売り渡す自由のおかげで、われわれにはガラス玉のような安全が保証された。しかし、新たなウィルス感染症が市場または研究室から拡散する、シアトル、ハンブルク、横浜が核兵器や生物兵器によって破壊される、貧困に喘ぐ哀れな少年が学校で銃を乱射するのでなく街全体を吹き飛ばすことができるようになると、全人類が求める唯一の願いは確かな安全確保だ。どれだけ費用がかかろうとも安全が優先されるようになる。今後、規範から少しでも外れる者は不審者として扱われ、叩き潰すべき社会の敵とみなされるようになる。そのためのインフラは整備されつつある。これまで商業的なものだった動員は、政治的、軍事的になる。世間では、終末的な大惨事に対抗するには利用可能なあらゆる手段を用いる必要があるという声が強まる。恐怖に直面すると、安全を確保するためなら、どんなことであっても許容されるようになる。

このような日が訪れると、ザミャーチンの「守護官」が登場する素地が整う。すなわち、もうこれ以上何も起こらないように見守ってくれる人物の出現だ。機械はその絶対的な形式においてこの行使を可能にするだろう。こうして、たった一人の人物が人類全体を支配する日が訪れる。権力は人間でなく機械に宿ることになるので、権力を行使するのは特別な才能の持ち主でなくても構わない。無作為に選ばれた人物が機械を操作すればよい。

もっとも、そうした人物が長く君臨することはないだろう。結局のところ、ロシアの詩人ブロツキーが看破したように、独裁者はコンピュータの旧バージョンでしかない。ロボットたちが支配する世界では指導者もロボットになるのは時間の問題だ。

長年にわたって機械は人間の道具だと考えられてきたが、今日では道具になるのは人間のほうだ。機械は人間を強引に支配するのでなく、人間の欲動や私的な願望を通じて人間の脳に徐々に忍びこむ。

その一方で、大勢の人々がテクノロジーの流れにさらに溶け込もうとする。こうして機械は人間を完全に支配するようになる。

人類史は、あなたたちと私、あるいはわれわれの子供たちの時代で終わりを遂げる。その後も世界は存続するだろうが、それはもう人類の世界ではない。われわれの後に登場する存在があるとするなら、それらの存在はこれまでの人類とは異なる考えや関心事を持つに違いない。

われわれは神を降臨させるための脇役に過ぎなかったのかもしれない。ただ、神は捉えどころのない存在として現われるのではなく、人間が創造する巨大な人工有機体でありながらも、ある瞬間から人間を超越し、罪も痛みもない時代の到来を告げるだろう。

見よ、神の幕屋が人と共にあり、神が人と共に住み、人は神の民となり、神自ら人と共にいまして、人の目から涙を全くぬぐいとって下さる。もはや、死もなく、悲しみも、叫びも、痛みもない。先のものが、すでに過ぎ去ったからである〔ヨハネの黙示録の二一章の三と四。日本聖書協会の『口語　新約聖書』より引用〕

預言者たちの見立ては正しかったのだろうか。人類のあらゆる苦悩は、神が降臨するのに必要な序幕に過ぎなかったのだろうか。宇宙、あるいは単に地球の歴史からすれば、数千年の苦悩などちっぽけなものではないか。神は創造するのでなく創造されるのだ。毎日、主のブドウ畑で働く謙虚な労働者であるわれわれは、主が降臨するための条件を整えている。すでに今日、われわれは祖先たちが主に割り当てたほとんどの特性を機械に移し替えた。過去では、神がすべてを見通し、最後の審判を見越してすべてを記録してきた。今日、その役割を担うのは機械だ。機械は無限の記憶力と無謬の判断力を持つ。機械に欠けているのは不死と復活だけだが、それもいずれ克服されるだろう。今日、われわれは『イザヤ書』に登場する最後の敵である死と格闘する戦いの神が最後のアルゴリズムの開発に取り組むコンピュータとそっくりだと断言できる。

認識しておくべきは、テクノロジーが形而上学に変化するということだ。そうなるにはどのくらいの時間がかかるのかはわからないが、道筋は描き出されている。だから、最初に私が権力こそが不測の出来事と相対するようになると言ったのは嘘であった。終末的な大惨事と本当に対峙するのは、権力でなく機械という主の到来だ」

31

部屋は静まり返った。大きな石造りの暖炉にバラノフがときどき薪をくべることによって勢いが保たれてきた火は弱まり、ここに到着したときにあれほど感動した書庫の輝きは失われていた。周りを見渡すと、自分がはるか昔の大惨事の最後の生き残りであるような気分になった。ロシア人の書籍、優雅なウォールナットの事務机、作業台、地球儀は、過ぎ去った時代のものだった。自分の物語を語り終えたバラノフは、イタリアのポンペイ遺跡で観ることのできる灰で覆われた遺体のようになっていた。私の正面に腰かけた彼は、呼吸など必要ないという表情をしていた。

そのとき、部屋の奥から物音がした。少し開いたドアの隙間から栗色の髪の小さな頭が現われた。

「パパ、眠れないの」

「じゃあ、しばらくここに一緒にいなさい」

まだ少し眠そうな表情の四、五歳の女の子は、薄手のフランネルのパジャマを着ていた。顔はオーブンから出したばかりの小さなブリオッシュのようだった。この子の繊細で明瞭な表情は、夢見るハシバミ色の瞳と対照的だった。瞳には「なぜこんな時間に知らない人が書斎にいるの」という好奇心が浮かんでいた。父親の首に抱きついた後、クッションの上で寝そべる大きなトラ猫がいるカーペットの上に座った。

私はバラノフから一瞬視線を外した。再び彼を見ると、彼の表情はすっかり変わっていた。同一人物とは思えない変わり様だった。

「ここにいる身長一メートル一〇センチメートルの子が私の幸福だ」

女の子は猫にやさしく話しかけていた。猫にわれわれの会話の断片を伝えると、猫とだけの話題を語り合っていた。ときどき父親を見上げる女の子は、自分は保護されているという大きな安心感にどっぷりと浸り、自分が悪に遭遇することはないと思っている様子だった。今度はバラノフが目に入れても痛くないといった表情で女の子を見た。

「犬を飼おうかと思っている。私自身、犬はあまり好きでないのだが、あとどのくらい娘に幸せな暮らしをさせてあげられるのかわからないので……」

クレムリンの最も優れた戦略家だった男は、今では娘のことしか頭にないようだった。小さな女の子の輝く瞳は、懐疑的で無関心なこの男に皇帝でさえ課すことができなかった完全な支配力を行使していた。

ロシア人はまたしても私の考えていることを見抜き、次のように呟いた。「アニャが誕生するまで、私は不安を覚えることがなかった。だが、娘の顔を初めて見たときから、ずっと恐怖とともに暮らしている。アニャは私の唇に指を置き、誰の顔にも見たことがない表情を浮かべた。そのとき、娘の人生は私の手中にあるのでなく、私の人生が娘の手中にあるのだと気づいた」。

カーペットに座っている娘は父親に微笑んだ。娘は自分の人生が始まるのを待っていた。そしてその間、この寡黙で鈍重な男とともに暮らすことに不満はないようだった。この男の望みが娘ともう少しだけともに暮らすことであるのは一目瞭然だった。

「私が娘に教えることはほとんどない。むしろ、娘が私に「今をしっかり見るように」と教えてくれた。時間や日にちを気にしない娘は、私に現在を贈ってくれた。というのは、私はそれまでいつも未来で暮らしてきたため、現在を知らなかったからだ。そうはいっても、いつかは娘と離れなければならないだろう。私の唯一の務めは、娘が独り立ちできるようにすることだ。家を出る際は、私に軽く合図するだけであってほしい。娘はまだ子供だが、私は毎日、この今生《こんじょう》の別れのことばかりを考えている。笑顔で別れることができるのを祈るのみだ。場違いな態度ですべてを台無しにしたくないのだ。というのも、娘には笑顔の私を覚えておいてもらいたいからだ」

バラノフの孤独に対する過度な欲求の唯一の例外は彼の娘だった。バラノフにとり、娘と暮らす時間は思ってもいなかった小さな奇跡だった。怠惰な成り上がり者である彼がこのような暮らしができるのは、まさしく奇跡だった。娘は複雑な抽象画を描いていた。彼は娘の集中する姿が何よりも好きなようだった。娘を観察する間、バラノフはすでに娘に対してノスタルジーを感じていた。その瞬間、感謝の気持ちが、なみなみと注がれたグラス一杯のウォッカのように彼を包み込み、自分自身を傷つける力を奪っていた。彼はほんの一瞬でも娘の先を歩き、娘の誕生を風に告げ、通り道を白い花で飾りたかったのだ。

「この子が生まれる以前では、私の家族、友人、皇帝、クセニアでさえ、私を頼りにしなかった。人々と出来事は、痕跡を残すことなく私を通り過ぎていった。私は家の廊下のような存在だった。これまで、可能な限り広い領域で自分を試そうとしてきた。だが現在、小さな円環のなかで人生を成す時期が訪れた。世界を覆い尽くすのでなく世界の断片を選択し、その断片を支配するのでなくそれを活かすのだ。ご存じのように、子供は同じことを熱心に繰り返す。子供ほど保守的な存在はいない。私はそんな子供を傷つけないために一か所に留まる必要がある」

われわれの前では、アニャはお絵描きを止めて再び猫と遊んでいた。女の子は布でできたウサギを猫の鼻の下で振っていた。猫はあまり乗り気でないものの、興味のある素振りを見せていた。

「パパ、パシャがしゃべれたら何て言うのかしら」

「『本物のウサギのほうが楽しいだろうな』って言うかもね」

「パパの意地悪」

「ごめん、ごめん、冗談だよ。『アニャ、僕は君と一緒にいるのが好きだ。僕は君が大好きなんだ』」

私は黙って立ち上がり、一五年にわたって眠れぬ夜を皇帝とともに過ごした男に軽く頷いた。バラノフは私に謝意を示した。娘が部屋に入ってきた瞬間から、彼はわれわれの会話に興味を示さなくなった。私は大きな置時計の刻む音だけが聞こえる居間を静かに通り過ぎた。夜明けの光が、壁に飾ってある肖像画、カレリア共和国製の家具、白い陶器タイルのストーブをほのかに照らしていた。

玄関に着き、外に出ると、私の背後でバラノフ家のオーク材でできた重い扉の閉まる音がした。

外は雪がしんしんと降っていた。

謝辞

本書と著者を、知性、友情、そしてウォッカのコップで支えてくれたシビル・ザヴリューに感謝する。

訳者あとがき

本書は二〇二二年三月にフランスのガリマール社から出版された*LE MAGE DU KREMLIN*の全訳だ。本書の冒頭に「事実や実在の人物をもとに自身の体験や想像を交えてこの小説を執筆した。とはいえ、これは紛れもないロシア史である」という注記がある。

そこで、本書に登場するおもな人物について簡単に紹介したい。

ヴァディム・バラノフ（ヴァディム・アレキセヴィッチ）

本書の主人公ヴァディム・バラノフは架空の人物だが、モデルは、副首相、大統領府副長官、補佐官などを歴任にしたウラジスラフ・スルコフ（一九六四年生まれ）だ。スルコフは、プーチン政権下でロシアの伝統を重視して国民の権利よりも国益を重視する「主権民主主義」を提唱し、プーチン政権のイデオロギーを築き上げた人物だ。数々の政界工作にも関与し、プーチン政権を長期化させた立役者だ。本書のエピソードにもあるように、二〇二二年のロシアのウクライナ侵攻の足掛かりになった二〇一四年に始まったドンバス地方での武力衝突は、スルコフの画策と言われている。二〇二〇年にクレムリンを去り、その後の消息は自宅軟禁状態にあるなど、謎に包まれている。

ミハイル・ホドルコフスキー（一九六三年生まれ）
ホドルコフスキーは金融業を梃《てこ》にして一大財閥をつくり上げたオリガルヒだ。本書のエピソードにあるように、二〇〇三年に脱税などの容疑で逮捕された。逮捕の真相は、自身の経営する大手石油会社にアメリカ企業の出資を計画したこと、そしてプーチン大統領を公然と批判すると同時に野党へ多額の献金をしたことと言われている。二〇一三年にソチオリンピックの恩赦で釈放され、現在、ロンドンで亡命生活中だ。ホドルコフスキーは日本のメディアなども通じて反プーチン運動を積極的に展開している。

ボリス・ベレゾフスキー（一九四六年生まれ、二〇一三年没）
数学者から実業家に転身したベレゾフスキーは、エリツィン時代に誕生したオリガルヒの代表格だ。一九八九年に自動車販売会社ロゴヴァズを設立し、その後、大手国営石油会社の経営権を取得するなどして事業を拡大させた。ロシア公共テレビ（ＯＲＴ）をはじめとするメディアを支配下に置き、世論操作も駆使して政界の黒幕として活躍した。しかし、本書のエピソードにあるように、エリツィンの後釜として担ぎ上げたプーチンと対立し、二〇〇一年にロシアを離れた。その後もプーチン政権を批判しつづけたが、二〇一三年に亡命先のイギリスで自殺した。

イーゴリ・セーチン（一九六〇年生まれ）
セーチンはプーチン政権によって台頭した治安当局出身者「シロヴィキ」の代表格だ。ＫＧＢ出身と言われ、サンクトペテルブルクの第一副市長だったプーチンの個人秘書を務めたのを皮切りに、プーチンのモスクワ移動に同行し、クレムリンではプーチンの右腕として活躍した。二〇一四年三月に東京で行なわれた第六回日露投資フォーラムには、ホドルコフスキーの石油会社を吸収した国営石油会社ロスネフチの社長として参加している。二〇二二年、フランス政府はロシアのウクライナ侵攻に対する制裁措置として、セーチンの所有する、全長八六メートル、推定価格一億二〇〇〇万ドルの超豪華ヨットを押収した。フランスのコート・ダジュールの港でメンテナンス中だったこのヨットは、制裁措置を恐れて急遽出航しようとしたところを、フランス当局によって取り押さえられたという。

エフゲニー・プリゴジン（一九六一年生まれ）

サンクトペテルブルク時代のプーチンの友人と言われるプリゴジンは、レストラン業、ケータリングサービス、カジノ事業などで財を成した。さらには、彼の設立した傭兵派遣会社はドンバス地方に傭兵を派遣し、プーチンの「汚れ仕事」を引き受けているようだ。本書のエピソードにあるように、フェイクニュースを拡散させてアメリカ大統領選を混乱させたのもプリゴジンの会社による工作だという。

アレクサンドル・ザルドスタノフ（一九六三年生まれ）

二〇一九年八月、ザルドスタノフは、二〇一四年にロシアに編入されたウクライナ南部のクリミア半島の実効支配を誇示するパレードを開催した。このパレードに参加したプーチン大統領は、自ら大型バイクにまたがり、いかにも悪党といったザルドスタノフらとロシア国旗をはためかせながらクリミア半島を疾走した。プーチンのバイクのサイドカーには、クリミア共和国の首長が所在なさげに乗っていた。全身黒ずくめのプーチンの容姿は、ザルドスタノフと彼の暴走族仲間よりもはるかに迫力があった。プーチンがザルドスタノフらと一緒に映っている写真はインターネットに出回っているので見たことのない方はぜひご覧いただきたい。唖然とすること間違いなしである。

次に、著者ジュリアーノ・ダ・エンポリの略歴を紹介する。一九七三年、イタリア人の父親とスイス人の母親との間にパリで生まれる。ローマ・ラ・サピエンツァ大学を卒業し、パリ政治学院にて政治学で修士号を取得した。フィレンツェ市の副市長、そしてイタリア首相のアドバイザーを務めた後、現在はパリ政治学院にて教鞭をとる。

著者はイタリアとフランスの大手メディアで政治問題のご意見番であり、イタリアとフランスで多数の著書を上梓している。先日、日本でも「イタリアにみる欧州政治の変遷」という論考を寄稿した（二〇二二年一〇月一四日付の『日本経済新聞』の「経済教室」）。骨子は次の通りだ。

過去一〇〇年間、イタリアでは、ファシズム、共産主義、ポピュリズム、テクノクラートによる政治など、あらゆる政治形態が他の欧州諸国に先駆けて実験的に行なわれてきた。よって、二〇二二年九月末のイタリア総選挙における極右政党の誕生も、ナショナリズム、移民排斥、保守主義など、他の欧州諸国の今後の動向を明快に示唆するものといえる。しかしながら、欧州人は、ＥＵのコロナ危機における財政出動などの迅速な支援、さらにはウクライナ戦争における毅然とした対応に、ＥＵ加盟国としての共同行動の利点を痛感した。事実、この選挙ではＥＵ離脱を唱える声はほとんど聞こえなかった。相次ぐ危機に直面してはじめてＥＵの結束が強化された。

この論考からもわかる通り、著者は政治の元実務家であり、比較政治学の専門家だ。本書の政治に関する分析が秀逸なのには納得がいく。著書にはフランス語およびイタリア語で執筆したものが多数あるが、小説は本書が初めてだという。今回、この小説をフランス語で執筆した理由は、フランスの影響を大きく受けたロシア史を描くには、フランス語のほうがふさわしいと考えたからだという。

執筆したのは二〇二二年二月のロシアによるウクライナ侵攻のおよそ一年前だ。しかし、本書の端々にはこの侵攻の予言がちりばめられている。また、ソ連崩壊後の人々の価値観の混乱、ロシア国民の鬱積した怒り、ロシア政府による国内および国際世論の操作、秩序よりもカオスに活路を見出すというロシア政府の戦略、そしてなによりもプーチンという特異な人間が見事に描かれている。

自殺に追い込まれるベレゾフスキーに次のような文句を語らせている。「彼〔プーチン〕は決してやめないだろう。彼のような人間はやめることができない。（……）過ちを認めることは絶対にしない」（二〇七ページ）。主人公は「皇帝〔プーチン〕の帝国は戦争から誕生した。よって、この帝国が最終的に戦争に至るのは道理だった」（二三三ページ）と嘆き、「不測の出来事は常に終末的な大惨事に至る恐れがある」（二五一ページ）と警鐘を鳴らす。

とくに日本にとって不吉な予言がある。「（……）どれだけ費用がかかろうとも安全が優先されるようになる。今後、規範から少しでも外れる者は不審者として扱われ、叩き潰すべき社会の敵とみなされるようになる」（二五四ページ）。すなわち、日本が中国や北朝鮮の挑発行為に過剰に反応して「あらゆる犠牲や自由に対する無数の侵害は、より大きな自由、つまり祖国を守るという口実のために正当化」（二五三ページ）される社会になってしまうことだ。本書からもわかる通り、古今東西、ナショナリズムを振りかざす権力者たちによる闘争で割を食うのは、権力とは無縁の一般人である。ロシアによるウクライナ侵攻が一日も早く終結することを願っている。

最後に、本書の翻訳では友人であるフローレンス・トーマ氏に助けてもらった。この場を借りて感謝申し上げたい。Je tiens à remercier Madame Florence THOMAS pour son aide tout au long de cette traduction.

また、「編集の魔術師」であり演劇人でもある白水社の和久田頼男氏に感謝申し上げる。

二〇二二年一〇月

林 昌宏

★

装丁　緒方修一

著者略歴
ジュリアーノ・ダ・エンポリ[Giuliano da Empoli]
1973年、イタリア人の父親とスイス人の母親との間にパリで生まれる。ローマ・ラ・サピエンツァ大学を卒業し、パリ政治学院にて政治学で修士号を取得。フィレンツェ市の副市長、そしてイタリア首相のアドバイザーを務めた後、現在はパリ政治学院にて教鞭をとる。

訳者略歴
林昌宏[はやし・まさひろ]
1965年、名古屋市生まれ。翻訳家。立命館大学経済学部経済学科卒業。主要訳書に、ブリュノ・パティノ『スマホ・デトックスの時代　「金魚」をすくうデジタル文明論』、ダニエル・コーエン『ホモ・デジタリスの時代　AIと戦うための(革命の)哲学』(白水社)、『経済成長という呪い　欲望と進歩の人類史』(東洋経済新聞社)、フランソワ・エラン『移民とともに　計測・討論・行動するための人口統計学』(白水社)、ジャック・アタリ『海の歴史』、『命の経済　パンデミック後、新しい世界が始まる』、『食の歴史　人類はこれまで何を食べてきたのか』(プレジデント社)など。

クレムリンの魔術師

2022年11月25日 印刷
2022年12月15日 発行

発行者　及川直志
発行所　株式会社白水社
電話　03-3291-7811(営業部) 7821(編集部)
住所　〒101-0052 東京都千代田区神田小川町3-24
www.hakusuisha.co.jp
振替　00190-5-33228
編集　和久田賴男(白水社)
印刷　株式会社三秀舎
製本　誠製本株式会社
乱丁・落丁本は送料小社負担にてお取り替えいたします。
ISBN978-4-560-09468-6
Printed in Japan

逃亡派

オルガ・トカルチュク 著　小椋 彩 訳

わたし／人体／世界へ向かって——一一六の〈旅〉のエピソードが編み上げる、探求と発見のめくるめく物語。ノーベル文学賞受賞作家が到達した斬新な「紀行文学」。ニケ賞、ブッカー国際賞受賞作。

クレールとの夕べ／アレクサンドル・ヴォルフの亡霊

ガイト・ガズダーノフ 著　望月恒子 訳

パリの亡命文壇でナボコフと並び称されるも、ソ連解体前後の再評価まで、長らく忘れられていた作家ガズダーノフの代表作二篇。二十世紀を中心に、ロシア語で書かれた異形の作品を紹介するシリーズ〈ロシア語文学のミノタウロスたち〉第一巻。

ボリショイ秘史

帝政期から現代までのロシア・バレエ

サイモン・モリソン 著　赤尾雄人 監訳　加藤裕理、斎藤慶子 訳

世界中のバレエ・ファンを魅了するボリショイ・バレエ——その華麗な舞台裏で紡がれてきた、劇場、国家、そして人々をめぐる物語＝歴史。

かくしてモスクワの夜はつくられ、ジャズはトルコにもたらされた

二つの帝国を渡り歩いた黒人興行師フレデリックの生涯

ウラジーミル・アレクサンドロフ 著　竹田 円 訳

アメリカン・ドリームをモスクワで叶えた黒人フレデリック。ナイトクラブの興行で巨万の富を築いた彼を革命が襲う——その栄光と破滅。